Puritanismus

Erotik hat sowohl im traditionellen als auch im gegenwärtigen China wegen des ausgeprägten konfuzianischen Moralismus und des engen Puritanismus des maoistischen Regimes einen wesentlich gefährdeteren Platz in der Gesellschaft eingenommen, als wir im Westen meist realisieren.

Die vorliegende Sammlung erotischer Geschichten vom Anfang des 17. Jahrhunderts befreit sich von solchen Fesseln. Zusammengestellt wurde sie aus älteren und neueren Quellen von einem unbekannten Autor in Empörung über das unsittliche Treiben eines Teils des buddhistischen Klerus. Wegen der kaiserlichen Zensur sind nur in Japan wenige Exemplare erhalten geblieben.

Kaiserin Hus aufregende Liebesabenteuer mit dem durchtrainierten Mönch Tan Xian aus dem Westen, ihre voyeuristischen Orgien mit einem Dutzend Mägden und Bonzen, die kläglichen Dildo-Vergnügungen in der Verbannung, ihr Tod durch Auszehrung und die perverse Grabschändung sind nur ein Beispiel unter vielen anderen für diesen anonymen erzählerischen Anschlag des Autors auf die buddhistische und konfuzianische Doppelmoral.

ZHANG UND DIE NONNE VOM QIYUN-KLOSTER

*Aus dem klassischen Chinesischen
übertragen von Stefan M. Rummel*

*Herausgegeben und mit einem Nachwort
versehen von Helmut Martin*

Deutsche Erstausgabe

WILHELM HEYNE VERLAG
MÜNCHEN

HEYNE ALLGEMEINE REIHE
Nr. 01/8663

Redaktion Werner Heilmann

Copyright © 1993 by Wilhelm Heyne Verlag
GmbH & Co. KG, München
Printed in Germany 1993
Umschlaggestaltung: Atelier Ingrid Schütz, München
Satz: Compusatz GmbH, München
Druck und Bindung: RMO, München

ISBN: 3-453-06170-5

INHALTSVERZEICHNIS

Vorwort

Zu der zwischen 1573 und 1620 entstandenen Originalausgabe mit dem Titel »Der Mönche und Nonnen Sündenmeer«

Im südlichen Liedstil, von Tang Yin, Mannesname Ziwei, verfaßt

Als das Chaos sich teilte, wurde der Mann mit einer Sündenwurzel, die Frau mit einer Sündengrotte geschaffen. Steckt man Sünde zu Sünde, sammelt sie sich und kann nicht mehr beseitigt werden. Sammelt sich Festes, wird es zu Bergen, sammelt sich Fließendes, wird es zum Meer. Kann es ein Ende geben, wenn sich Sünden sammeln.

So sprach reuevoll der zügellose Herrscher Tai Jia: »Sünden, die vom Himmel gesandt sind, kann man noch entkommen; wenn wir sie aber selbst verschuldet haben, können wir nicht weiterleben.«

Die Sünder dürfen sich nicht sammeln, dann können sie auch keine Sünden begehen.

Einst erbarmten jene, die gesündigt hatten und nicht weiterleben konnten, unseren Buddha. So lehrte er, sich die buddhistischen Mönche und Nommen. Doch haben sie je ihre Rosenkränze vor Buddha gebetet?

Ich habe ihre Taten zu einem Buch gesammelt, sein Titel lautet: »Der Mönche und Nonnen Sündenmeer.« Doch da meine Zeitgenossen mir vorwerfen werden, ich selbst hätte mich durch solche Verleumdungen versündigt, habe ich es im sandigen Deich am Meerufer versteckt. Wenn eines Tages Hochwasser kommt und der Damm bricht, fällt es vielleicht einem Gleichgesinnten in die Hände. Ich habe es verfaßt, um jenen Sündern einen Spiegel vorzuhalten.

Der Mönche und Nonnen Sündenmeer

Vom verrückten Sieger der Provinzprüfung Tang Yin aus Nanling ausgewählt und zusammengestellt.

Fälschlich preis man Mönche selig,
In Wahrheit sind sie üble Kerle
Schwarz die Kutte, glänzend der geschor'ne Kopf,
So versuchen sie die Welt zu täuschen.

Kahl wie oben sind sie auch da unten,
Unten glänzen sie noch mehr sogar.
Kahl und glänzend, glänzend kahl sind beide Stellen,
Darum hat ein Mönch zwei kahle Köpfe.

Die Augen, wie von Ratten, die nach Fett gelüstet,
Die Finger, wie blutsaugende Insekten,
So tasten die nach einem Spalt bei hübschen Mädchen,
Um dann den Buddhazahn in seiner wahren Form hervorzu-
holen.

Das Reine Land verwandeln sie in einen Ozean der Lüste,
Wenn ihre schwarzen Kutten sich auf regenbogenfarb'ne
Röcke legen.
Den andern gegenüber schwätzen sie von Höllenqualen,
Doch sie, sie fürchten nicht des Höllenkönigs Strafregister.

TEIL I

Mönche

1.

Der Mönch Tan Xian und die Kaiserin

Tan Xian war ein Mönch aus dem Westen. Zur Zeit von Kaiser Wucheng von Qi (561–565) wurde er als Tributgeschenk in das Reich der Mitte gesandt, wo man ihn zum Abt des Xianglun-Tempels ernannte. Er war erst einundzwanzig Jahre alt, hatte dichte Augenbrauen, große Augen, eine Löwennase und einen rechteckigen Mund. Mit sieben Fuß war er von ungewöhnlicher Größe, dabei wirkte sein Leib außerordentlich gut trainiert und kräftig. Er verstand sich auf die Kunst, den Atem zirkulieren zu lassen und konnte sein Zeugungsorgan einziehen und verlängern. War es eingezogen, so glich er einem Eunuchen, war es lang, so maß es bis sechs, sieben Zoll, war dick und hart und heiß und ließ sich mit einer Hand nicht umspannen. Daher beneideten ihn die anderen Mönche gleich am ersten Abend heftig.

Nachdem er etwa ein halbes Jahr im Tempel gelebt hatte, nahm er Sutrenstudium und Exegese der buddhistischen Lehre zum Vorwand, die Frauen anzulocken. Aus allen Himmelsrichtungen kamen unzählige Männer und Frauen, um ihn zu hören. Xian wählte die besten unter ihnen aus, ließ sie sich rechts und links aufreihen und machte sie zu seinen Leibjüngern. Die Männer wurden über die Regeln und die Lehre des Buddhismus unterrichtet, die Frauen rieb er am Nabel und spendete ihnen die Energie des *Qi*. Xian verstand sich auch auf ausschweifende Gruppenspiele, so daß jene Männer und Frauen restlos glücklich wurden. Daher drang sein Ruf schließlich bis in die inneren Gemächer des Palastes.

Die Kaiserin Hu war die Tochter von Hu Yan aus Anding. Zu Beginn der Tianbao-Ära (550–60) wurde sie Konkubine des Prinzen von Changguang, der später der Kaiser Wucheng werden sollte. Als sie Houzhu, den nachmaligen Herrscher, gebar, rief eine Eule unheilverheißend auf ihrem Bettvorhang. Nachdem Wucheng verschieden war, bestieg Houzhu den Thron, und Hou wurde als Kaisermutter verehrt. Sie wußte, daß Xians begnadetes Werkzeug sich von dem anderer Männer unterschied, und so stattete sie dem Xianglun-Tempel einen Besuch ab, um ihn aufzusuchen. Als Xian hörte, daß die Kaiserin kommen werde, um ihn zu sehen, versteckte er sich nackt in einem geheimen Gemach, anstatt hinauszugehen und sie angemessen zu empfangen. Es war jenes Zimmer, in dem er sonst die Nabel rieb, um die Energie des *Qi* zu übertragen. Die Kaiserin ließ ihn dringend zu sich zitieren, doch Xian schickte einen Boten mit folgender Nachricht zu ihr: »Nicht, daß Xian so überheblich wäre, Euch nicht empfangen zu wollen, aber er ist schon so lange in Meditation versunken, daß ihn das laute Treiben in den Ohren schmerzt. Wenn Ihr ihn wirklich sehen wollt, dann bittet er Euch, Euer Gefolge zu entlassen und in sein geheimes Gemach zu kommen. Er verfügt über geheime Lehren und bedeutende Methoden, die er Euch anvertrauen will. Wenn Ihr Euch dem nicht fügen wollt, so stirbt er leichten Herzens unter der Axt Eures Scharfrichters, doch er wird nicht kommen, um Euch zu empfangen.«

Als die Kaiserin diese Worte vernahm, schickte sie Diener und Gefolge weg und befahl einem Mönch, sie in das geheime Gemach zu führen. Dort angekommen tat der Mönch, als wagte er nicht, weiterzugehen. Er sagte: »Dem unreinen Körper Eures Dieners ist es nicht gestattet, das Tor der Lehre zu durchschreiten.«

So entließ die Kaiserin auch jenen Mönch, der sich daraufhin zurückzog, und ging alleine hinein. Sogleich schloß ein junger Mönch die Tür hinter ihr. Als ihn die Kaiserin näher betrachtete, erkannte sie in ihm ein schönes Mädchen. Verwundert ging sie weiter, und abermals öffnete ihr ein junger Mönch die Tür. Sie trat ein und fand Wände so hoch und mächtig wie Stadtmauern, kein Laut drang hier herein. Obwohl es sehr hell war, konnte sie doch die Sonne nicht sehen; es schien ihr, als befände sie sich gar nicht im Xianglun-Tempel. Der junge Mönch sagte: »Der Meister ist hier. Ihr müßt aber Eure kaiserlichen Gewänder und Euer Geschmeide ablegen und dürft nicht zu sehr auf dem Verhältnis von Fürst und Untertan bestehen, nur dann dürft Ihr ihn sehen. Wenn Ihr Eure Roben nicht ablegen wollt, wird er Euch nicht empfangen.«

Die Kaiserin folgte seinen Worten, entledigte sich ihrer kostbaren Roben und ihres Schmucks und betrat, nur noch leicht bekleidet, das Zimmer. Der junge Mönch verschloß von außen die Türe, und die Kaiserin sah Xian vor sich. Er lag nackt auf dem Bett, sein fleischernes Werkzeug ragte hart und aufrecht wie ein Speer oder ein Pistill empor, ganz anders als das mittelmäßige von Wucheng. Die Kaiserin errötete, ihr stockte die Sprache. Sie umfaßte es mit ihren Händen und sagte: »Erstaunlich, dieses Ding, Ihr macht Eurem Ruf alle Ehre. Und Ihr seid wirklich sehr umsichtig. Wenn Ihr Euch nicht hier versteckt hättet, wie hätte ich dann dieses Wunderding erblicken können? Früher hieß es: ›Es ist leichter, einen Schatz zu finden, als einen umsichtigen Liebhaber.‹ Das hat man nur gesagt, weil man Euch nicht kannte.«

Xian erhob sich vom Bett und sagte: »Zwar bin ich umsichtig, doch wärt Ihr mir nicht gewogen, so könnte ich meine Schuld nicht sühnen, auch wenn ich meine Knochen zermahlen und meinen Leib zerstückeln ließe.«

Die Kaiserin war durch diese Worte sehr geschmeichelt. Sie nahm Xian bei der Hand und zog ihn aufs Bett. Als sie sah, daß sein fleischernes Werkzeug emporragte wie zuvor, konnte sie ihre Lust nicht länger bezähmen. Sie entledigte sich der Ober- und Untergewänder, bis sie völlig nackt war, und zog Xian an ihre Brust. Xian blickte hinunter auf ihre Weiblichkeit: dort wölbte sich ein fleischiger Hügel, füllig und unbehaart, wie der einer Jungfrau. Der Graben aber war tief und dunkel, nicht rötlich, etwas, was ihm sehr seltsam vorkam. Xian brachte eilig sein fleischernes Werkzeug an den Eingang und begann mit einer Bewegung, allmählich wurde es dort feucht. Die Kaiserin fühlte sich bereits in Bedrängnis, als er gerade seinen Schildkrötenkopf untergebracht hatte, doch als ihr Lustwasser immer reichlicher zu fließen begann, riß das schmatzende Geräusch beim Hinein und Heraus nicht mehr ab. Xian drang um weitere gute zwei Zoll ein, ohne daß die Kaiserin sich erwehren konnte. Sie ließ Xian sich aufrichten und weiterstoßen, und er bewegte sich so heftig, daß sie den Kampflärm gar nicht mehr bemerkten. Schließlich drang er bis zur Wurzel ein, so daß kein Haar mehr dazwischen Platz fand. Die Kaiserin spürte ein heißes Jucken und ein erlösendes Wonnegefühl; ihre Stimme zitterte, ihr Atem ging keuchend. Sie drängte ihre Hüften Xian entgegen, auf und ab, ohne Ende. Xian zog sich fast ganz zurück, um dann wieder bis zur Wurzel einzudringen, bis zu den Saiten der Qin-Laute. Erst nachdem er dies über hundertmal getan hatte, vergoß er seinen Samen in Strömen. Die Kaiserin umarmte Xian so fest sie konnte und verwöhnte ihn mit einem tiefen Zungenkuß, ohne ihn loszulassen. Xians fleischernes Werkzeug richtete sich wieder auf und er begann erneut, sie zu stoßen. Erst nach mehr als einer Doppelstunde war die Kaiserin restlos befriedigt. Sie liebkoste sein fleischernes Werkzeug mit dem ganzen Gesicht und sagte: »Als ich noch ein Mädchen war, sah ich zufällig einmal das fleischerne Werkzeug eines Mannes. Ich war insgeheim sehr erschrocken und dachte: ›Er ist doch ein Mensch wie jeder andere. Warum hat der Himmel gerade ihm ein solches hervorstehendes, aufrechtes Ding gegeben?‹ Ich wußte doch nicht, daß nicht nur dieser eine über ein solches Hervorstehendes, Aufrechtes verfügt. Als ich dreizehn war, wurde ich von Kaiser Wucheng erwählt; es läßt sich nicht mit Worten sagen, welche Schmerzen ich dabei litt. Da zürnte ich dem Himmel, daß er dieses Ding hatte wachsen lassen, das mir solche Pein bereitete. Wucheng brüstete sich mit seinem Werkzeug und sagte: ›Deine Weiblichkeit ist klein, meine Männlichkeit groß, darum fühlst du Schmerzen. Aber wenn wir uns weiter damit befassen, dann wirst auch du ein unsägliches Wonnegefühl verspüren, wozu also dem Himmel zürnen?‹

Ich schenkte seinen Worten zunächst keinen Glauben, aber nachdem er mir mehr als einen Monat beigewohnt hatte, empfand ich völlig anders. Ja, ich grollte Wucheng sogar, wenn er nicht mir, sondern anderen beiwohnte. Ich fühlte nicht mehr wie einst, als ich voller Schrecken und Zorn war. Aber Wuchengs Werkzeug wies nicht mehr als drei Zoll auf und schaffte kaum hundert Stöße. Auch wenn es aufrecht hervorstand, war es doch weder fest noch heiß. Wenn es sich einmal ergossen hatte, brauchte er etliche Stunden, bis es sich wieder erhob. Ich war fast nie gänzlich befriedigt, aber ich dachte, daß alle Männer auf der Welt Wucheng glichen, daß keiner von anderer Art wäre und sich von den Übrigen abhöbe. Doch nun habe ich unerwarteterweise heute Euch getroffen und weiß jetzt, daß unter meinem Rockband für mich die höchste Lust liegt; so habe ich dieses Leben nicht umsonst gelebt.«

Xian machte den Kotau vor ihr und dankte: »Wenn Ihr mich nicht abstoßend findet, will ich Euch auf ewig am Bettvorhang dienen, nicht wagend, je einer anderen anzugehören.«

»Nachdem ich heute Euch getroffen habe, würde ich Wucheng, wenn er noch lebte, verlassen und Euch folgen. Aber er ist schon verschieden, und ich will nicht die Frau eines Geistes sein. Wer verschmäht schon die Süße, um statt dessen Wachs zu kauen.«

Nach diesen Worten verließen sie Hand in Hand gemeinsam das Gemach. Der junge Mönch öffnete ihnen die Tür und wartete.

Die Kaiserin sah Xian an und fragte: »Können die beiden Mädchen deinem Werkzeug überhaupt standhalten?«

»Wie könnte ich es wagen, an diesem reinen Ort Mädchen zu halten und so das Land Buddhas beschmutzen?« rief Xian aus. »Die beiden Kleinen sind Knaben. Wären es Mädchen, so würden sie beim Anblick meines Werkzeugs vor Schreck

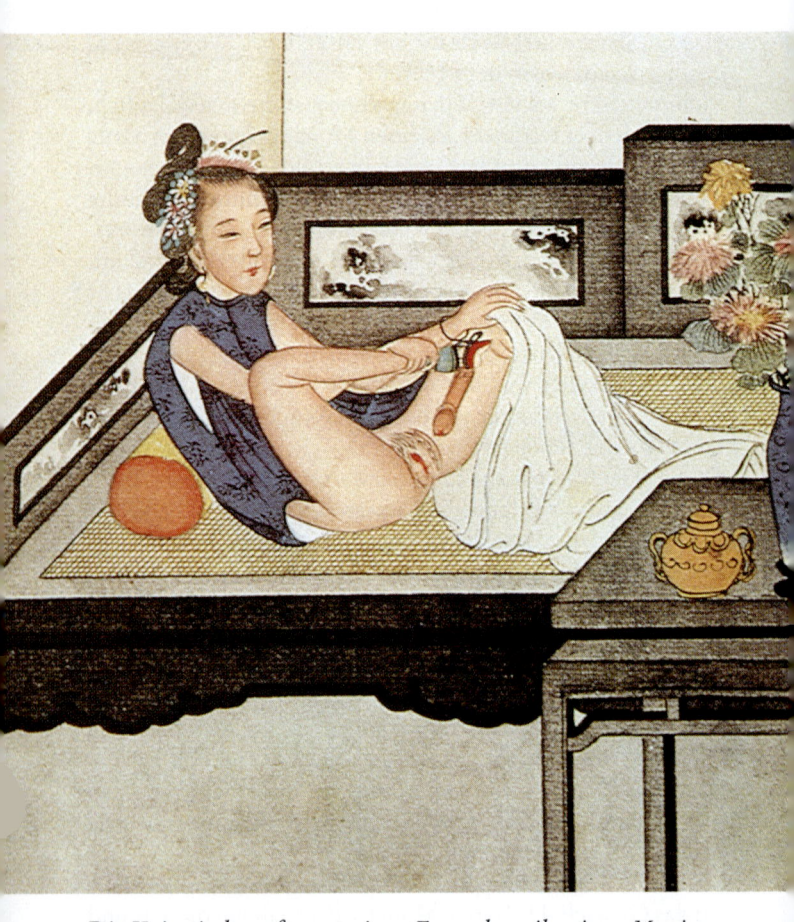

Die Kaiserin beauftragte einen Eunuchen, ihr einen Magister
Horn zu kaufen, um damit einstweilen ihre Lust zu stillen

sterben. Wie könnten sie auch nur einen Zoll davon bewältigen?«

»So, wie ich heute Buddhas Reich entweiht habe, in die wievielte Hölle müßte ich dafür wohl kommen?« fragte die Kaiserin.

»Ihr seid niemand anderes als eine Himmlische, die, der ewigen Seligkeit müde, in die profane Welt gekommen ist«, entgegnete Xian. »Ich selbst zähle zu jenen, die sich unter Buddha Maitreyas Drachenblütenbaum versammeln, so daß es wohl geziemend ist, sich mit Euch innig zu verbinden; welche Schuld sollten wir also durch unsere heutige Vereinigung auf uns geladen haben?«

»Tatsächlich?« fragte die Kaiserin. »Ist das wirklich so?«

Sie legte ihre Gewänder wieder an und schwebte voran. Xian folgte ihr in gebückter Haltung, geleitete sie aber nur bis zum Tor. Die Kaiserin bestieg ihren Wagen und fuhr davon, wobei sie sich noch mehrmals nach ihm umsah.

Von da an besuchte sie häufig den Tempel, um mit Xian zu verkehren. Sie schickte ihm Goldmünzen in seine Gemächer und ließ einen kostbar verzierten Sessel, den Wucheng immer benutzt hatte, an seiner Wand aufstellen. Doch all das genügte der Kaiserin noch nicht. Unter dem Vorwand, Predigten hören zu wollen, lud sie über hundert Mönche, die nach Größe ihrer Glieder und Kampfkraft ausgewählt worden waren, zu sich in die inneren Gemächer. Dazu befahl sie mehr als hundert Palastmädchen, die sich durch Schönheit ihrer Scham und Lust an Unzucht auszeichneten. Die brachte sie mit den Mönchen zusammen. Die Kaiserin nannte sich selbst Taixuanzhu, »Die Herrin des Höchsten Mysteriums«. Sie befahl den Palastmädchen, sich nackt auszuziehen und mit entblößter Scham Tan Xian und die Mönche durch alle möglichen Posen zu reizen. Xian wurde Zhaoxuanzhu, »Herr des Leuchtenden Mysteriums« genannt. Er befahl den Mönchen, sich zu entkleiden und ihre wundersamen Glieder hervorzustrecken, damit sie die Kaiserin und die Mädchen erregten. Schließlich versenkte Xian sein steil aufragendes

Werkzeug in die Scheide der Kaiserin, aus der schneckentrüber Saft tropfte. Sie warf sich nieder und ließ Xian einige hundert Mal zustoßen. Dann hieß Xian sie seinen Hals umfassen, griff sie mit beiden Händen an den Hüften und steckte sein fleischernes Werkzeug wieder in ihre Scheide. So lief er mit ihr durch die Säle, wo sie die Palastmädchen und die Mönche bei ihren lüsternen Paarungen beobachteten. Wenn die Kaiserin sah, daß einer der Mönche sich bei diesen Orgien besonders hervortat, machte sie ihn zu ihrem Konkubinen, sie schlief mit jenen aber seltener als mit Tan Xian. Den Palastmädchen, die Freude an diesem Treiben hatten, erlaubte sie manchmal auch, mit Tan Xian zu verkehren. Dann stand sie daneben und fragte, ob sie Vergnügen dabei empfänden. Wenn die Mädchen dann sagten, daß das »Leuchtende Mysterium« alle anderen Mönche übertreffe, lachte sie nur kurz und sagte: »Wenn ich nicht dafür sorgen würde, wie könntet ihr dann dieses Glück erfahren?«

Nackt, wie sie waren, riefen die Mädchen: »Lang lebe die Kaiserin!« Es kam sogar soweit, daß Xian mit »Taishang«, das ist der Titel für den Vater des Kaisers, angeredet wurde. Xian ließ es geschehen, da er nicht wußte, daß dies ein Tabuname war.

Als Kaiser Houzhu das ungebührliche Verhalten seiner Mutter zu Ohren kam, glaubte er zunächst nicht daran. Eines Tages sah er jedoch während eines Besuchs bei der Kaiserin zwei kleine Nonnen an ihrer Seite stehen, die von augenfälliger Schönheit waren. Nachdem er wieder in seinen Palast zurückgefahren war, ließ er die beiden zu sich zitieren, doch die Kaiserin verweigerte ihm seinen Wunsch. Houzhu blieb nichts weiter übrig, als sich abermals zur Kaiserin zu begeben und die beiden mit Gewalt fortzuzerren. Er wollte mit ihnen zusammensein, doch die Nonnen wiesen ihn entschieden zurück. Ihre Gewänder waren so fest geschnürt, daß man sie nicht ausziehen konnte, und so wies er einige Dienerinnen an, ihre Arme festzuhalten, die Gürtel zu zerschneiden und sie zu untersuchen – es waren Mönche. Zwischen ihren Beinen ragte etwas unanständig Steifes hervor. Die Dienerinnen bedeckten ihr Gesicht, spien aus und liefen davon. Daraufhin wurde auch die Sache mit Tan Xian entdeckt, und man verurteilte alle zum Tode. Die Kaiserin wurde in den Nordpalast verbannt, und es erging der Befehl, daß keiner ihrer nahen oder entfernten Verwandten sie sehen dürfe. Sie lebte dann dort in zunehmender Wut und Niedergeschlagenheit, die sie nicht abreagieren konnte. So beauftragte sie einen Eunuchen, ihr einen Herrn Horn, einen gekrümmten künstlichen Phallos zu kaufen, um damit einstweilen ihre Lust zu stillen.

Als der Staat Qi unterging und an Zhou fiel, wurde ihre Gier immer größer, so daß sie selbst mit Straßenjungen zusammen war, doch auch das befriedigte sie nicht mehr. So ging sie häufig in Tempel, wo sie Mönche suchte, mit denen sie zusammenleben konnte. Hatte einer ihr Gefallen gefunden, schwor sie ihm ewige Treue, doch einer allein war ihr niemals genug. Ihre widerlichen Ausschweifungen gingen so weit, daß sie, ohne die geringsten Hemmungen zu empfinden, Dinge tat, bei denen selbst die verdorbensten Weiber und die gewöhnlichsten Dirnen sich verweigert hätten. All das war auf Tan Xians Einfluß zurückzuführen. In der Ära Kaihuang (581–601) der Sui-Dynastie starb sie schließlich an Auszehrung des Knochenmarks. Damals waren Geschichten über sie in aller Munde.

Als zur Yuan-Zeit, fast achthundert Jahre später, der Mönch Yang Lianzhenjia unter Khubilai Khan die kaiserlichen Gräber plündern ließ, erbrach er auch ihren Grabhügel. Als er sah, daß das Gesicht der Kaiserin wie das einer Lebenden war und daß ihr Körper nichts von seiner Fülle und Glattheit verloren hatte, verging er sich an ihr. Ihr Leib war kalt wie Eis, doch ihre Scheide verströmte *Qi*-Energie und war warm wie die einer lebendigen Frau. Da erlaubte er auch den übrigen Mönchen, sie einer nach dem anderen zu schänden. Plötzlich hörte man, wie der Leichnam einen Seufzer aus-

Liebesspiel in der Schlafkammer

stieß. Yang glaubte, es sei ein Geist und zerschlug ihren Leichnam in Stücke, so daß Samen und Blut den Boden bedeckten. Er nahm ihre Grabbeigaben, Perlen und Jade, und verließ das Grab. Ein Zeitgenosse versuchte sich damals an einem Rätselgedicht:

> Kaiserin Hu war wirklich Buddhas Samenkorn!
> Im Leben speiste sie gar viele Mönche,
> Selbst nach dem Tode half sie ihnen,
>   ins Land Buddhas zu gelangen.
> Der Glatzkopf Yang hat ihre Hülle heut' zerhauen,
> Doch sah man drinnen nicht die vielen Mönche.
> Nun frage ich: Wo sind die vielen Mönche wohl?
> Die Antwort: Der kleine Mönch hat sich in ihren
>   Bauch gebohrt,
> Der große Mönch liegt außen auf dem Bauch.
> Was drinnen steckt, das ist der wahre
>   Yang Lianzhenjia,
> Das draußen nur des Mönchs schäbiger Rest.

Nach dem Prinzip der karmischen Vergeltung gelangt der Mensch, wenn seine Gedanken im Angesicht des Todes bei Buddha sind, an das jenseitige Ufer; wenn seine Gedanken bei tierischen Trieben weilen, muß er sich wieder inkarnieren. Kaiserin Hu hat sich zu Lebzeiten viele gute Wurzeln gepflanzt, und selbst nach dem Tod wurden ihr noch Bodhisamen zuteil. Können ihre Gedanken also je anderswo geweilt haben? In ihrem nächsten Leben muß sie ein lustiger Mönch geworden sein.

2.

Die Mönche aus dem Liuzhou-Tempel:
Die Kaufmannswitwe und ihr Töchterlein

Neben dem Liuzhou-Tempel lag ein Blumengarten mit Namen Qinghui, das bedeutet Sonnenglanz, der zum »Palast des Glücks und der Barmherzigkeit« der Song-Herrscher gehörte. Mit der Aufsicht darüber war ein Palasteunuch betraut. Er sah Tag für Tag ältere und jüngere Frauen zum Weihrauchbrennen in den Tempel gehen. Manche kamen nach der Anbetung Buddhas gleich wieder heraus, andere drückten sich den halben Tag dort herum, wieder andere kamen morgens und gingen abends. Einige Frauen, die aus dem Tempel kamen, hielten sich sehr ernst und aufrecht, ihre Frisuren waren wohlgeordnet, aber acht oder neun von zehn trugen die Haarpfeile schief im ungeordneten Haar und hielten den Blick gesenkt, ihre Gesichter waren gerötet, und sie schritten lässig und aufreizend daher. Der Eunuch war aber bereits so an diesen Anblick gewöhnt, daß er dem keine weitere Beachtung schenkte.

Im Sommer des Jahres *Wuwu* (1198) ließ sich der Eunuch in einem Boot auf einem Gewässer außerhalb des Gartens treiben, wo er die Kühle genoß und angelte. Plötzlich sah er eine Sänfte vor dem Tempel ankommen, eine junge Dame stieg aus und schwebte mit leichten Schritten in den Tempel. Drinnen wurde sie von einem Mönch wie eine alte Bekannte begrüßt, beide schienen überglücklich. Der Eunuch rief einen der Sänftenträger und fragte ihn, wer sie sei. Der Träger erzählte ihm folgendes:

»Das ist die sechste Frau von Wang Zhongfeng. Als ihr Vater, ein reisender Kaufmann, in der Fremde starb, bat ihre Mutter einige Mönche, seine Seele herbeizurufen. Nach Abschluß der Begräbnisfeierlichkeiten folgten sie den dort üblichen Regeln und begingen den neunundvierzigsten und den vierundsechzigsten Tag nach seinem Tod. Dafür lud sie oft die Schwarzröcke ein, um Sutren zu lesen und ihrem Gatten in das Land Buddhas zu helfen. Der Tempelmönch Mingwu, ein Wüstling, der noch nie die buddhistischen Regeln eingehalten hatte, erkannte die Schönheit der Mutter und besuchte sie häufig, um sie zu umgarnen. Sie ließ sich von ihm locken, verliebte sich in ihn und erklärte sich zu einem Stelldichein bereit. Mingwu besaß an sich schon ein übergroßes Werkzeug, aber da er ihre Mutter besonders glücklich machen wollte, bestrich er es zusätzlich mit einem Aphrodisiakum, das er sich besorgt hatte. Ihre Mutter war, nach einer langen Zeit trister Enthaltsamkeit, schon sehr zufrieden, daß sie überhaupt mit Mingwu schlafen konnte. Sie hatte aber nicht geahnt, daß er ein solch geübter Kämpfer war, der bei einem Treffen die ganze Nacht hindurch nicht müde wurde. Da bedauerte sie wirklich, daß sie Mingwu erst so spät getroffen hatte und nahm ihn als Vetter an, damit sie sich nach Belieben vergnügen könnten. Damals zählte dieses Mädchen erst zwölf Jahre, so daß Mingwu sich nicht getraute, heimlich mit ihr zu schlafen, weil sie noch so jung war.

Eines Tages brachte er seinen Schüler Guangjue mit, damit er der Mutter als Adoptivmutter seine Reverenz erwiese. Dies tat er in der Absicht, Guangjue als Botenjungen einzuführen, um dort leichter ein- und ausgehen zu können. Als es Abend wurde, blieb Mingwu bei der Mutter, und auch Guangjue sollte dort übernachten. Da Guangjue noch die geschorene Haartracht des Knaben trug, ließ ihn die Mutter mit ihrer Tochter in einem Bett schlafen. Doch wer hätte gedacht, daß in Guangjue schon die Triebe erwacht waren und daß er bereits alles über die Liebe wußte! Kaum war er ins Bett gestiegen, als er auch schon sein Gemächt entblößte und dem Mädchen zeigte.

›Was ist das für ein Ding?‹ rief sie. ›Und warum habe ich so etwas nicht?‹

›Das nennt man *Sheng*‹, sagte Guangjue. ›Und was du

unter deinem Bauch hast nennt man *Bi*. Wenn ich mit meinem *Sheng* dein *Bi* stoße, dann hast du auch einen.‹

›Hat meine Mutter auch einen *Sheng*?‹ fragte das Mädchen.

›Der *Sheng* der Adoptivmutter befindet sich unter dem Bauch meines Meisters‹, erklärte Guangjue.

›Und ist der *Sheng* des Onkels genauso beschaffen wie deiner?‹

›Die Größe ist verschieden‹, gab Guangjue zu.

Das Mädchen knetete sodann mit der Hand seinen dünnen, harten *Sheng*, der einer Pinselkappe glich.

›Nun hast du meinen *Sheng* gesehen‹, sagte Guangjue, ›was hältst du davon, wenn ich einmal versuche, dein *Bi* zu stoßen?‹

›Dürfen das alle wissen, daß du mit dem *Sheng* das *Bi* stößt?‹ fragte das Mädchen.

›Vom *Bi*-Stoßen wissen am besten nur du und ich‹, meinte Guangjue, ›andere dürfen es nicht erfahren.‹

›Was ist, wenn Mutter und Onkel erfahren, daß ich mit dir stoße?‹ fragte das Mädchen weiter.

›Meister und Schüler gehören zusammen. Mutter und Kind sind ein Leib‹, erwiderte Guangjue, ›sie sind nicht wie die anderen Leute. Wenn sie es wissen, schadet es nichts.‹

›Ich habe noch nie gesehen, wie der Onkel das *Bi* der Mutter gestoßen hat‹, sagte das Mädchen. ›Jetzt, wo du mir davon erzählt hast, laß uns zusammen hingehen und heimlich zuschauen, was meinst du?‹

›Wenn ich mit dir stoße, ist das ganz genauso‹, sagte Guangjue, ›warum mußt du denen zusehen? Wenn du mir nicht glaubst, dann warte, bis ich dein *Bi* gestoßen habe, und dann gehen wir schauen, einverstanden?‹

Das Mädchen nickte zustimmend und dichtete: ›Dein kleiner *Sheng*, der stößt mein kleines *Bi*. Es sollen die beiden Kleinen heut nacht sich schön vereinen.‹

Guangjue legte das Mädchen an der Bettkante auf den Rücken und sagte: ›Ein Mann und eine Frau, die werden heute nacht ein Paar.‹

Während sie noch so scherzten, begann mit einem Mal die Lampe heller zu brennen. Die beiden sahen sich an und lächelten leise. Dann schob Guangjue seine Lenden nach vorn, um sie zu stoßen, doch kaum war er ein Stück in sie eingedrungen, netzte schon helles Rot Kleid und Rock. Das Mädchen konnte den Schmerz nicht ertragen, rollte sich zur Seite und richtete sich auf. Als sie die Blutspuren sah, schämte sie sich und verdeckte sie.

›Weißt du denn das nicht?‹ rief Guangjue. ›Mit der Lust beim Stoßen ist es wie bei einer Ohrenbehandlung mit einem Stäbchen: beim ersten Mal merkt man nichts von Wohlgefühl, beim zweiten Mal ist es schon ein wenig besser, und nach dem dritten Mal erfaßt den Körper unbeschreibliche Wonne. Außerdem sagt ein Sprichwort:

> Trifft eine Jungfrau einen Liebsten,
> Schmerzt es beim ersten Mal, als wär's ein
>   Bambusspeer.
> Das zweite Mal gleicht's dem Genuß von scharfem
>   Ingwer,
> Beim dritten Mal wär' selbst der Tod des eigenen
>   Vaters ihr ganz einerlei.

Jetzt, wo ich dich gestoßen habe, wirst du mich dafür lieben. Warum stehst du also auf?‹

›Wenn du mich ein Zehntel stößt, tut es ein Zehntel weh‹, klagte das Mädchen. ›Bei zwei Zehnteln tut es zwei Zehntel weh. Was soll mir dieser schreckliche Stengel für Lust bereiten?‹

›Hör doch einmal!‹ sagt Guangjue. ›Wenn es wirklich so wehtut, warum stoßen dann der Meister und die Adoptivmutter, daß die Ösen der Bettvorhänge scheppern und das ganze Bett wackelt?‹

Das Mädchen lauschte, und wirklich – die Mutter schrie und stöhnte, ächzte und keuchte. Also blieb ihr nichts anderes übrig, sie mußte sich wieder auf das Bett legen und

Guangjue machen lassen. Guangjue befeuchtete sie mit Speichel und drang wieder ein Stückchen ein. Das Mädchen
spürte den Schmerz, aber sie hielt ihm stand und blieb liegen.
Kaum hatte er ein wenig gestoßen, erfaßte sie eine tiefe
Müdigkeit. Gangjue zog seinen *Sheng* heraus, da sagte das
Mädchen: ›Jetzt tut es drinnen weh, weil es so leer ist; was
tun?‹

Also stopfte Guangjue seinen *Sheng* wieder in ihr *Bi*, doch
nun klagte sie: ›Wenn er drinsteckt tut es weh, wenn er nicht
drinsteckt tut es auch weh.‹

›Wenn ich ihn hineinstecke und bewege, dann wirst du
dich ganz öffnen‹, erklärte Guangjue, ›wenn ich ihn hineinstecke und nicht bewege, bleibst du verschlossen. Wenn ich
ihn also hineinstecke wie eben, und mich dazu bewege, dann
wirst du dich bald geöffnet haben und keine Schmerzen mehr
empfinden.‹

›Also steck ihn hinein, aber beweg dich nicht!‹ bat das
Mädchen.

So umarmten sie sich und schliefen ein.

Um Mitternacht hatten auch Mingwu und die Mutter ihre
Sache beendet, sie schliefen aber noch nicht. Da sagte Mingwu: ›Wir haben heute einen Fehler gemacht. Guangjue ist
zwar noch jung, aber er kennt sich schon in der Liebe aus.
Warum haben wir ihn nur mit dem Mädchen schlafen lassen –
er hat sie bestimmt entjungfert.‹

›Er hat noch seine Knabenfrisur, und sein Mund riecht
noch nach der Muttermilch‹, beruhigte ihn die Mutter, ›was
kann er denn schon von den Freuden des Stoßens wissen?‹

›Gehen wir hin und sehen nach!‹ schlug Mingwu vor.
›Dann wissen wir, ob etwas vorgefallen ist.‹

Sie schlichen leise zur Kammer des Mädchens und fanden
Guangjue und das Mädchen engumschlungen schlafend.
Mingwu klatschte laut lachend in die Hände und riß die
beiden aus ihren Träumen. Als sie Mingwu und die Mutter
vor dem Bett sahen, wußten sie, daß die Sache entdeckt war.
Das Mädchen verbarg eilig ihren Kopf unter der Decke.

Guangjue tat erstaunt: ›Meister, Adoptivmutter! Was tut ihr hier so spät in der Nacht?‹

›Euch erwischen‹, sagte Mingwu.

›Als Ihr und die Adoptivmutter gearbeitet habt, daß die Berge schwankten und die Erde bebte, ist keiner gekommen, um euch zu erwischen‹, sprach Guangjue. ›Wir beide haben tief und friedlich geschlafen, wieso sagt Ihr so etwas?‹

›Hör mit dem Gefasel auf‹, brummte Mingwu. ›Warte nur, bis die Adoptivmutter das *Bi* des Mädchens untersucht hat, dann wissen wir, was passiert ist.‹

Die Mutter zog Mingwu auf die Seite und sagte: ›Du gehst hinaus und wartest, bis ich sie angeschaut habe!‹

›Ich habe noch nie das *Bi* einer Jungfrau gesehen‹, sagte Mingwu, ›laß mich doch die Gelegenheit nutzen!‹

›Wo gibt's denn so was‹, rief die Mutter empört, ›daß ein Onkel das *Bi* seiner Nichte betrachten will!‹

›Wenn die Schwägerin ertrinkt und man ihr mit der Hand heraushilft, ist das die Ausnahme.‹ zitierte Mingwu den strengen Konfuzius. ›Dein *Bi* stoße ich immer, das *Bi* meiner Nichte ist die Ausnahme. Was macht es also, wenn ich es einmal anschaue?‹

Doch die Mutter wollte nicht. ›So einen schamlosen Onkel wie dich gibt es auf der Welt kein zweites Mal‹, rief sie.

›Aber auch keine so kleinliche Adoptivmutter wie dich‹, versetzte Mingwu.

›Mädchen und Frauen haben alle das gleiche *Bi*‹, versuchte ihn die Mutter zu überzeugen. ›Es unterscheidet sich nur in Größe, Weite und Tiefe.‹

›Dann ist zwischen Knaben und Männern auch kein Unterschied‹, spottete Mingwu. ›Außer Länge, Dicke und Härte.‹

Die Mutter gab auf: ›Wenn du es unbedingt sehen mußt, will ich es dir erlauben. Aber du darfst auf keinen Fall ihre Brust anfassen oder ihren Bauch streicheln.‹

›Ob sie stoßen will oder angefaßt werden will, hängt ganz von ihr ab‹, meinte Mingwu. Die Mutter zog nun die Decke

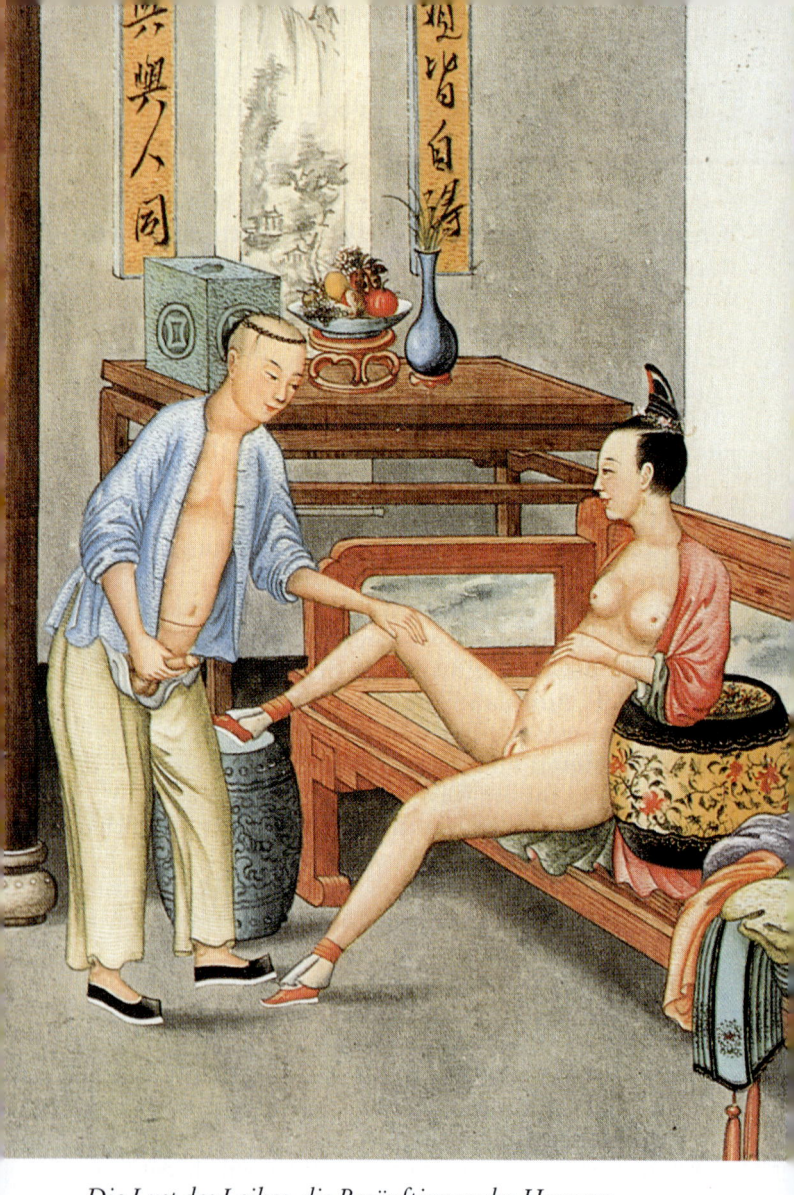

Die Lust des Leibes, die Besänftigung des Herzens

weg und wollte sie untersuchen. Doch das Mädchen schämte sich entsetzlich, sie hielt die Decke fest und wollte sie nicht hergeben. Schließlich half Mingwu der Mutter, sie aufzudecken. Er sah, daß das Mädchen einen jadegleichen Körper hatte, von dem dazu ein betörender Duft ausging. Bei diesem Anblick mußten jedem Mann die Seelen aus dem Körper entweichen, die Hände zu tanzen, die Füße zu stampfen beginnen. Mingwu schob ihre Schenkel auseinander und sah auf ihren Graben, aber:

Eine Jadenadel hatte die Höhle der bräutlichen Vögel
    zerstochen,
Die schillernde Eisvogeldecke war von Pfirsichwellen
    benetzt.
Diese Muskatblüte war gebrochen.

›Wer hätte gedacht, daß dieser Bub so ein Glück hat?‹ sagte Mingwu.

›Er hat meine Tochter ruiniert!‹ jammerte die Mutter.

Das Mädchen fragte: ›Was meinst du, kann ich Guangjue heiraten?‹

›Du irrst‹, sagte die Mutter. ›Wie kann denn ein Mönch heiraten?‹

›Aber warum bist denn dann du mit dem Onkel zusammen?‹

›Das zwischen mir und dem Onkel nennt man heimliche Liebe‹, erklärte die Mutter. ›Das ist kein geregeltes Verhältnis.‹

›Mach dir keine Sorgen über die Zukunft‹, beruhigte sie Mingwu, ›im Moment können wir uns ruhig miteinander vergnügen. Wenn du groß bist und heiratest, dann wirst du mit deinem Mann schlafen. Wenn du aber auf einen guten Mann treffen solltest und er dich zurückweist, dann können wir uns immer noch etwas einfallen lassen.‹

Die Mutter zog Mingwu zurück in ihr Zimmer. Als Guangjue sah, daß sie fort waren, vergnügte er sich noch einmal mit dem Mädchen. Sie konnte ihn zwar nur mit Mühen in sich aufnehmen, hatte aber diesmal weniger Beschwerden als zuvor.

Von da ab war Guangjue immer dabei, wenn Mingwu kam. Mutter und Tochter hatten gleichermaßen ihr Vergnügen und erlebten lustvolle Zeiten. Mingwu zerschnitt die Sehnsucht nach dem Mädchen das Herz, aber jedesmal, wenn er sich an sie heranmachen wollte, kam etwas dazwischen. Eines Tages jedoch war Guangjue krank und mußte im Bett bleiben, so daß Mingwu allein zu dem Mädchen ging. Ihre Mutter war gerade nicht da, und so umarmte Mingwu das Mädchen und küßte sie auf den Mund. Da sie ihn nicht abwies, holte Mingwu eilig sein fleischernes Werkzeug heraus und wollte sich mit ihr vereinen. Als das Mädchen aber sah, daß Mingwus fleischernes Werkzeug groß und hart war wie ein Wäscheklopfer, schrie sie entsetzt auf und wollte davonlaufen. Mingwu hielt sie fest. ›Wo willst du denn hin?‹ fragte er.

›Der *Sheng* meines Adoptivbruders ist dünn und hart wie eine Pinselkappe, aber wenn er mich stößt, kann ich es vor Schmerzen nicht aushalten. Dein *Sheng* ist so groß, wenn du damit in mein *Bi* stößt, wirst du mich zu Tode stoßen.‹

›Wenn Frauen oder Mädchen auf einen Mann mit kleinem *Sheng* treffen‹, erklärte Mingwu, ›dann empfinden sie keinerlei Vergnügen, sobald er ihr *Bi* stößt. Wenn aber ein ganz großer *Sheng* in ein ganz kleines *Bi* hineinstößt, dann schmerzt es zwar einen Augenblick, doch dann fühlt man Wonnen, die sich nur schwer beschreiben lassen. Du brauchst keine solche Angst zu haben. Ich stecke ihn nur ein, zwei Zoll hinein und warte, bis du Genuß dabei empfindest, erst dann stoße ich ihn bis zur Wurzel hinein. So werde ich dir auf keinen Fall Schmerzen bereiten; was hältst du davon?‹

Als das Mädchen das hörte, wurde sie schwankend. Mingwu zog ihr den Rock aus und begann, sie mit der Hand zu streicheln. Doch obwohl das Lustwasser in Strömen lief, konnte ihre Höhle gerade einen Finger aufnehmen. Nun brachte er vorsichtig seinen *Sheng* an ihr *Bi*, doch ein Eindringen war unmöglich. So feuchtete er den Schildkrötenkopf zusätzlich mit Spucke an und rieb kräftig am Eingang ihres *Bi*. Endlich brachte er den Schildkrötenkopf unter. Das Mädchen klagte zart und wand sich ängstlich – es läßt sich kaum beschreiben. Nachdem Mingwu sie einige Zeit bearbeitet hatte, konnte er sich nicht länger beherrschen, und sein Samen schoß mitten in ihre Scheide. Das Mädchen spürte einen Schwall *Qi*, und plötzlich wurde ihr ganzer Körper weich, warm und kraftlos. Eilig fragte sie: ›Was war das für ein Schwall?‹

›Das war Samen‹, sagte Mingwu.

›Wieso hat Guangjue das noch nie gehabt?‹ fragte sie weiter.

›Junge Männer haben erst mit fünfzehn Jahren Samen, erst dann vergießen sie ihn beim Verkehr. Mädchen werden dagegen mit Vierzehn geschlechtsreif, wenn ihr Monatsblut zu fließen beginnt. Guangjue ist erst Dreizehn, wie soll er da Samen haben? Außerdem, auch wenn das Stoßen an sich schon Genuß verschafft, ist der *Sheng*, wenn der Samen kommt, doch noch dicker, härter und größer als vorher. Dann füllt er das *Bi* restlos aus und seine Bewegungen bringen ein unsägliches Glücksgefühl. Ohne mich hättest du heute diese Wonnen nicht erlebt.‹

Das Mädchen lächelte nur und sagte nichts darauf. Plötzlich kam die Mutter zurück. Als sie sah, daß Mingwu und das Mädchen beieinander saßen, sich neckten und kicherten, konnte sie ihre Eifersucht nicht bezähmen. Sie ging wortlos zu Mingwu und schlug ihn auf den Hals. Das Mädchen lief ängstlich in ihr Zimmer, Mingwu kniete nieder und sagte: ›Da ich weiß, daß das Schwesterchen mit Guangjue zusammen war, habe ich es im Scherz gefragt, ob sie Lust oder Schmerz dabei empfunden hat. Warum bist du deswegen eifersüchtig? Sie wird doch irgendwann ohnehin heiraten. Du und deine Tochter, ihr solltet euch beide mit mir vereinen, dann wären wir uns noch vertrauter und noch mehr zugetan und hätten alle mehr Vergnügen.‹

›Wie soll denn das *Bi* meiner Tochter einen *Sheng* wie den deinen aufnehmen können?‹ meinte die Mutter. ›Hör auf mit solchen Reden!‹

›Wenn sie noch eine ungeöffnete jungfräuliche Blüte wäre, dann hätte sie sogar Schwierigkeiten, wenn sie von Guangjues *Sheng* gestoßen würde‹, bohrte Mingwu weiter. ›Aber nun wird sie doch schon lange von Guangjue gestoßen, und da kann sie auch ein größerer nehmen. Du brauchst dir keine Sorgen um sie zu machen, wenn du mir nicht glaubst, will ich sie einmal vor deinen Augen stoßen.‹

Die Mutter wollte das unter keinen Umständen zulassen, doch Mingwu kniete vor ihr, bat und flehte inständig und weigerte sich, aufzustehen. Schließlich sagte sie: ›Selbst wenn ich zustimmen würde, so würde es doch meine Tochter nicht wollen.‹

›Wenn du nur einverstanden bist!‹ rief Mingwu. ›Wenn sie nicht willig ist, kannst du mir helfen und ihre Arme festhalten. Wenn ich erst einmal hineingestoßen habe, bringt sie mich nicht so leicht wieder hinaus.‹

Der Mutter blieb nichts übrig, sie mußte mit Mingwu zum Zimmer des Mädchens gehen. Das Mädchen saß dort gerade mißmutig herum, und als sie die Mutter und Mingwu eintreten sah, fragte sie, warum sie gekommen seien.

›Ich bin gekommen, um ein wenig mit dir zu spielen‹, sagte Mingwu. ›Was hältst du davon?‹

Das Mädchen tat zornig und schalt: ›Du schamloser, glatzköpfiger Schurke! Du hast meine Mutter verführt und willst nun mit mir das gleiche tun. Ich werde laut schreien, dann ist dein Leben verwirkt.‹

Mingwu ließ sie schelten. Er hielt einfach ihre Hände fest, riß ihr die Hose herunter und wollte sie stoßen. Die Mutter rief: ›Verletze sie nicht in deiner Eile, bis ich sie ordentlich vorbereitet habe, bevor du sie stößt!‹

›Laß nur!‹ sagte Mingwu. ›Ich kann mir selber helfen.‹

Er rieb eilig den Kopf seines *Sheng* mit Speichel ein und richtete ihn gegen das *Bi*. Das Mädchen gab einen Laut der

Überraschung von sich, doch da war der Kopf des *Sheng* schon weit vorgestoßen. Dann begann sie zu schreien, und Mingwu zog sich eilig zurück, er war davor aber bereits mehr als bis zur Hälfte eingedrungen. Dem Mädchen staken die Haarpfeile schief in der zerzausten Frisur, das Bett war benetzt von hellem Rot. Mingwu war über diesen Anblick erschrocken, aber auch erfreut.

›Jetzt hast du sie ruiniert!‹ schrie die Mutter. ›Dein Schüler wird dir das auch verübeln.‹

›In zwei Jahren ist sein *Sheng* genauso groß und dick wie meiner‹, sagte Mingwu, ›wie könnte ich sie denn zu Schaden stoßen?‹

Er begann laut zu lachen und kam zum Ende. Die Mutter wußte natürlich nicht, daß das Mädchen bereits mit Mingwu Verkehr gehabt hatte. Von da an mochte sie Mingwus lüsterne Zudringlichkeiten und schalt ihn nicht mehr.

Als Guangjue von seiner Krankheit genesen war und wie früher mit dem Mädchen schlief, war sie überrascht von seiner Kleinheit, und Guangjue von ihrer Größe. Obwohl es ihnen gelang, ihr Spiel zu Ende zu bringen, waren beide danach still und unbefriedigt. Guangjue war klar, daß sein Meister ihn betrogen hatte, aber was hätte er dagegen tun sollen? Das Mädchen wurde jedenfalls mit Mingwu immer vertrauter.

Vor zwei Jahren heiratete sie dann Wang Zhongfeng. Aus Angst, ihre Schande könnte offenbart werden, kam sie auf die Idee, Wang Zhongfeng vor der Hochzeitsnacht betrunken zu machen; so gelang es ihr, ihn zu überlisten. Ich weiß nicht, warum sie nun heute wieder in den Tempel kommt. Ich denke, da Guangjue nun erwachsen ist, wird sie die alten Beziehungen wieder anknüpfen wollen.«

Der Eunuch schwankte nach dieser Geschichte zwischen Zweifeln und Glauben. Er spähte hastig über die Mauer und sah gerade, wie ein Mönch das Mädchen festhielt und in den Hals biß. Das Mädchen schrie laut lachend auf und drehte den Kopf, um ihn zu küssen. Nach einer Weile wurden Wein und

Speisen gebracht, und die beiden Mönche setzten sich neben das Mädchen. Sie warf schmachtende Blicke nach rechts und links, konnte bald ihre Glut nicht mehr im Zaum halten und ergab sich den lüsternen Annäherungen der Mönche:

> Ein Weib, zwei Mönche – tausend Arten Unzucht
> Ein *Bi*, zwei *Sheng* – ein Wettbewerb im Stoßen

Der Eunuch riß Mund und Augen auf und brachte eine Weile kein Wort hervor. Am nächsten Tag besuchte er Wang Zhongfeng und fragte ihn: »Ist Eure werte Gattin gestern im Liuzhou-Tempel gewesen?«

»Meine Frau hatte ein kleines Anliegen, darum ist sie dort hingegangen«, entgegnete Zhongfeng.

Da erzählte ihm der Eunuch die ganze Geschichte und wie es dazu gekommen war. Zhongfeng war schockiert und wütend. Er ging zu dem Mädchen und befragte sie. Als sie erkannte, daß er alles herausgefunden hatte, blieb sie stumm und wagte nicht, etwas zu erwidern. Zhongfeng brachte die Sache vor den gestrengen Richter in Hangzhou, damals der Präfekt Zhao Shiyi. Er ließ die Mönche festnehmen und verhörte sie. Der eine gab an, er habe das Mädchen in den Hals gebissen, weil sie ihn versetzt habe. Die Mönche erhielten eine Gefängnisstrafe, das Mädchen wurde geprügelt und verbannt.

Betrachtet man am Beispiel von Wang Zhongfeng das Pech anderer Leute, stellt man fest, daß es gar kein Pech ist, denn es wirkt dagegen zu unbedeutend. Nur er hatte echtes Pech, das diese Bezeichnung verdient. Wie hätte er sonst so hirnlos Opfer bringen können, ohne die leiseste Ahnung davon zu haben?

3.

Frühreife Spiele und der Meister Feng

Vizeminister Li stammte aus dem südlichen Yunnan. Seine Frau war früh verstorben, und so heiratete er in Jinling ein junges Mädchen. Noch bevor jenes Mädchen im heiratsfähigen Alter von fünfzehn Jahren war, spielte sie einmal im Garten mit dem Nachbarssohn Hua Sheng Karten. Nachdem der dreimal gewonnen hatte, rief das Mädchen aufgebracht: »Du kannst doch unmöglich immer gewinnen! Ich setze meine Perlohrringe – wenn du wieder gewinnst, gebe ich sie dir. Wenn du verlierst, gibst du mir deinen Jadehaarpfeil.«

»Ohrringe und Haarpfeil gehören unseren Eltern«, wandte Sheng ein. »Wenn sie davon erfahren, gibt es bestimmt Prügel.«

»Da hast du allerdings recht«, sagte das Mädchen. »Dann darf der Gewinner den Verlierer zehnmal auf den Arm schlagen, was hältst du davon?«

»Schlagen tut doch weh, wozu das? Da wäre es doch besser, wenn wir um den Körper spielten.«

»Du bist doch verrückt, wie kann man denn um den Körper spielen?« fragte das Mädchen. »Wenn ich verliere«, erklärte Sheng, »lege ich mich auf die Steinbank, und du darfst nach Belieben auf meinem Körper herumspielen. Wenn du verlierst, legst du dich auf die Steinbank, und ich darf mich auf dich setzen und mich an deinem Körper erfreuen. So brauchen wir keine Pfänder, und keiner muß leiden, sondern wir können uns nach Herzenslust vergnügen. Ist das nicht gut für jeden von uns?«

»Vortrefflich!« lachte das Mädchen. »Wenn ich gewinne, mußt du dich hinlegen und dich meinen Befehlen fügen. Du darfst dich in keinem Fall weigern!«

»Ich hab hier ein falsches Gemächt / Mit dem will ich bei dir
spielen . . .«

»Spürst gleich du das süße Gefühl, / So laß dich ein Weilchen
betrügen / Und denk nicht dran, wer's mit dir treibt.«

»Einverstanden!« erklärte Sheng.

Unglücklicherweise verlor er das nächste Spiel. Er legte sich sogleich auf die Steinbank und rief das Mädchen, damit sie mit ihm spiele.

»Ich will nicht, daß du liegst«, sagte das Mädchen, »du sollst nur ganz aufrecht und gerade dort sitzenbleiben!«

»Wieso brichst du denn unsere Abmachung?« protestierte Sheng.

»Das tue ich nicht«, sagte das Mädchen, »wenn du gewinnst, bestimmst du, wenn ich gewinne, bestimme ich. Ich spiele nur mit dir, schlage dich nicht, schelte dich nicht; wieso sagst du, ich breche die Abmachungen?«

Da blieb ihm nichts übrig, als sich hinzusetzen. Das Mädchen ging zu ihm hin und spottete: »Sitz nur recht gerade, mein Kleiner, und warte, bis die Mama kommt und dich schön macht. Wenn du auch nur ein bißchen schief sitzt, darfst du mir nicht verdenken, wenn ich wortbrüchig werde.«

Sheng erwiderte nichts. Das Mädchen löste sein Haar und formte es zu einem flachen Knoten. Dann legte sie ihm einen kleinen Stein auf den Kopf und befahl: »Du darfst dich kein bißchen bewegen. Ich werde dich jetzt kitzeln, aber du darfst nicht lachen. Wenn du lachst oder der Stein herunterfällt, mußt du hier im Garten niederknien, und ich lasse dich erst morgen wieder aufstehen.«

Sheng blieb nichts anderes übrig, als sie gewähren zu lassen. Das Mädchen kitzelte ihn so lange, bis er es nicht mehr aushielt: er mußte lachen und sprang auf. Da ließ sie ihn zur Strafe niederknien. Schließlich lachte sie und rief: »Komm schnell, ich will nochmal mit dir wetten.«

Diesmal gewann jedoch Sheng. »Und nun?« fragte er.

»Das bestimmst du«, sagte das Mädchen.

»Leg dich nur auf die Steinbank und warte auf meine Anweisungen!« befahl ihr Sheng.

»Ich warte lieber im Sitzen.«

»Wenn du dich nicht hinlegst«, drohte Sheng, »dann

schreie ich ganz laut, daß du gegen die Abmachungen verstößt.«

Das Mädchen lachte und legte sich auf die Bank. Da umarmte Sheng sie und küßte sie. Als das Mädchen den Kopf wegdrehte, rief er: »Warum folgst du mir nicht?«

Also mußte ihn das Mädchen küssen. Er streckte die Zunge heraus und wollte, daß sie sie auch in den Mund eindringen ließ. Sie tat, wie befohlen. Dann streichelte Sheng ihre Brust. Sofort deckte sie ihre Hände schützend darüber.

»Wieso folgst du mir denn schon wieder nicht?« brauste er auf. Dem Mädchen blieb nichts übrig, als die Hände wegzunehmen und ihn ihre Brust streicheln zu lassen. Mit der einen Hand umfing er ihren Hals, mit der anderen zog er ihr den bestickten Rock herunter und befühlte ihre Scham. Das Mädchen richtete sich hastig auf und schrie: »Das darfst du nicht! Was soll denn das werden?«

»Das war doch ausgemacht.« sagte Sheng. »Der Gewinner darf nach Belieben mit dem Körper des anderen spielen. Du warst die erste und hast mich genug gequält, und ich habe dir trotzdem gefolgt. Dann hast du mich auch noch ewig knien lassen. Wie kommst du nun dazu, dich zu weigern, wenn ich dich im Spiel ein wenig reibe und streichle?«

So mußte sich das Mädchen also seinem Streicheln und seinen Blicken aussetzen; sie bedeckte nur ihr Gesicht mit dem Ärmel. Sheng betrachtete ihren roten, roten Graben, zu dessen Seiten zwei weiße, weiße Hügel hoch, hoch emporragten; es sah aus wie ein gedämpfter Fladen, der in der Mitte eine Einbuchtung hat. Dann senkte er sein eigenes Ding in ihren Graben.

»Du hast am Anfang gesagt, daß wir nur auf dem Körper spielen«, schmollte das Mädchen, »aber nun steckst du bei mir drin, und das tut weh. Du hast mich hereingelegt.«

Sheng zog sich eilig zurück und sagte: »Diesmal verschone ich dich noch. Wenn du aber wieder verlierst, dann mußt du mich nach meinem Willen spielen lassen und darfst dich keinesfalls mehr weigern.«

»Wenn du gewinnst«, stimmte sie zu, »darfst du tun, was du willst, und ich werde mich bestimmt nicht weiter weigern.«

Doch wider Erwarten verlor sie erneut zwei Spiele.

»Diesmal wirst du dich wohl kaum entziehen können«, sagte Sheng.

»Ist ja gut, ist ja gut! Tu, was du willst!« lachte das Mädchen. Sie blieb aber auf der Bank sitzen und bewegte sich nicht.

»Wieso liegst du denn noch nicht?« fragte Sheng.

»Sitzen ist doch das Gleiche«, versetzte sie. Da drückte er sie auf die Bank, zog ihr den Rock herunter und steckte sein Ding in ihren Graben.

»Es tut da drinnen wieder weh«, klagte das Mädchen. »Warum mußt du so grausame Späße mit mir treiben?«

»Dir hat die Natur dies Loch gegeben«, sagte Sheng, »mir diesen Stengel. Wenn wir die beiden so zusammenbringen, daß kein Fädchen mehr dazwischen paßt, ist das ein herrliches Spiel.«

»Das ist aber ein sehr ungezogenes Spielchen«, meinte das Mädchen.

»Es heißt ›Bums-die-Muschi-Spiel‹ und macht einen Riesenspaß. Wir können es jeden Tag spielen. Wir verlieren keine Ohrringe oder Haarnadeln, und die Eltern merken auch nichts davon. Ist das nicht großartig?«

Das Mädchen nickte zum Einverständnis.

Von da tat sie jeden Tag mit Sheng im Garten derlei Dinge und führte zweideutige Gespräche. Da sie aber noch so klein waren, und auch ihre Dinger recht mickrig, war das alles für die beiden nicht recht befriedigend.

Als Vizeminister Li mit ihr die Hochzeitsnacht verbrachte und merkte, daß sie entgegen seinen Erwartungen keine wirkliche Jungfrau mehr war, stieg in ihm der Ärger hoch. Das Mädchen jedoch war, als sie Lis fleischernes Werkzeug empfing und sogleich spürte, daß es ungleich viel größer sein

Von da an tat sie jeden Tag mit Sheng im Garten derlei Dinge . . .

mußte als das von Hua Sheng, insgeheim überaus zufrieden. Allerdings war Li ein Mann in mittleren Jahren, und so wurde er, trotz seiner anfänglichen Härte, bald wieder weich und blieb es dann auch. Daher fand das Mädchen bei diesem Spiel nicht die erwünschte Befriedigung und haderte häufig mit Himmel und Erde.

Eines Tages im Sommer kam eine Lehrnonne zu Besuch. Das Mädchen behielt sie da, damit sie sich ausruhen und waschen konnte. Die Nonne hockte sich in den Waschzuber und wusch mit beiden Händen voller Eifer auch ihre Scham.

»Du hast doch keinen Mann«, sagte das Mädchen, »da reicht es doch, wenn du dich normal wäschst. Warum reibst du da so mühevoll herum?«

»Meint Ihr, nur Ihr hättet einen Ehemann, ich aber keinen?« fragte die Nonne zurück.

»Wenn eine Nonne einen Mann will, muß sie sich einen Mönch suchen«, sagte das Mädchen. »Wenn ich mir aber dein Ding betrachte, so groß und breit wie das ist, zwingst du wohl jeden Tag einen Rettich hinein. Denn ein so großes Organ gibt es auf der ganzen Welt nicht.«

»Dafür suche ich mir lieber jemanden«, meinte die Nonne, »und das kann mir auch keiner verbieten. Was soll ich mich mit einem Rettich plagen, um mir etwas vorzumachen? Man steckt ihn hinein, fährt damit hinein und heraus, das schafft doch kein Vergnügen! Ich habe woanders einen besseren Partner.«

Das Mädchen zeigte auf einen herumliegenden Rettich und sprach: »Ich glaube nicht, daß irgendein Mann so ein Organ hat.«

»Es gibt einen Meister Feng, dessen Gemächt ist noch größer als der«, sagte die Nonne. Als das Mädchen das hörte, riß sie die Augen auf und errötete. Sie bedauerte zutiefst, daß sie nicht gleich mit Meister Feng eine Runde wagen konnte.

Von da an dachte sie Tag und Nacht nur noch darüber nach, wie sie ein Treffen mit ihm arrangieren könnte. Die Nonne erzählte auch, daß Meister Feng sich auf die Austreibung von Geistern und Dämonen verstehe und Zauberwesen und Kobolde zitieren könne. Da lief das Mädchen mit wirrem Haar und ungewaschenem Gesicht herum und tat, als wäre sie völlig verrückt geworden. Sie wies Li ab und ließ ihn nicht mehr in ihre Gemächer. Die Nonne brachte ihr heimlich zu Essen, doch zu Li sagte sie: »Die Herrin hat drei Tage nichts zu sich genommen.«

Li wußte nicht mehr, was er tun sollte. Die Nonne sagte: »Hier in Jinling geht die Sage von einem einbeinigen Berggeist, den man den ›Weisen Heiligen der Fünf Durchdringungen‹ nennt. Ich fürchte, die Herrin ist von ihm besessen. Ihr müßt mit äußerster Inbrunst fasten und den Meister Feng herbeibitten, damit er ihn mit einer Zeremonie austreiben kann; dann wird sie vielleicht genesen.«

Li wählte also einen günstigen Tag aus, um Meister Feng aufzusuchen und ihn herzuholen. Als das Mädchen dies hörte, war sie zwar innerlich hochbeglückt, nach außen gebärdete sie sich jedoch noch rasender, damit Li nicht ihre heimliche Leidenschaft entdeckte und den Meister Feng am Ende doch nicht einlud.

Nachdem Feng eingetroffen war, fabulierte er vor Li: »Gerade als ich zum Tor hereinkam, hat mir Euer Hausgeist verraten, daß die Besessenheit der Herrin von Euch aus dem Norden mitgebracht wurde. Ihr müßt Euch an einem weit entfernten Ort verbergen und warten, bis ich die Austreibung durchgeführt habe und der Dämon sich ebenfalls entfernt hat.«

Li folgte seinen Worten und fand bei entfernt wohnenden Verwandten Zuflucht. Feng schrieb nun in zinnoberfarbener Siegelschrift eine Beschwörungsformel und markierte einen Altar auf der Erde. Diesen umkreiste er mit den Schritten des mythischen Herrschers Yu, wobei er laut die anderen acht göttlichen Herrscher über Himmel und Erde, Krieg und Frieden, Yin und Yang, Mond und Sonne und die vier Jahreszeiten anrief. Er verbot Mägden und Dienern, herumzulaufen und zu lauschen oder ihn zu beobachten, damit sie nicht den Zorn der Götter erregten. Nur er und die Nonne durften in das Zimmer des Mädchens.

Als sie Feng erblickte, war ihr, als hätte sie einen Schatz gefunden. Ihr langes Siechtum war mit einem Schlag beendet, sie sprang auf, kämmte und schminkte sich und begrüßte Feng. Die Nonne sagte: »Die Herrin verzehrt sich schon lange nach Euch, Meister. Hab Mitleid und laßt sie nicht warten!«

Da zog sich Feng die Unterkleider aus und führte die Hand des Mädchens zu seinem fleischernen Werkzeug, das hart und fest hervorstarrte.

Das Mädchen ergriff es und sagte: »Dies Ding ist wirklich nicht von dieser Welt, ein Rettich ist da nur ein müder Abklatsch!«

Sie schob sich ein halbmondförmiges Kissen unter die Hüften und legte sich auf den Rücken.

Feng hob ihre Beine in die Höhe und drang in sie ein. Das Lustwasser des Mädchens floß in Strömen, sie keuchte und atmete hastig. Feng versenkte sich bis zur Wurzel und begann wild zu stoßen. Nach einigen hundert Stößen sah das Mädchen Feng an und flüsterte: »Das ist überirdisch! Ich sterbe vor Lust!«

Feng wollte nun ein wenig verschnaufen, als er aber sah, wie es in dem Mädchen loderte, stieß er weiter zu, wodurch sie noch seliger wurde.

Die Nonne mahnte: »Ihr dürft eure Gefühle nicht bis zur Neige auskosten, eurer Lust nicht die Zügel schießen lassen! Ihr werdet noch viel Zeit miteinander haben, aber wir sollten einen Plan für die Zukunft machen, damit die Sache nicht eines Tages herauskommt.«

Doch ihre beiden Leiber klebten noch lange aneinander, bevor sie sich endlich erhoben. So ging es über hundert Tage. Li erkundigte sich nur von Ferne und wagte nicht, nach Hause zurückzukehren.

Seit das Mädchen mit Feng zusammen war, konnte sie sich keinen Moment mehr von ihm trennen. So verfiel sie darauf,

Li zu vergiften. Als Li gestorben war, brachten die Diener ihren Ehebruch vor Gericht, und die Übeltäter wurden nach dem Gesetz bestraft.

Vizeminister Li war eben ein Riesentrottel!

Als sie eines Mittags mit Zhou in ihrem Zimmer Unzucht trieb,
kam durch Zufall ihr zukünftiger Gatte vorbei und beobachtete sie

4.

Mutter und Tochter mit den Mönchen vom Baokui-Tempel

In Hangzhou gab es eine Frau, die hatte geheiratet und eine Tochter geboren. Nachdem ihr Mann gestorben war, ging sie mit einem gewissen Lü eine zweite Ehe ein. Als Lü einmal in der Hauptstadt zu tun hatte, ertrug seine Frau die Einsamkeit nicht und suchte bei anderen Männern Befriedigung. Dies tat sie über lange Zeit. Ihre Tochter war damals gerade zwölf Jahre alt; nach ihrer zweiten Heirat hatte die Frau sie in eine Arztfamilie versprochen, doch da der Sohn des Arztes noch sehr jung war, hatte die Hochzeit noch nicht stattgefunden. Allein, die Tochter betrug sich nicht, wie es sich geziemt, sie unterhielt eine heimliche, enge Liebesbeziehung zu einem Mann aus der Nachbarschaft mit Namen Zhou Yi. Als sie eines Mittags mit Zhou in ihrem Zimmer Unzucht trieb, kam durch Zufall ihr zukünftiger Gatte vorbei und beobachtete sie. Er sah, daß Zhou sich ihre Beine auf die Schultern gelegt hatte, und sie im Stehen bearbeitete. Ohne daß sie es verhindern konnte, wurde sie immer erregter. Sie drängte Zhou hastig, tief zu ihrem Blütenherz vorzustoßen, doch er drang absichtlich nur ganz wenig ein und ging nicht in Tiefe. Das Mädchen stöhnte enttäuscht auf. Sie sah Zhou an und fragte: »Liebster, warum tust du so etwas?«

Zhou lachte und sagte: »Dein *Bi* ist so winzig, Schwesterchen, und mein *Sheng* so groß. Ich fürchte, dir weh zu tun, darum stecke ich ihn nur ganz langsam hinein.«

Das Mädchen schlug ihn auf die Wange und rief: »Daß du Schuft doch tot umfielst! Vor ein paar Tagen, als ich solche Schmerzen hatte und dich unablässig anflehte, nur die Hälfte hineinzustecken und dich vorsichtig zu bewegen, da mußtest du unbedingt bis zur Wurzel eindringen und ohne Ende brutal und wild schieben und stoßen, so daß in mir 'alles geschwollen und heiß war. Es hat so scheußlich weh getan, daß ich kaum Wasser lassen konnte. Nun, wo es heiß in mir juckt und ich mit dir etwas kräftiger spielen will, wo du einmal mit Wucht tief eindringen sollst, da willst du auf einmal nicht hinein. So einen treulosen Kerl wie dich will ich nicht um mich haben.«

Zhou Yi lachte und sagte: »Ich habe gemerkt, daß du heute besonders lustig bist, darum wollte ich dich ein wenig nekken.«

[Hier fehlen Teile des Textes. Anm. d. Üb.]

Als die Nachbarn erfuhren, daß Mutter und Tochter mit den Mönchen Unzucht trieben, eilten sie gemeinsam zum Baokui-Tempel, doch dort fanden sie den Wohntrakt verschlossen, kein Laut war zu hören. Sie mußten über die Mauer steigen, um hineinzukommen. Sie gelangten zu einem verdunkelten Raum, der innen von Kerzen und Lampen hell erleuchtet war. Dort sahen sie sieben, acht Mönche, die die Frau umarmten, mit ihr scherzten und tranken und alle Arten von widerlichen Ausschweifungen mit ihr trieben. Sie ergriffen sie und brachten sie vor den Magistrat. Der Magistrat ließ auch die zwei Nonnen festnehmen und unterzog sie einem peinlichen Verhör. Es ergab sich, daß ein Mönch die Frau in den Tempel gebracht hatte, wo die anderen sie umarmt und mit ihr getrunken hatten. Auf die Frage nach dem Verbleib des Mädchens erklärten sie, sie wüßten darüber nichts. Da wurde der Magistrat zornig und ließ die Folter verstärken. Nun erst ließ die Frau die Wahrheit heraus: die beiden Mönche hatten sie in einem Privathaus untergebracht.

Das Urteil des Magistrats lautete:

> Die beiden Nonnen haben Heim verlassen, Haar geschoren,
> Der Reinheit Regeln haben sie nicht eingehalten.

Als Mittlerinnen wagten sie es, Frauen zu verführen.
Die beiden Mönche haben sich dem Tor der Leere
  anvertraut,
Buddhas Gebote haben schmählich sie mißachtet.
Verwegen haben Eheglück sie sich erträumt.
Mutter und Tochter haben von zu Haus sich
  fortgestohlen.
Entgingen zwar der Mönche Klopfen unterm
  Mondenschein,
Doch tranken sie mit ihnen engumschlungen,
Jedem saß die Frau bald auf dem Schoß.
Wahrlich, vier kahle Köpfe gaben zwei verliebte Paare,
Stetig bemüht, das Feld der Segnung eifrig zu bestellen.
Als vielfach *Yang* auf einzeln *Yin* sich konzentrierte,
Da nannten sie es: »Göttin Guanyin speist die Arhats.«
Das Meer der Lüste bis zum Rand gefüllt,
Der Strom der Liebe aus den Ufern,
So versanken die acht Tugenden,
Waren beschmutzt die vier Prinzipien.
Die Mönche werden ohne Gnade totgeschlagen,
Frau und Tochter dem Gesetz gemäß verkauft.

Mutter und Tochter zum Davonlaufen veranlassen – das ist
wirklich ein schmutziger Trick.

Ji nutzte seine Erfahrung im Liebesspiel

5.

Der Mönch Bian Ji und die Prinzessin

Der Mönch Bian Ji wohnte ursprünglich in einer Hütte auf dem Lehen der Prinzessin von Hepu. Der Kaiser liebte die Prinzessin und zog ihren Gatten seinen anderen Schwiegersöhnen vor. Zuerst hatte er sie mit Gaoyang belehnt, und als sie Fang Xuanlings Sohn Yiai (hingerichtet 650 n. Chr.) heiratete, machte er sie zur Prinzessin von Hepu.

Als sie einmal mit Yiai auf ihrem Lehensgebiet zur Jagd war, sah sie, daß Bian Jis Haut heller war, als die anderer Männer, und ließ bei seiner Hütte ein Zelt errichten, um Unzucht mit ihm zu treiben. Ji war ein regelloser Kerl, sein fleischernes Werkzeug war besonders hart und dick und zweieinhalb Handbreit lang. Wenn er mit der Prinzessin zusammen war, steckte er es nie ganz hinein, und dennoch konnte die Prinzessin die Lust, die ihren ganzen Körper durchdrang, kaum ertragen.

Eines Tages brachte die Prinzessin zwei Mädchen mit, die von großer Schönheit waren. Als Ji sie erblickte, regte sich augenblicklich die Begierde in ihm; er hätte sie am liebsten sogleich in die Arme genommen und sich mit ihnen vereinigt, doch die Anwesenheit der Prinzessin verhinderte dies. Daraufhin sprach er mit der Prinzessin, und die befahl den Mädchen, mit einer Kerze neben dem Bett aufzuwarten. Er schob der Prinzessin Kissen und Decken unter die Hüften, ergriff sein Werkzeug und brachte es an die Schwelle ihrer Scham. Dort rieb er ein wenig hin und her, aber ohne tief einzudringen. Die Prinzessin wurde von quälender Erregung ergriffen, sie drückte Ji auf den Rücken und drängte ihre Scham zu seinem fleischernen Werkzeug. Sie stützte sich mit den Händen auf dem Bett ab und bewegte sich auf und nieder, bis er geradewegs bis zur Wurzel drinsteckte. Wie die beiden sich so heftig bewegten, floß ihr Lustwasser in Strömen. Ji fürchtete, die Prinzessin könnte die Oberhand gewinnen. So legte er sie wieder unter sich und stieß mit aller Kraft mehrere hundert Male zu. Da gingen der Prinzessin die Augen über, ihre Hände wurden heiß, ihre Stimme zitterte.

»Diesmal bin ich vor Lust wirklich fast gestorben«, sagte sie. »Du mußt dich mit mir noch ein paar hundert Mal so amüsieren.«

Ji nutzte seine Erfahrung im Liebesspiel und rückte der Prinzessin noch einmal gewaltig zu Leibe. Die Mädchen rissen Mund und Augen auf, bedeckten ihr Gesicht und wandten sich entsetzt ab. Ji hielt sie an den Armen fest und fragte: »Wieso benehmt ihr euch so seltsam? Schämt ihr euch etwa für die Prinzessin?«

Die Prinzessin wurde daraufhin sehr zornig. Sie nahm ein besticktes Tuch, wischte Jis fleischernes Werkzeug ab und befahl den Mädchen, es zärtlich zu lecken. Doch die Münder der Mädchen waren zu klein, sie konnten nur eine Weile daran herumschlecken. Die Prinzessin lachte und fragte sie: »Könnt ihr beiden es mit diesem Ding aufnehmen?«

Die Mädchen antworteten nicht. Da sagte sie zu Ji: »Ich liebe es, anderen bei ihrem lüsternen Treiben zuzusehen, auch wenn mein Gatte davon nichts versteht. Warum versuchst du nicht einmal diese beiden Mädchen, während ich hier sitze und euch eine Weile zusehe?«

Ji sprang sofort begeistert auf, umarmte ein Mädchen und riß ihr den Rock herunter. Er hob ihre Beine und drang in sie ein. Doch was er auch versuchte, er brachte nur den glitschigen Kopf unter. Das Mädchen knirschte vor Schmerz mit den Zähnen, die andere warf die Kerze hin und rannte davon. Die Prinzessin lachte laut und amüsierte sich köstlich. Sie empfahl Ji, das Mädchen loszulassen und etwas weniger wild vorzudringen, so daß sie nicht um ihr Leben schreien mußte. Ji war wie von Sinnen vor Lust und kämpfte abermals eine große Schlacht mit der Prinzessin, bevor er schließlich Ruhe gab.

Yiai belohnte Ji mit riesigen Geldsummen, denn er war von Geburt an wie ein Eunuch und konnte die Prinzessin nicht befriedigen. Als er sah, wie glücklich sie mit Ji war, beschenkte er ihn großzügig, um ihr gefällig zu sein.

Auch der Mönch Zhizui, der Glück und Unglück voraussehen konnte, und der Mönch Huihong, der sich auf das Erkennen von Geistern und Dämonen verstand, dienten ihre Künste der Prinzessin an. Sie trieb auch mit ihnen Unzucht, nicht anders als mit Bian Ji. In der Ära Yonghui (650–56) wurden sie alle wegen Umsturzplänen zum Tode verurteilt.

Bian Ji, Zhizui und Huihong haben sich alle von Fang Yiai schmeichelhaft behandeln lassen.

6.

Der Mönch vom Wanghai-Tempel verführt Mutter und Tochter

In der Ära Zhizheng (1341–68) gab es einen gewissen Fu, der eine geborene Ying zur Frau genommen hatte. Sie hatte ihm eine einzige Tochter geboren, die, als sie fünfzehn Jahre zählte, zwar keine päoniengleiche Schönheit war, die Staaten und Städte zu Fall bringt, wohl aber eine zarte, sanfte Blüte, die jede Biene und jeden Schmetterling liebestoll machen konnte.

Nun gab es einen Mönch aus dem Wanghai-Tempel, der täglich Sutren und Mantras intonierte und in jenem Hause aus- und einging. Da Fu diesen Verkehr nicht unterband, wurde Ying schließlich von dem Mönch verführt und begann ein heimliches Verhältnis mit ihm, das beide gleichermaßen beglückte.

Als Fu, der in der Kreisverwaltung tätig war, sich einmal dienstlich in die Hauptstadt begeben mußte, ging der Mönch, da er nun keine Entdeckung mehr fürchten mußte, früh und spät im Hause ein und aus. Ying sorgte sich allerdings, daß ihre Tochter etwas herausfinden könnte und wollte, daß der Mönch sie auch entehrte, um ihr so den Mund zu stopfen. Das Mädchen wußte noch nichts von den Beziehungen zwischen den Geschlechtern. Wenn sie heimlich beobachtete, wie die Mutter mit dem Mönch Unzucht trieb, spie sie aus vor grenzenloser Verachtung.

Da sich noch keine günstige Gelegenheit ergeben hatte, beschlossen Ying und der Mönch eines Tages, das Mädchen betrunken zu machen und ihr Gewalt anzutun, das mußte den gewünschten Erfolg bringen! So stellten sie Wein und Speisen in Yings Zimmer bereit, der Mönch versteckte sich hinter den Bettvorhängen, und Ying rief ihre Tochter zum

Mahl. Das Mädchen hatte keine Ahnung, daß die Mutter ihr eine Falle stellen wollte, und so genoß sie den Wein, bis sie schließlich völlig betrunken war. Ihre Augensterne blickten schräg, ihr Blütenantlitz war leicht gerötet, sie glich wirklich einer Himmelsschönen, die im jadegetäfelten Raume ruht, einer Göttin, die auf nephritener Aussichtsplattform schlummert. Die wunderbare Anmut ihrer Trunkenheit läßt sich nur schwer in Worten wiedergeben. Der Mönch zog sich nun aus und kam aus seinem Versteck. Als er das Mädchen erblickte, steigerte sich seine Erregung noch weiter. Ganz sachte löste er ihre Ober- und Unterkleider, hob die Beine empor und machte sich daran, in sie einzudringen. Das Mädchen erschrak und wollte aufspringen, doch sie war nackt und der Schmetterling stand schon vor der Blüte. Hastig stieß sie den Mönch mit der einen Hand weg und bedeckte mit der anderen ihre Scham. Sie rief Ying um Hilfe an, aber die faßte nur das fleischerne Werkzeug des Mönchs und legte es dem Mädchen in die Hand.

»Du weißt nicht, welche Freuden dieses Ding bereiten kann«, sagte sie. »Heute gibst du dich schamhaft, aber später wirst du es als erste wollen.«

»Darf so eine Mutter an ihrer Tochter handeln?« klagte das Mädchen.

Sie versuchte sich zu befreien, fing an zu schreien und weigerte sich, dem Mönch zu Willen zu sein. Ying hielt ihr geschwind den Mund zu und hielt ihre Hände fest. Sie befahl dem Mönch, ihr die Fußbinden abzunehmen und ihre Füße damit an einen Stuhl zu fesseln. So lag ihr Blütenkelch offen da, und sie konnte ihre Beine nicht mehr bewegen. Alles, was der Mönch mit ihr anstellte, mußte sie über sich ergehen lassen, und die Tränen rannen ihr über die Wangen.

> Der Mönch stieß langsam mit dem Goldspeer zu
> Und Blut netzte den Bodhibaum,
> Er führte kaum den Jadewedel ein,
> Da floß es rot ins Reich der Lehre.

Ying, die daneben stand, konnte es nicht länger mitansehen und bekam ein schlechtes Gewissen. Sie zog den Mönch heran und ließ ihn bei sich stoßen, damit sich seine Erregung verringerte. Nachdem er sich ein wenig beruhigt hatte, drängte sie ihn wieder auf ihre Tochter, da sie wollte, daß er seine Sache dort beendete. Zu diesem Zeitpunkt war das Mädchen halbtot von den schier unerträglichen Schmerzen. Sie biß die Zähne zusammen, warf den Kopf hin und her und klagte und weinte jämmerlich.

Man konnte wirklich sagen:

Eine Blütenschöne, die, noch nicht gewöhnt
an Wind und Regen,
Ward mit einem Schlag gebrochen.
Wahrlich, welch ein Jammer!

Nach einer Weile erhob sich das Mädchen und brachte Haare und Kleider in Ordnung. Sie schämte sich grenzenlos. Der Mönch wollte sie mit sanften Worten trösten, doch sie zog sich nur stumm zurück.

Von da an schliefen die drei zusammen, und durch die Vertrautheiten am Kopfkissen und die Zärtlichkeiten unter der Decke vergaß das Mädchen schließlich Jammer und Tränen der Vergangenheit und genoß die neuen Freuden. Eines Tages kam der Mönch zusammen mit seinem Schüler. Der war jung und hübsch und besaß ein großes, kräftiges Organ. Das Mädchen liebäugelte mit ihm und wandte all ihre Verführungskunst an, bis sich die beiden in einem abgelegenen Zimmer zusammenfanden.

»Wenn ich heute nicht dich getroffen hätte, hätte ich mein Leben mit diesem alten Kahlkopf verschwendet«, sagte das Mädchen.

Sie empfahl ihn ob seines begnadeten Werkzeugs auch ihrer Mutter, um ihr dadurch ihre Worte von einst zu vergelten. Die Mutter verliebte sich dann tatsächlich in ihn und empfand mehr für ihn als für den Mönch. Der war wütend, daß sein eigener Schüler ihm die Geliebte abspenstig gemacht hatte. Da Fu gerade zurückgekehrt war, offenbarte er ihm die Angelegenheit. Fu prüfte seine Angaben und fand sie bestätigt. Er prügelte seine Frau zu Tode und ertränkte die Tochter. Die Mönche starben aus Kummer über die verlorenen Geliebten.

Die Vergeltung von Wohltaten zwischen Mutter und Tochter geht sehr schnell. O Wunder, o Wunder.

7.

Mönche aus dem Westen und die Neun Stellungen im Schlafzimmer

Zur Zeit des letzten Yuan-Kaisers Shundi, der von 1333 bis 1367 n. Chr. regierte, führte dessen Vertrauter Qama einmal heimlich einen indischen Mönch bei Hof ein, der mit seiner Technik zur Kontrolle des Atems vor dem Kaiser Gefallen fand. Der Kaiser übte diese Praktik regelmäßig. Sie hieß in Mongolisch *Yansheer*-Methode der an- und abschwellenden *Qi*-Energie, in Chinesisch »Große Glückseligkeit«. Der Mann von Qamas jüngerer Schwester, Tulu Temür, ein Mitglied der für daoistische Priester zuständigen »Akademie der Vortrefflichen Gelehrten«, war schlau und gerissen. Er hatte vor dem Kaiser Gefallen gefunden, so daß dieser auf seine Worte hörte und seinen Plänen folgte. Er und Laodi Sha, Balang, Darmagidi, Podiwarma und andere, insgesamt etwa zehn Männer, wurden *Yina*, das bedeutet »Gefährten«, genannt. Sie empfahlen dem Kaiser auch den tibetischen Mönch Jialinzhen. Jialinzhen beherrschte die »Geheime tantrische Lehre«. Er sprach zum Kaiser: »Obwohl Ihr im Kaiserpalast residiert, Majestät, und alle Reichtümer innerhalb der vier Meere Euer sind, gilt dies dennoch nur für den Augenblick. Wie lange währt schon ein Menschenleben? Ihr solltet diese Meditationstechnik der ›Geheimen großen Glückseligkeit‹ annehmen!«

So übte der Kaiser diese Praktik, die auch »Methode der Stärkung beim Paaren« genannt wird. *Yansheer* und die »Geheime tantrische Methode« sind beides Techniken für das Schlafzimmer. Der Kaiser übte sie täglich. Schließlich ließ er aus dem Volk eine große Zahl von Mädchen im Alter von fünfzehn bis zwanzig Jahren holen, um mit ihnen hemmungslos seine lüsternen Spiele zu treiben. Das nannte er:

»Das *Yin* rauben, um das *Yang* zu stärken«. Dabei gab es sehr viele Stellungen, hier sind die wichtigsten neun beschrieben:

Die erste, genannt: Der fliegende Drache.
Die Frau liegt auf dem Rücken, der Mann legt sich auf ihren Bauch. Ihre Schenkel berühren sich, und ihre Zungen vereinigen sich. Die Frau öffnet ihre Scham und empfängt den männlichen Jadestengel. Er durchstößt die Saiten der Qin-Laute und beginnt, sich langsam zu bewegen, indem er die Methode der acht flachen und fünf tiefen Stöße anwendet. Das *Yin* wird heiß, das *Yang* wird fest, der Mann ist glücklich, die Frau genießt.

Die zweite, genannt: Der schreitende Tiger.
Die Frau kniet mit gesenktem Kopf nach vorne hingestreckt. Der Mann stellt sich hinter sie und umfaßt ihre Taille. Er nimmt den Jadestengel in die Hand und führt ihn in die *Yin*-Pforte. Er wendet die Methode der fünf flachen und drei tiefen Stöße an. Die *Yin*-Pforte öffnet sich weit, das zeugende *Qi* zirkuliert. Der Mann fühlt sich wohl, die Frau empfindet Vergnügen. Das Blut fließt frei durch die Adern.

Die dritte, genannt: Der angreifende Affe.
Die Frau liegt auf dem Rücken und hat die Schenkel geöffnet, der Mann drückt sie mit seinen Beinen nieder. Wenn die *Yin*-Pforte sich öffnet, führt er den Jadestengel ein. Er wendet die Methode der neun flachen und sechs tiefen Stöße an. Die Säfte der Frau fließen, der Stengel des Mannes wird hart und fest.

Die vierte, genannt: Die klebende Zikade.
Die Frau liegt auf der Seite, das linke Bein ist gestreckt, das rechte angezogen. Der Mann führt seinen Jadestengel von hinten ein und klopft an ihre Geheime Perle. Er wendet die Methode der sieben flachen und vier tiefen Stöße an. Das *Yin* der Frau öffnet und schließt sich abwechselnd, der Stengel des Mannes empfindet Lust.

Die fünfte, genannt: Die aufsteigende Schildkröte.

Die Frau liegt ausgestreckt, der Mann hebt ihre Beine bis über die Brüste. Er faßt den Jadestengel und durchstößt ihr getreidekornförmiges Loch. Die Essenz der Frau beginnt von selbst zu laufen, der Körper des Mannes empfindet großes Wohlgefühl.

Die sechste, genannt: Der gleitende Phönix.
Die Frau liegt auf dem Bett auf dem Rücken und streckt die Beine senkrecht nach oben. Der Mann stützt sich mit den Händen auf das Bett und dringt mit dem Jadestengel tief ein, bis er ihre Maus erreicht. Dadurch wird der Jadestengel hart und fest, die *Yin*-Pforte wird kräftig und heiß. Wenn er sich drinnen bewegt, wird die Frau von selbst erregt. Er wendet die Methode der sechs flachen und zwei tiefen Stöße an. Mann und Frau genießen und sind glücklich.

Die siebte, genannt: Der leckende Hase.
Der Mann legt sich auf den Rücken und streckt die Beine aus. Die Frau setzt sich von ihm abgewandt vor seinen Jadestengel. Ihr Gesicht ist den Füßen des Mannes zugekehrt, ihre Beine sind an den Seiten seiner Beine. Sie stützt sich mit gesenktem Kopf auf das Lager, ergreift den Jadestengel und durchstößt damit ihr weizenkornförmiges Loch. Der Jadestengel wird hart und fest. Sie wendet die Methode »Vier flache, ein tiefer Stoß« an. Bei langsamer Bewegung stellt sich die Lust von selbst ein.

Die achte, genannt: Die schwimmenden Fische.
Man braucht zwei Frauen. Eine liegt oben, eine unten, wie bei der Vereinigung von Mann und Frau. Der Mann sitzt dabei und sieht zu, wie die beiden sich bewegen. Dadurch regt sich die Lust in ihm, sein Jadestengel wird groß und hart. Er legt sich auf den Rücken, die beiden kommen, ergreifen seinen Jadestengel und stecken ihn sich in die Scheide. Ihre Säfte laufen.

Die neunte, genannt: Die sich vereinigenden Kraniche.
Der Mann lehnt sich an das Bett, die Frau setzt ihren linken

*Der Kaiser ließ aus dem Volk eine große Zahl von Mädchen
holen, um mit ihnen seine lüsternen Spiele zu treiben*

Fuß auf das Bett und umfaßt den Hals des Mannes. Der Mann unterstützt mit der rechten Hand das linke Bein der Frau, die Frau hängt sich mit beiden Armen fest an seine Schulter. Die Frau ergreift den Jadestengel und stößt ihn durch die kleine Maus bis zum getreidekornförmigen Loch. Dann beginnt sie sich leicht zu winden und langsam zu bewegen. Dabei wendet sie die Methode der zehn flachen und sieben tiefen Stöße an. Innere und äußere Strömungen vereinigen sich auf natürliche Weise.

Der Kaiser wählte auch einige Palastmädchen aus, die den Tanz der Sechzehn himmlischen Maras aufführten. Den indischen Mönch bestellte er zum Erziehungsminister, den tibetischen zum »Lehrer des Großen Yuan-Reiches«. Jeder von ihnen wählte einige Dutzend Mädchen aus guten Familien für grausame Orgien. Auch ihre Schüler nahmen stets Mädchen aus guten Familien, manchmal vier, manchmal drei, und ließen sich von ihnen bedienen. Sie bezeichneten sie als »Tribut«. Wo immer Mädchen dieses Schicksal ereilt hatte, war in Gassen und Dörfern Weinen und Wehklagen zu hören, keiner weiß, wievielen es so erging.

Was Balang, den jüngeren Bruder des Kaisers, und die sogenannten *Yina* anging, so trieben sie vor dem Kaiser ihre wüsten Ausschweifungen ohne die geringsten Hemmungen. Es ging sogar soweit, daß sie kräftige junge Männer und Frauen und Mädchen nackt in einer Halle versammelten, wo sie sich nach Belieben vereinigen konnten, ohne Rücksicht darauf, ob sie den gleichen Familiennamen trugen oder nicht. Die Hohen trieben es mit den Niedrigen und umgekehrt, ohne irgendwelche Vorbehalte. Das nannten sie *Sereng ügei*, in Chinesisch »Ungehindert in allen Verrichtungen«. Der indische und der tibetische Mönch gingen abwechselnd in dem verbotenen Bereich des Palastes ein und aus und schliefen nachts in den Frauengemächern, wo sie Prinzessinnen und sogar kaiserliche Konkubinen vergewaltigten. Dafür wählten sie sich nach Belieben die Jüngsten und Schönsten aus:

Die Goldlotusse halb gehoben
Muß sich die wilde Apfelblüte nun vom frischen Rot
befrei'n
Den Jadeleib in völliger Umarmung
Ward die Päonie jäh vom Regensturm benetzt.

Obwohl die Mädchen sich ängstlich wanden und es kaum
ertragen konnten, sprengten die Mönche aus dem Westen ihre
Festungsmauern und durchdrangen ihre Feldlager, erst wenn
sie die Wurzel zur Gänze versenkt hatten, hörten sie auf.
Wenn die anderen Mönche sahen, wie das Rot die Matte
netzte und die Mädchen sich mühsam den Schmerz verbissen,
eilten sie herzu, um sich über sie lustig zu machen, das hielten
sie für einen großen Spaß. Die widerliche Kunde von ihrem
ekelhaften Treiben war im ganzen Reich zu hören, selbst
Gauner und Banditen auf den öffentlichen Plätzen schämten
sich, ihren Namen in den Mund zu nehmen.

Der Kaiser aber kannte nichts Schöneres als seine Praktiken; es gab nichts, was er verboten hätte. Was die Mönche
durch ihre schändlichen Verbrechen hinter den Bettvorhängen an Schmutz in die Welt gebracht haben, wird von keiner
Untat aus jener Zeit übertroffen.

Es gab noch einen anderen wüsten Kahlkopf mit Namen
Yang Lianzhenjia, dessen Ausschweifungen noch grausamer
waren. Jedes Mädchen in der Gegend wurde namentlich in
ein Register eingetragen und mußte, ob schön oder häßlich,
vor ihrer Hochzeit in seine Residenz, wo er sie vergewaltigte
und ihr Jungfernblut vergoß. Danach schickte er sie in das
Haus des Bräutigams. Wenn ihm eine besonders gefiel, behielt er sie auch drei oder fünf Nächte bei sich und schickte sie
erst zurück, nachdem er sie grausam mißbraucht hatte. Wenn
es ihm so gefiel, befahl er sie aber auch danach jederzeit
wieder zu sich. Wenn ein Mädchen seinen Nachstellungen zu
entgehen versuchte oder sich ihm widersetzte, traf die Familie
das furchtbarste Verhängnis: ihr Besitz wurde konfisziert und

die Familien auseinandergerissen, keiner blieb verschont. Wenn er irgendwo eine schöne Frau sah, holte er sie in seine Residenz und verging sich auf jede mögliche Weise an ihr. Wer dabei war, blickte weg, keiner wagte, etwas gegen ihn zu sagen. Nicht einmal Erzhu Zhao hatte so entsetzlich gewütet, als er im sechsten Jahrhundert die Frauen des Kaisers von Luoyang besudelt hatte.

> Faulige Winde, stinkender Regen
> Peitschten die Fluten des Ganges.
> Ekliger Tau, erstickende Wolken
> Deckten Buddhas Gefilde

Hätte nicht eine mächtige, starke Hand, der erste Kaiser der Ming-Dynastie, das alles hinweggefegt – alle wären in diesem schwarzen Meer versunken.

> Nicht kahl, nicht schlimm.
> Nicht schlimm, nicht kahl.
> Nur beim Kahlkopf regt sich gleich die
>   schlimme Geilheit.
> Doch was machen die vier Stände heute?
> Nennen Mönche nur noch »Buddha«,
> Ehren sie als große Lehrer.
> Wahrlich eine große Tragik!

Der gleitende Phönix: Die Frau liegt auf dem Bett auf dem Rücken und streckt die Beine senkrecht nach oben . . .

8.

Der Mönch Yuan Mao verführt die junge Witwe

Westlich des Hangu-Passes lebte ein Mädchen mit Namen Wu Aiqing. Sie zählte etwas über zwanzig Jahre und war von außergewöhnlichem Liebreiz, eine wirkliche Landesschönheit. Sie hatte ihren Gatten früh verloren und lebte nun mit ihrem einzigen Sohn in einem Dorf.

> Einsam war sie in den frostigen Gemächern
> In des eig'nen Schattens trauriger Gesellschaft

Damals war im Dorf gerade ein neuer Tempel fertiggestellt worden, alle Männer und Frauen des Dorfes begaben sich dorthin. Auch Aiqing ging, um die Mönche zu speisen und um zu opfern, in der Hoffnung, daß ihrem Gatten in der Unterwelt seine Sünden erlassen würden, und natürlich auch, um das neue Bauwerk zu begutachten.

In dem Tempel gab es einen jungen Mönch mit Namen Yuan Mao. Als er Aiqing bemerkte, log er ihr vor, wenn sie vegetarisch äße und Sutren rezitierte, auch oft herkäme, um Buddha anzubeten, würde sie ein langes Leben haben. Ihr Sohn würde Bedeutendes vollbringen, und in ihrer nächsten Existenz könne sie mit ihrem Gatten glücklich wie ein Phönixpärchen leben, bis sie hundert Jahre alt wären. Aiqing glaubte ihm jedes Wort, und so begann Mao bei ihr ein- und auszugehen.

Eines Tages, als Aiqing mit dem Kind auf dem Rücken in den Hauptraum des Hauses ging, erschien Mao so plötzlich, daß sie sich nicht mehr vor ihm verbergen konnte. Mao wollte sie nun verführen, damit sie ihr Dasein als keusche Witwe aufgäbe, aber Aiqing wies ihn so entschieden ab, daß er Angst bekam und sich zurückzog. Doch kaum waren einige Tage vergangen, wandelte er erneut die gleichen Pfade. Nun konnte auch Aiqing nicht mehr verhindern, daß ihr Herz ins Wanken kam, und sie begann ein Verhältnis mit ihm.

Obwohl die beiden in aller Heimlichkeit verkehrten, blieb es doch den Leuten im Dorf nicht verborgen. Sie nahmen Mao gefangen und brachten ihn vor den Magistrat. Der Magistrat vernahm ihn, entdeckte die Liebschaft und erließ folgendes Urteil:

Mönch Yuan Mao:
Die Leidenschaften abzustreifen ging er durch das Tor der Leere,
Im Mondschein sollte er allein den Holzfisch klopfen.
Wu Aiqing:
Sie soll als Witwe Keuschheit wahren.
Warum hat hinterm Bettvorhang die Morgenwolken sie beschworen,
Hat rot geschminkt, verführerisch,
Gleich einer wilden Kletterblume Mauern überwunden?

Der schwarzberockte Kahlkopf
Hat es gewagt, als wilder Falter Duft zu haschen.
Hat sein Gelübde nicht gehalten
Und durch sein wüstes Treiben aus der Leere Leidenschaft gemacht.

Er hat der fünf Gebote nicht geachtet:
Wo war die Leidenschaft, die Leere?

Aiqing soll anderweitig sich vermählen,
Der Mönch wird tausend Meilen weit verbannt,
Dadurch wird sie erneut als Gattin leben,
Doch kein Mönch klopft im Mondschein mehr an ihre Türe.

9.

Dichter Su Dongpo läßt den Mönch vom Lingyin-Tempel enthaupten

Der Lingyin-Tempel zählte besonders viele Schwarzröcke. In einer Straße in Jiulisong am Westsee gab es viele Läden und Geschäfte, die vegetarische Kost, Weihrauch und alle möglichen anderen Artikel feilboten. Die Frauen in diesen Läden wurden fast alle Geliebte von Mönchen. Einmal begehrte ein Mönch dieses Tempels eine solche Frau, ohne daß es ihm gelungen wäre, sich Zugang zu ihr zu verschaffen. So kam er jeden Tag in den Laden und kaufte Früchte, Kuchen, Schminke und dergleichen. Wenn er sich dann wieder zum Tempel aufmachte, warf er ihr bedeutungsvolle Blicke zu, um so seine Leidenschaft kundzutun. So ging es lange Zeit.

Eines Tages saß ein blinder Pipaspieler vor der Tür der Frau und sang die alte Geschichte von Guo Hua, der bei der Frau, die er gewinnen wollte, immer Schminke gekauft hatte. Da erst begriff sie endlich die geheimen Absichten des Mönchs. Sie erzählte ihrem Mann davon und unterbreitete ihm einen Plan, wie sie den Mönch hereinlegen könnten.

»Tu, was du willst, nur laß dich von ihm nicht betrügen«, warnte der Gatte.

»Wenn ein Mönch eine Frau sieht«, beruhigte ihn die Frau, »ist er wie eine Mücke, die Blut sieht – er muß einfach stechen. Wenn ich etwas fürchten sollte, dann höchstens, daß er mir zu gut gefällt, so daß ich ihm nicht schaden mag, aber bestimmt nicht, daß er so klug sein könnte, mir nicht in die Falle zu tappen.«

Von da an versteckte sich der Mann, wenn der Mönch in den Laden kam, um ihrer Liebelei nicht im Wege zu stehen. Manchmal blieb der Mönch auch länger sitzen. Die Frau machte dann Tee und Plätzchen und kredenzte sie ihm. Die

Männliche Kraft und weibliches Begehren führen zum guten Ende

beiden warfen sich verführerische Blicke zu und scherzten schließlich sogar vertraut miteinander. Der Mönch war überglücklich und glaubte sich schon am Ziel seiner Wünsche.

Als der Mönch die Frau wieder einmal besuchte, trug sie eine sorgenvolle Miene zur Schau. Der Mönch wurde ganz aufgeregt und wußte nicht, was er tun sollte. Als sie ein wenig Muße hatte, raubte er ihr einen Kuß und befragte sie nach dem Grund für ihre Besorgtheit.

Da sagte sie: »Du und ich, wir sind uns so nahe gekommen; aber mein Mann verhindert, daß wir uns mehr als nur flüchtig begegnen können. Darum bin ich besorgt.«

Der Mönch war außer sich vor Freude. Er rief: »Deswegen brauchst du dir keine Sorgen zu machen! Ich werde ihm Geld beschaffen, damit er andernorts als reisender Kaufmann sein Geschäft betreiben kann. Dann können wir beide uns nach Herzenslust miteinander vergnügen.«

»So soll es geschehen«, sagte die Frau.

Der Mönch kehrte in den Tempel zurück, suchte seine ganze Habe zusammen und überließ sie ihrem Mann. Nach einigen Tagen sah er, daß wirklich Waren gekauft und Sachen gepackt wurden und daß man eine Zeit für die Abreise bestimmte. Der Mönch kaufte auch noch Wein und Speisen, gab ein Abschiedsmahl für den Gatten, man sagte einander Lebewohl, und der Ehemann machte sich auf den Weg. Der Mönch war fest überzeugt, daß er nun als Kaufmann unterwegs sei.

Am Abend kam er wieder zu der Frau, stellte erneut Becher und Geschirr bereit und brachte Wein und Speisen. Sie tranken sich Runde um Runde zu und neckten sich hemmungslos. Die Frau zog den Mönch auf die Knie, um einen Treueid zu leisten, und im Schein der Lampe schworen sie, sich nie zu verlassen. Der Mönch zeigte beim Eid auf sein Herz und flehte sie an, ihn zu erhören. Die Frau sagte ihm, er solle sich als erster ausziehen und zu Bett gehen. Sie nahm seine Kleider und räumte sie fort. Dann zog auch sie sich voll Verstellung aus und wusch sich auch noch aufreizend ihre

Scham. Plötzlich hörten sie, wie jemand heftig an die Türe pochte.

»Mein Mann muß etwas vergessen haben und deshalb wiedergekommen sein!« rief die Frau.

Der Mönch wußte nicht, wohin er sich wenden sollte, da sagte die Frau: »Da ist ein leerer Korb. In dem kannst du dich verstecken.«

Der Mönch tat dies, so schnell er konnte. Die Frau verschloß den Korb, dann öffnete sie die Tür und ließ ihren Mann herein. Der Mönch kauerte in dem Korb und wagte nicht, sich zu rühren. Die beiden trugen ihn zu einer abgelegenen Straße und ließen ihn dort stehen. Bei Tagesanbruch entdeckte ihn eine Patrouille und brachte ihn zum Gouverneur der Stadt. Der Gouverneur, Minister Wei, öffnete das Schloß, sah hinein und fand den nackten Glatzkopf. Er lachte und rief: »Den hat jemand hereingelegt, den brauchen wir gar nicht zu vernehmen.«

Er ließ den Korb wieder verschließen und in den Fluß werfen.

Ein anderer Mönch mit Namen Liaoran liebte das Freudenmädchen Li Xiunu. Er hatte solange Umgang mit ihr, bis seine Mittel gänzlich erschöpft waren, dann brach Xiunu mit ihm. Liaoran konnte sie aber einfach nicht aufgeben. So ging er eines Abends betrunken zu ihr, und als Xiunu ihn nicht empfangen wollte, packte ihn die Wut und er schlug sie so, daß sie daran starb. Die Sache kam vor den Kreisrichter. Diesen Posten hatte zu jener Zeit der berühmte Dichter Su Dongpo inne. Als man den Mönch vor Gericht untersuchte, fand man auf seinem Arm diese beiden Zeilen eintätowiert:

Ich hoffe nur, daß wir im Paradies
    zusammen leben werden,
Dann müssen wir in diesem Leben nicht an
    unserer Sehnsucht leiden.

Su Dongpo las das Schuldbekenntnis des Mönches, nahm den Pinsel zur Hand und schrieb sein Urteil in Form eines Liedverses nach der Weise »Gehen im Sand«.

> Dieser Kahlkopf
> Hat sich gar zu sehr geläutert.
> Erst lebt er auf wolkenhohen Gipfeln den Gelübden,
> Dann verliebt er sich wie irr in eine Maid vom Jadeturm.
> Schließlich muß er sich in Lumpen hüllen, und es bleibt ihm keine Wahl.

> Die Mörderhand tötet,
> Zerstört das blumengleiche Antlitz.
> Leere, Gestalt! Wo seid ihr nun?
> Am Arm geritzt »an Sehnsucht leiden«,
> Nun muß er seine Sehnsuchtsschuld begleichen.

Nach Fertigstellung des Urteils ließ er den Mönch auf den Marktplatz führen und enthaupten.

Einer versteckt sich liebestoll in einem leeren Korb, einer tötet Schwester Xiu im Zorn – wahrlich zwei verrückte Lingyin-Tempelmönche.

10.

Umherziehende Mönche, als Nonnen verkleidet

Ein erschrockener Zensor beobachtet eine Klosterorgie
Ein Mönch war von so anmutigem Äußeren wie eine Frau. Er band sich die Füße, zog die Augenbrauen nach, verkleidete sich als Nonne und ließ sich wie die Wolken durch die Lande treiben. Er beherrschte geheime Liebespraktiken und vermochte seinen Schildkrötenkopf einzuziehen. So hielten ihn die Leute, wohin er auch kam, für einen lebenden Buddha.

Eines Tages gelangte er in die Gegend von Wu und nahm im »Kloster der verdienstvollen Tugendhaftigkeit« einer wohlhabenden Familie Quartier, wo er das Rad der Seelenwanderungen erläuterte und über Leben und Tod fabulierte. Frau und Töchter des Reichen verehrten ihn so sehr, daß sie ihn schließlich als Äbtissin dabehielten. Daraufhin lockte der Mönch Damen aus den reichen und angesehenen Familien der Stadt und auch Frauen und Mädchen aus den umliegenden Dörfern zur Andacht in das Kloster. Das Kloster verfügte über siebzehn Zellen für Übernachtungsgäste, die alle mit Betten und Bettzeug ausgestattet waren. Bei jeder Andacht wählte er die jungen, hübschen aus und ließ sie im Kloster übernachten. Dann bat er sie mit süßen Worten, bei ihnen schlafen zu dürfen und entehrte so oft mehrere Frauen in einer Nacht. Unter ihnen waren auch aufrechte und standhafte, doch die machte er sich durch seine geheimen Methoden gefügig und verging sich dann an ihnen. Den Frauen war zwar bewußt, was mit ihnen geschah, doch sie konnten nur stumm die Augen aufreißen und brachten keinen Laut mehr hervor. Wenn die Sache vorbei war und er sie wieder entzaubert hatte, waren sie bereits befleckt; sie konnten niemandem davon erzählen, auch wenn sie es gewollt hätten. So blieb ihnen nur, sich in ihr Schicksal zu fügen.

Daher gingen die Frauen, die einmal über Nacht in jenem Kloster geblieben waren, nie wieder zu einer Andacht dorthin. Wenn sie von einer hörten, die dort übernachtet hatte, lachten sie nur leise in sich hinein.

Der Mönch hatte vier Nonnen mitgebracht, die auch alle Männer waren; wann immer Frauen im Kloster blieben, ließ jeder von ihnen seinen Begierden freien Lauf. Der Mönch führte auch ein Buch, in dem er genau vermerkte, wann eine Andacht stattgefunden hatte, welche Frauen im Kloster übernachtet hatten, wer ihnen das Kloster empfohlen hatte, wer sie zum Bleiben überredet hatte, wer mit ihnen geschlafen hatte und welche von wem entjungfert worden waren.

So ging es lange Zeit, und die Aufzeichnungen füllten schon eine ganze Kiste. Sein reicher Gönner und die männlichen Mitglieder des Haushalts waren seinen Künsten völlig erlegen und verboten sogar Reisenden, ihn zu sehen. Selbst wenn ihre Frauen und Töchter nicht im Kloster waren, wagten sie nicht den Mönch aufzusuchen, da sie fürchteten, damit eine Sünde zu begehen, die ihnen das Fegefeuer einbringen würde. Daher gab es keinen, der sein liederliches Netz zerrissen hätte.

Im Sommer des Jahres *Guisi* besuchte zufällig ein Zensor jenen Ort. Da die Amtsräume des Magistrats und des Zensorats in der Nähe lagen, nahm er auf dem Gut des Reichen Quartier, das sich just neben dem Kloster befand. Gegen Abend bestieg der Zensor einen Turm auf dem Anwesen, um die Kühle zu genießen. Wie er so umherblickte, gewahrte er im Kloster ein Mädchen mit offenem Haar und drei Frauen, die, alle nackt, einen Mönch badeten. Der drehte sich plötzlich um, umfing das Mädchen und begann, sie auf einer steinernen Bank lüstern zu necken. Die drei Frauen drängten sich dazu, stützten das Mädchen und halfen ihm, den Mönch zu umarmen. Sie packten sein Glied und taten Dinge, die so gemein und schmutzig sind, daß man sie nicht beschreiben kann. Dann kamen vier Mönche dazu, ein jeder nahm sich eine Frau und stillte seine Lust an ihr. Nur einer von ihnen hatte keine Spielgefährtin. Er stand daneben, sah zu und wartete, bis der Mönch aus dem Bad mit seiner Sache fertig war, dann eilte er hin und verging sich abermals an dem Mädchen, bis auch er genug hatte.

Der Zensor hatte alles genau beobachtet. Er rief einen Amtsdiener und befragte ihn. Der Diener gab an, daß es sich um das »Kloster der verdienstvollen Tugendhaftigkeit« jenes reichen Mannes handele, in dem lediglich fünf Nonnen lebten.

Der Zensor war über diese Auskunft nicht wenig erstaunt. Da er fürchtete, seine Entdeckung könnte bekannt werden, bat er eiligst den Magistrat zu sich und erzählte ihm die Geschichte. Der Magistrat befahl, das Kloster zu umstellen. Das Tor wurde aufgebrochen und die fünf Mönche verhaftet. Der Zensor durchforschte persönlich ihre Truhen und entdeckte neunzehn weiße Seidentücher, alle voll mit Jungfernblut. Als er die Bücher untersuchte, fand er genaue Aufzeichnungen, wann welche Frauen im Kloster übernachtet hatten.

Dem Zensor standen die Haare zu Berge und er riß vor Zorn die Augen auf. Er unterzog die fünf Nonnen einem peinlichen Verhör, und es stellte sich tatsächlich heraus, daß es sich um Mönche handelte. Mehr wollten sie jedoch nicht eingestehen. Sie weinten und flehten ohne Ende, und auch ihr reicher Gönner setzte sich für sie ein. Dies machte den Zensor so wütend, daß er ihm die Taschentücher und die Aufzeichnungen ins Haus schickte. Der Reiche schämte sich zu Tode, und auch den Mönchen verschlug es die Sprache. Der Zensor erließ schließlich folgendes Urteil:

Die Untersuchung hat ergeben, daß Wang und seine
Spießgesellen vor dem Gesetz nach Wu geflohen
sind. Sie sind fahrende Schauspieler und üble Verbrecher,
die sich der Irrlehren der Weißen Lotussekte
bedienten, um das Volk zu

verwirren. Sie schminkten sich mit rotem Puder, um ein Mädchenantlitz vorzutäuschen.

Buddhas Mönche sollten streben,
Das Nirvana zu erlangen;
Doch sie bewahren schöne Frauen in Goldgemächern,
Machen »Guanyin hinterm Bettvorhang« aus ihnen.

Wenn sie ohne falsche Jadefingernägel
Betend auf der Andachtsmatte sitzen,
Wer weiß dann, sind sie Nonnen oder Mönche?
Wenn sie ohne ihre Schühchen
Sich auf buntbesticktem Lager räkeln,
Wer weiß dann, sind sie Frauen oder Männer?

Es ist, wie wenn ein Storch ins Nest des Phönix eindringt –
Vereinigung ist unvermeidlich;
Wie eine Schlange, die sich in des Drachen Höhle windet –
Kann es da sein, daß keine Regenwolken bersten?

Der Mond scheint harmlos in die einsamen Gemächer,
Aber die Witwe lebt nicht mehr wie eine Witwe.
Ein sanfter Wind umspielt das rote Tor des reichen
    Hauses,
Aber das Mädchen ohne Mann ist nicht mehr ohne Mann.

Vernichtet soll ihre Wohnstatt,
Verbrannt ihr Register werden,
Doch damit sind einzig die Spuren ihrer Taten getilgt;
Herausschneiden soll man die Herzen,
Herausdrücken soll man die Augen,
Doch damit ist lang ihre Schuld noch nicht abgegolten.

Nach Verlesung des Urteils befahl er den Bütteln, sie zu martern. Anschließend wurden sie auf dem Marktplatz hingerichtet. Ihre Leichen warf man in den Guanyin-See. Die

Schaulustigen sahen, daß ihre Glieder fast sieben Zoll lang herabhingen, wie die von Eseln oder Pferden.

Qian bestraft seine ausschweifende Gattin mit dem Hungertode

Ein gewisser Qian hatte einen Sohn von etwa fünf Jahren. In den Wintermonaten erkrankte er an Windpocken und starb. Sein Herz war noch warm, und die Eltern weinten gerade bitterlich über ihren Verlust, da erschien plötzlich eine Nonne und sagte: »Ich kann ihn wieder zum Leben erwecken, aber ich und die Dame des Hauses müssen ihn mit unseren nackten Körpern sieben Tage wärmen; dann wird das *Yang* zurückkehren, die Pocken werden verschwinden, und der junge Herr wird wieder leben.«

Qian war außer sich vor Freude. Er behielt die Nonne da, damit sie ihren Zauber ausführen konnte: das tote Kind wurde in die Mitte des Bettes gelegt, Frau Qian lag nackt an der Wandseite, die Nonne nackt auf der anderen Seite. Obenauf wurden Decken gebreitet, so daß ihre Körper verborgen blieben. Qian entfernte sich daraufhin in seine Studierräume und wagte sich nicht mehr in das Zimmer, um den Zauber nicht zu stören. Er wollte die sieben Tage warten, um dann sein totes Kind wieder lebendig zu sehen.

So vergingen sechs Tage und Nächte, als plötzlich Qians Schwager kam, um sich nach seinem Neffen zu erkundigen. Qian unterrichtete ihn vom Tod des Kindes und erzählte ihm alles von den Zauberkünsten der Nonne.

Der Schwager lachte und rief: »Du warst doch Beamter und mußtest Volk und Land regieren! Hast du schon je einen Toten wieder leben sehen? Wenn es wirklich möglich wäre, durch Wärmen wieder lebendig zu werden, glaubst du, die alten Kaiser und Könige hätten keine Nonnen zum Wärmen des Körpers gehabt? Fall doch nicht auf die Betrügereien eines falschen Mönchs herein, der meine Schwester am hell-lichten Tag zum Himmel auffahren lassen will!«

Qian wurde rot und erwiderte nichts mehr. Er eilte in das

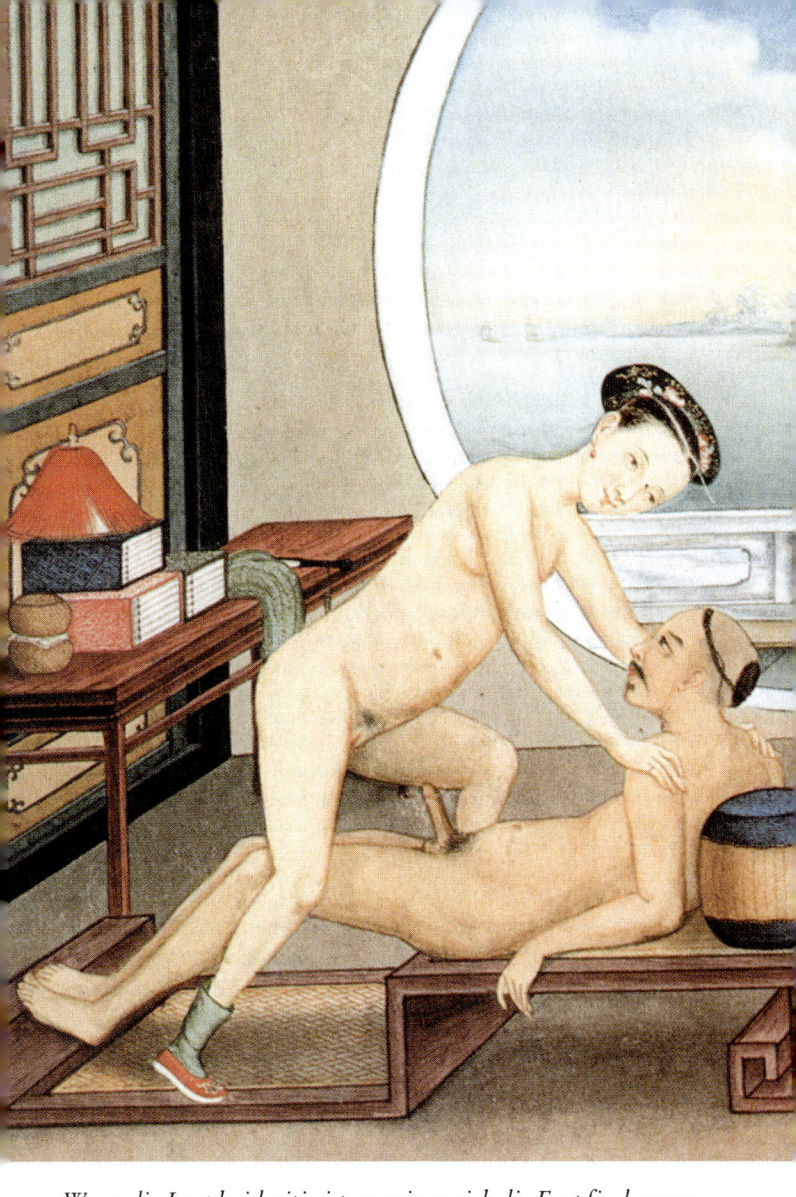

Wenn die Lust beidseitig ist, vereinen sich die Empfindungen

Zimmer, hob die Decke und sah nach. Es war tatsächlich ein Mönch.

Qian wußte vor Scham nicht, wohin. Er verhörte den Mönch und erfuhr folgendes:

Der Mönch war, als Qian in seiner Eigenschaft als Beamter auf Reisen war, als Nonne verkleidet in sein Haus gekommen, um Almosen zu erbitten. Qians Frau glaubte seinen Reden und wollte ihn über Nacht dabehalten. Anfangs wollte die »Nonne« nicht, aber sie nötigte sie. Am Abend schlief sie mit der »Nonne« in einem Bett, ohne eine Ahnung, daß diese in Wahrheit ein Mönch war. Da noch eine Dienerin im Zimmer war, traute er sich nicht, sein Glück zu versuchen und stellte sich schlafend, um eine günstige Gelegenheit abzuwarten. Mitten in der Nacht stand Qians Frau plötzlich auf, um Wasser zu lassen, und streifte dabei mit der Hand seinen Körper. Da bemerkte sie, daß unter seinem Nabel ein abstehendes Ding emporragte. Sie war überrascht und zugleich erfreut, sagte jedoch nichts. Überrascht war sie, weil ein Nonnenkörper so ein Ding doch wohl nicht haben sollte, erfreut, weil eine Zeit der Langeweile hinter ihr lag und sie ihren Fund in dunkler Nacht gemacht hatte, so daß die Dienerin nichts davon wußte. Als die »Nonne« merkte, daß sie nichts sagte, wußte er, daß sie ihm nicht abgeneigt war. So wartete er, bis sie wieder ins Bett kam, umarmte und küßte sie und drang ohne Umschweife mit seinem Werkzeug zum Eingang ihrer Scheide vor. Quians Frau begab sich darauf in die Reiterstellung, umfaßte sein Werkzeug und führte es selbst ein. Damit waren beider Wünsche gleichermaßen erfüllt. Er glich dem weißen Schmetterling, der die Blüte sucht, sie der neuen Blüte. Ihre Münder bargen Jadesaft, ihre Zungen schmeckten Gewürznelken. Es war ihnen, als wären sie nicht mehr in der Menschenwelt.

Nachdem sie fertig waren, sagte Qians Frau: »Wenn diese glückliche Verbindung kein Schicksal ist, wie soll sie dann zustande gekommen sein? Du mußt an meine Einsamkeit denken und dich oft um mich kümmern!«

Darauf sagte er: »Daß ich kommen soll, brauchst du mir nicht eigens zu sagen, aber was ist mit den Dienern im Haus?«

»Sie sind alle noch ganz jung und wissen nichts von der Liebe«, beruhigte ihn Qians Frau. »Nur Xiaofu ist schon erwachsen, ihr muß man den Mund stopfen. Von heute an kannst du mit ihr machen, was du willst.«

Als der Mönch dies hörte, loderte die Begierde erneut in ihm auf. Er packte ihre Füße und fuhr mehrere hundert Male hinein und heraus. Qians Frau stöhnte und zitterte, ihre Hände wurden heiß und sie atmete schwer. Ihr Lustwasser floß unaufhörlich und zeigte, wie sehr sie genoß.

Am nächsten Abend ließ Qians Frau mit Bedacht die jungen Dienerinnen unten schlafen und behielt nur Xiaofu im Zimmer. Sie befahl dem Mönch, ihr zu Leibe zu gehen. Xiaofu wußte gar nicht, wie ihr geschah und erschrak erst, als der Schmetterling vor ihrer Blüte stand, aber da sprengte schon der Goldspeer ihre Festungsmauern.

> Die Jadeblume jäh erblüht,
> Die Pfirsichwellen umgeschlagen,
> Sanft weint sie, von Schamröte übergossen,
> Kaum ist ihr Jammer zu beschreiben.

Der Mönch bewegte sich nur ganz sachte und lieferte sich dann mit Qians Frau einen langen, heißen Kampf.

Xiaofu wurde schließlich zu ihrer Vertrauten, und so ging der Mönch fast zwei Jahre lang bei ihnen ein und aus. Dann verlor Qian sein Amt und kehrte nach Hause zurück, so daß sie ihr Verhältnis beenden mußten.

An jenem Tag war der Mönch unter dem Vorwand gekommen, einen Besuch zu machen, um die alten Beziehungen wiederaufzunehmen. Als er sah, daß Qians Sohn tot war, legte er den einfältigen Qian herein, doch er hatte nicht damit gerechnet, daß der ältere Bruder der Frau die Sache scheitern lassen würde.

Qian erwürgte den Mönch voller Wut und warf seine

Leiche in den Fluß. Xiaofu prügelte er zu Tode, seine Frau sperrte er ein, bis sie verhungert war.

Eine weitere männliche Nonne beglückt die Frauen
Im Dorf Shengshe in Wucheng, Provinz Zhejiang, gab es einen buddhistischen Tempel. Im fünften Monat des Jahres *Dingyou* der Ära Wanli, im Juli 1597, weilte dort eine junge Nonne, die von weither gekommen war und dazu aufrief, die Tempelanlage zu restaurieren. Es sammelten sich viele Frauen dort, oft hundert an einem Tag. In jenem Dorf lebte auch der jüngere Bruder eines gewissen Präfekten Ling. Er kam plötzlich in Begleitung einiger Diener nach vorn und wollte die Nonne sehen. Doch sie weigerte sich heftig und wollte auf keinen Fall herauskommen. Da geriet Ling in Wut und schrie so laut, daß der Nonne nichts übrigblieb, als herauszukommen und ihn zu begrüßen. Ling befahl einem Diener, sie zu beschimpfen und ihr die Kleider auszuziehen – es war eine männliche Nonne. Die Frauen liefen entsetzt davon. Die Nonne wurde verhaftet und dem Magistrat übergeben, worüber alle sehr erleichtert waren.

Die Falschen dieser Welt sind alle männliche Nonnen. Die männlichen Nonnen werden getadelt, die Falschen kommen immer davon. Wie tragisch!

11.

Der Trick der Mönche mit den Schuhen

Späte Tränen der Reue

Der Mönch Haichao aus Yuanzhou besuchte einst auf Wunsch eines reichen Mannes mit Namen Yuan dessen Haus. Als er seine Frau erblickte, die eine unvergleichliche Schönheit war, vergaß er vor Verlangen Schlaf und Speise. Es gab einen Zimmermann, der Geld von ihm geliehen hatte und mit dem er sehr vertraut war. Eines Tages, als sie zusammensaßen und tranken, erzählte Haichao ihm davon: »Ich habe mich unsterblich in eine Schöne verliebt, aber ich weiß nicht, wie ich sie erlangen kann«, sagte er. Der Zimmermann fragte nach ihrem Namen und ihrem Mädchennamen. Nachdem der Mönch sie ihm genannt hatte, rief der Zimmermann: »Das ist doch meine Nichte! Ich will Euch helfen.«

»Wenn Ihr ihre Schuhe stehlen und durch Mönchssandalen ersetzen könnt, gebe ich Euch dreißig Unzen Silber«, schlug der Mönch vor.

»Einverstanden!« rief der Zimmermann.

Er nahm ein Paar Schuhe des Mönchs und ging zu ihrem Haus. Die Nichte behielt ihn zum Tee da, und als sie einen Moment abwesend war, stellte der Zimmermann die Schuhe des Mönchs unter ihr Bett. Ihre neuen Seidenschuhe nahm er fort und gab sie Haichao. Der war hocherfreut und zahlte ihm die vereinbarte Summe.

Nachdem einige Zeit verstrichen war, wollte die Frau zu einem Festmahl zu Verwandten gehen und bat ihren Mann, ihr die Seidenschuhe zu holen. Er fand jedoch nicht diese, sondern ein Paar Mönchssandalen. Zornig schalt er sie: »Ich wollte eine gute Tat vollbringen, habe aber gleich bemerkt, daß dieser Kahlkopf dich immer wieder gierig mit den Augen verschlungen hat. Da hatte ich dich schon im Verdacht, daß du mit ihm ein Verhältnis hast, und nun ist es tatsächlich so.«

Die Frau konnte nichts zu ihrer Verteidigung vorbringen, weinte nur und schlug sich an die Brust. Der Mann bat seine Schwiegermutter zu sich und berichtete ihr davon; auch ihr verschlug es die Sprache. Schließlich gab er ihr den Scheidebrief und nahm sich eine andere Frau.

Als Haichao davon erfuhr, zog er die Mönchskutte aus, ließ das Haar wieder wachsen, kaufte sich ein Haus in der Stadt und führte das Leben eines reichen Mannes. Dann bat er den Zimmermann, den Heiratsvermittler für ihn zu machen. Die Frau wollte zunächst nicht, da sagte er: »Dein Mann hat doch schon eine andere, für wen wahrst du da deine Keuschheit?«

Als auch ihre Eltern ihr wegen ihrer Zukunft ins Gewissen redeten, stimmte sie schließlich zu, sagte aber: »Der Mann soll einmal herkommen, damit ich ihn sehen kann!«

Haichao kleidete sich aufs Beste und ging hin. Sein Äußeres fand vor ihr Gefallen, und sie hatte keine Ahnung, daß er der Mönch von früher war. So willigte sie ein, und er zahlte einen Brautpreis von mehreren hundert Unzen.

Nach ihrer Hochzeit wurden sie ein glückliches Paar, und nach etwas mehr als einem Jahr gebar sie einen Sohn. Jedesmal wenn der Zimmermann kam, behielt ihn Haichao da, bis beide völlig betrunken waren. Die Frau wunderte sich darüber und fragte: »Warum kümmerst du dich immer so ganz besonders gut um meinen Onkel?«

»Er war mein Heiratsvermittler«, sagte der Mönch.

Als er wieder einmal kam, tranken sie, bis sie betrunken umfielen. Das hatte es noch nie gegeben, und die Frau fragte erneut deswegen. Haichao sagte in seinem Rausch: »Hätte er nicht für mich die Schuhe gestohlen, wie hätte ich dann mit dir so glücklich werden können?«

Die Frau blieb eine Weile stumm. Schließlich sagte sie freundlich zu ihrem Gatten: »Bitte den Onkel, noch dazubleiben. Ich muß für kurze Zeit zu meiner kranken Mutter gehen.«

Sie eilte nach Hause und erzählte Mutter und Brüdern

davon. Die brachten die Sache vor Gericht, und Haichao und der Zimmermann legten ein umfassendes Geständnis ab. Der Richter ließ sie, voller Zorn über diese schmutzige und üble Tat, im Gefängnis totprügeln. Die Frau starb an ihrem Kummer, und auch das Kind lebte nicht mehr lange. Als ihr Mann davon erfuhr, vergoß er heiße Tränen der Reue.

Vergeltung durch den Foltertod

In Nanking am Yangzi-Fluß gab es einen Mann namens Shui, dessen Frau, eine geborene Zhou, großen Liebreiz besaß. Der Mönch Huiming aus dem Jinshan-Tempel beauftragte heimlich eine Alte, mit allerlei Schminksachen zu ihr zu gehen, so daß die beiden bald sehr vertraut miteinander wurden. Als ihr Mann außerhalb zu tun hatte, lud Zhou die Alte ein, bei ihr zu schlafen. Bei dieser Gelegenheit versteckte die Alte heimlich ein Paar Mönchssandalen unter ihrem Schminktisch. Als sie der Mann nach seiner Rückkehr entdeckte, schlug er Zhou voller Wut und verstieß sie. Zhou konnte sich nicht verteidigen. Sie zählte dreiundzwanzig Jahre und hatte einen einjährigen Sohn. Als sie am nächsten Morgen ihrem Mann Lebewohl sagte, gab sie ihm ein Gedicht:

Geht die Schwalbe, weiß sie, wann sie wiederkehrt,
Geht die Frau, ist es für immer.
Ich habe einen guten Gatten,
Ich habe einen kleinen Sohn.
Wenn ich nun Mann und Kind verlassen muß,
Wohin soll ich mich wenden?
Umsonst klagt meine Stimme,
Umsonst fließen die Tränen.
Jede Krankheit hat ihre Arznei,
Doch diese findet keinen Arzt.
Dein Sinn, mein Gatte, wechselt!
Erinnerst du dich nicht an jene Zeit,
Als wir uns meerestiefe, bergeshohe Treue schworen?
Nun hast nach kurzer Zeit du alles ganz verändert.

O weh mir Armer,
Allein der Himmel kennt mein Herz!

Dann kehrte sie zu ihren Eltern zurück. Huiming wurde wieder zum Laien und heiratete sie durch einen Vermittler. Sie gebar ihm eine Tochter, und die beiden waren ein glückliches Paar. Eines Tages herzte Huiming seine Tochter und sprach im Scherz zu ihr: »Hätte ich nicht so einen guten Plan gehabt, wie hätte ich da deine Mutter erlangt?«

Zhou fragte lächelnd, was es damit auf sich habe, und Huiming erzählte ihr, da er auf ihre Liebe vertraute, was er damals veranlaßt hatte. Da ging Zhou heimlich zur großen Trommel am Gerichtsgebäude, schlug sie laut und schrie, ihr sei Unrecht geschehen. Unser Kaiser Taizu verhörte höchstpersönlich Huiming und auch die siebzig Mönche des Jinshan-Tempels. Sein kaiserliches Urteil lautete, daß Huiming die grausamste der Todesarten erleiden sollte. Zehn Mönche, die mit ihm gewohnt hatten, wurden erdrosselt und die anderen sechzig in entfernte Militärlager geschickt. Die Alte wurde enthauptet und ihr Kopf ausgestellt.

Lanying erdrosselt sich aus Scham
Der Mönch Wu Yuancheng aus dem Yongning-Tempel östlich von Yuanzhou war von Natur aus ein Schürzenjäger und völlig Blumen und Mond verfallen. Nun gab es einen gewissen Zhang Dehua, der eine Frau namens Han Lanying hatte:

Von edler Schönheit die Züge,
Verführerisch reizend der Leib.
In ihr ward Xizis Schönheit neu geboren,
Vom Himmel war sie eine Jademaid.
Tausend Arten duft'ger Anmut,
Hundertfach verschämte Reize.

Am ersten und fünfzehnten Tag jedes Monats lud sie Yuancheng ein, für Kindersegen Sutren zu lesen. Wenn er sie erblickte, flackerten seine Augen, sein Herz raste und es ergriff ihn sofort das heftigste Verlangen. So ersann er heimlich einen Plan.

Er bestach ihre Dienerin Xiaomei, ihm einen der Nachtpantoffeln von Lanying zu stehlen. Auf dem Rückweg zum Tempel hielt er den Pantoffel in der Hand und sang voller Glück vor sich hin:

Phönixschuh, Phönixschuh,
Wie romantisch machst du mich.
Ich will sie, aber krieg sie nicht,
Bin wie von Sinnen, bin wie trunken.
Heute hab ich nun den Schuh,
Zeichen meines guten Glücks.
Frag mich nach dem Hochzeitstag,
Sag mir, wann er sein soll!

Dann dachte er angestrengt nach, aber es wollte ihm kein rechter Plan einfallen. Gerade da kam Zhang Dehua und bestellte ihn für ein Opferfest zu sich. Yuancheng befahl seinem Eleven, den Pantoffel deutlich sichtbar an der Tür hinzulegen, wo ihn Dehua fand und mitnahm. Als er seine Frau nach dessen Verbleib fragte und sie keine Antwort wußte, wurde er sehr zornig und schickte sie zu ihrer Mutter zurück.

Als Yuancheng das hörte, verwischte er alle Spuren und wechselte seinen Namen. Dann zahlte er einen Brautpreis für Lanying und sie wurden ein Paar. Sie lebten in Glück und Freude als Mann und Frau. Im Nu war mehr als ein Jahr vergangen, und das Mondfest wurde gefeiert.

Yuancheng trank mit Lanying und war schon sehr weinselig, da umarmte er sie, lachte und sprach: »Hätte Xiaomei mir damals nicht geholfen, wie könnten wir dann jetzt so glücklich sein?«

Lanying fragte ihn, was das zu bedeuten habe. Nachdem er

ihr alles erzählt hatte, erdrosselte sie sich. Die Familie Han brachte die Sache vor den Richter, und ihre Unschuld wurde gerächt.

Der Trick mit den gestohlenen Schuhen wirkt nur bei Argwöhnischen.

12.

Liederlichen Mönchen bringt ihre Ausschweifung den Tod

Orgien im Tempel von Lin'an

In einem Tempel im Lin'an der Song-Zeit lebten über zwanzig Mönche und einige zehn Diener; keiner von ihnen befolgte die Gebote des buddhistischen Glaubens, sie kümmerten sich einzig um Befriedigung ihrer perversen Gelüste.

Die Tempelanlage war außerordentlich weiträumig. Innerhalb des Tores gab es zahllose lange Gänge und endlose Gassen, die kreuz und quer durcheinanderliefen. Wenn jemand das Tempelgelände ohne einen erfahrenen Führer betrat, fand er nach einigen Links- und Rechtswendungen keinen Weg mehr nach draußen. Der Komplex war ringsum mit hohen Mauern umgeben, um das Kloster von der Außenwelt abzuschirmen. Hinter den Mauern waren außerdem alle Arten von irdenen Krügen und Gefäßen in Reihen aufgeschichtet, um zu verhindern, daß ein Lauscher an der Mauer etwas wahrnehmen konnte.

Die Zellen der Mönche verfügten jeweils über ein Geheimzimmer, in dem sich Frauen verbergen ließen; nicht einmal die Eltern der Mönche wußten davon. In der Mitte der Anlage gruben sie an einem nur Auserwählten zugänglichen Ort eine unterirdische Höhle, die in sieben, acht Windungen in die Tiefe führte und sich schließlich auf mehr als zehn Klafter erweiterte. Oben ließen sie ein kleines Fenster für Tageslicht, daneben tat sich eine tiefe Grube auf. Vor der Grube waren Steine aufgeschichtet und davor war ein Hügel aufgeschüttet, auf dem sich wiederum eine Mauer befand. Die Höhlenwände waren mit Brettern verkleidet, drinnen befanden sich Betten, Bettzeug, Tische, Stühle und Geschirr. Dies war der Ort, an dem sie ihre gemeinsamen Orgien veranstalteten; es war etwas ganz anderes als in den einzelnen Zellen, wo nur der Mönch und die Frau von ihren Widerwärtigkeiten wußten.

Die Mönche und ihre Diener stellten sich oft an belebte Marktplätze und lockten Frauen zu sich, die sich verlaufen hatten. Manchmal fanden sie auch eine Frau in einer Sänfte am Straßenrand. Dann nützten sie einen unbeobachteten Augenblick und trugen sie in den Tempel. Alle, die so entführt worden waren, kamen zunächst in das Geheimzimmer des Mönchs, der sie geraubt hatte, wo er sich einige Nächte lang an ihnen verging. Dann kamen sie in die unterirdische Höhle, wo sie sich den Mönchen und ihren Dienern und Burschen hingeben mußten, und auch der erste Mönch war wieder dabei. Frauen, die viele Jahre in der Höhle gelebt hatten und alt oder krank geworden waren, wurden weggebracht, niemand wußte, wohin.

Einmal kam ein Gebildeter aus Huzhou mit seiner Frau nach Lin'an, um Verwandte zu besuchen. Er ließ sein Boot bei der Salzbrücke anlegen und sprach zu seiner Frau: »Ich werde dich mit einer Sänfte abholen lassen. Sollte ich selbst nicht dabeisein, wird der Träger ein Stück Purpurstoff als Erkennungszeichen dabeihaben und du kannst mit ihm kommen.«

Schon kurz nachdem er gegangen war, kam ein Sänftenträger mit einem Stück Purpurstoff in der Hand. Die Frau bestieg seine Sänfte, und er trug sie zum Tempel. Dort empfing sie ein Jüngling mit den Worten: »Euer Gatte ist hier.«

Sie folgte ihm in den Tempel und durch die gewundenen Gäßchen, bis sie in ein Zimmer gelangten. Der Jüngling nahm sein Kopftuch ab – es war ein Mönch. Als die Frau entsetzt aufschrie, bedrohte er sie mit einem Messer, riß ihr die Kleider vom Leib, befühlte sie gierig und verging sich an ihr in der schmutzigsten und widerlichsten Weise, ohne daß sie sich hätte wehren können. Nachdem er sie einige Nächte mißbraucht hatte, brachte er sie in die Höhle. Dort sah sie dreiunddreißig Frauen, die alle von großer Schönheit waren.

Aus dem Begehren strömt lüsternes Verzehren

Am gleichen Tag kamen über dreißig Mönche. Sie machten Wein heiß, becherten ausgelassen und trieben alle Arten von widerlichen Ausschweifungen, wovor es die Frau sehr ekelte.

Während sie sich dort aufhielt, kamen weitere Neuzugänge. So wurde eines Tages ein Mädchen von besonderer Schönheit hereingebracht. Sie mochte gerade vierzehn oder fünfzehn Jahre zählen und trug eine überaus betrübte Miene zur Schau. Als sie der Frauen gewahr wurde, entspannten sich ihre Züge. Die Frauen befragten sie, und sie erzählte folgendes: »Ich bin die Tochter eines Präfekten. Meine Familie wartete in Lin'an auf seine Versetzung. Als wir die Laternen anschauen waren, wurde ich in der Menge von meiner Dienerin getrennt und von einem Herrn in sein Zimmer gebracht – es war ein Mönch. Er wollte mich vergewaltigen und riß mir trotz aller Gegenwehr die Kleider herunter, ohne daß ich etwas dagegen tun konnte. Seine Lust war entfacht, und er wurde, ohne mein verschämtes Klagen zu beachten, so zudringlich, daß er schließlich mein Blütenherz zerbrach und mir dabei solche Qualen zufügte, daß ich glaubte, mir vergingen die Sinne. Ich biß mir vor Schmerz in die Lippen, und es war mir wirklich schwer, weiterzuleben. Aber wer hätte gedacht, daß er die ganze Nacht nicht ruhen würde, Wolken und Regen vermischte ohne aufzuhören und ohne meiner Schmerzen zu achten? So blieb ich einige zehn Nächte in seinem Gemach. Ich weiß nicht, welches Schicksal mich heute hierhergeführt hat.«

»Freu dich nicht zu früh«, riefen die Frauen. »Bald werden alle zusammen hier erscheinen, und du wirst noch manche Grausamkeit von ihnen erdulden müssen, bevor du von diesem Elend befreit wirst.«

Tatsächlich kam es so, und das Mädchen konnte ihren Jammer und ihren Zorn kaum ertragen.

Von da an sannen die Frauen Tag und Nacht nur noch zähneknirschend auf Entkommen, konnten aber keinen Plan finden, da sie immer von drei, vier Mönchen bewacht wurden. Eines Nachts war es nur einer. Als sie ihn nach dem

Grund fragten, sagte er: »Alle Mönche sind zu einem Begräbnis übers Meer gegangen, sie kommen erst morgen zurück.«

Da sahen die Frauen ihre Gelegenheit gekommen. Unter ihnen waren drei, vier Mutige und Kräftige. Die warteten, bis der Mönch fest schlief, öffneten die Tür und gelangten aus der Höhle ins Freie. Sie überstiegen die Mauer und kamen etwa fünf *Li* vor Lin'an auf eine Hauptstraße. Eine von ihnen erkannte einige Straßen und fragte sich nach Hause durch. Als sie die Angelegenheit vor den Magistrat brachten, war dieser völlig fassungslos. Zu jener Zeit, im Jahre 1189, war Kaiser Xiaozong im Begriff, seinen Thron abzutreten, und am nächsten Tag sollte deshalb eine Generalamnestie stattfinden. Der Magistrat führte eine Hundertschaft, um die Mönche zu fangen und zu töten und ihren Tempel zu verbrennen. Er befahl den Frauen, die Führung zu übernehmen. Als sie zum Tempel gelangten, waren die Mönche gerade zurückgekehrt und veranstalteten ein Festmahl in der Höhle. Sie hatten das Fehlen der drei Frauen noch gar nicht bemerkt. Auch die Frau des Mannes aus Huzhou konnte nun wieder zurückkehren. Die Worte ihres Mannes auf dem Boot waren von einem Mönch, der die schöne Frau vom Ufer aus erblickt hatte, belauscht worden. Er hatte ein Stück Purpurstoff besorgt und sie in einer Sänfte fortgetragen. Ihre Dienerin war ihr bis in die Außenbezirke gefolgt, aber da sich die Sänfte wie im Fluge bewegte, hatte sie schließlich den Anschluß verloren.

Der Magistrat fragte die Mönche auch, wo die alten und kranken Frauen geblieben seien. Sie sagten, sie hätten sie weggebracht, getötet und dann hinter dem Tempel vergraben. Man förderte dort die Überreste von mehr als dreißig Frauen zutage, ebenso Gold und Seide ohne Zahl.

Göttin Guanyin entlarvt eine Vergewaltigung
Ein anderer Gelehrter, der in Lin'an auf seine Verwendung wartete, ließ sich einmal mit seiner Frau in Sänften tragen. Als sie am Marktplatz ins Gedränge gerieten, ließ er anhalten, um einzukaufen, doch kaum hatte er einen Augenblick nicht

hingesehen, war die Sänfte mit seiner Frau verschwunden. Der Gelehrte brachte seine Träger vor den Richter und ließ sie verhören, aber das führte zu keinem Ergebnis. Nachdem mehr als ein Jahr verstrichen war, kam plötzlich eine Sänfte an sein Tor, in der sich seine Frau befand. Sie erzählte folgendes: »Die, die mich weggetragen haben, waren nicht mehr dieselben Träger. Sie liefen einige Meilen und bogen dann durch ein großes Tor in einen langen Gang. Ich stieg aus und fragte, wo mein Gatte sei. Einer der Träger sprach zu mir: ›Kommt nur herein!‹

Drinnen empfing mich dann ein Mönch, da kam mir die Sache merkwürdig vor und ich wollte zurück. Der Mönch stieß mich von hinten, und ich begann laut zu schreien. Da zerrte er mich hinein und rief: ›Hier ist ein Ort, an dem du dein Leben verlieren kannst!‹

Wir gingen um mehrere Ecken und kamen schließlich in ein dunkles Zimmer, wo er mich einschloß. Es war keines Menschen Laut zu hören, und selbst das Läuten vom Glokkenturm drang nur von ganz fern herein. So saß ich lange, bis ich merkte, daß es heller wurde. Der Mönch kam mit Wein und Speisen, aber ich rührte vor Wut und Kummer nichts an. Jeden Tag kam er zweimal und brachte Essen; am Abend zwang er mich, zu trinken und dann mit ihm zu schlafen. Eines Tages vergaß er abzuschließen, nachdem er mich verlassen hatte. Ich ging hinaus und gelangte in eine dunkle Gasse, in der ich in der Ferne ein Licht ausmachen konnte. Als ich darauf zuging sah ich, daß es das ewige Licht in der Guanyin-Halle war. Ich warf mich nieder und betete für meine Freiheit. Dann zog ich die Goldfäden aus meinem Taschentuch, wand sie um den Leib der Guanyin und ritzte mit dem Fingernagel drei Striche, das Zeichen für Fluß, in ihren Fuß. Darauf kehrte ich in das Zimmer zurück. Nach über einem Monat waren die Kräfte des Mönchs erschöpft und seine Lust erloschen. Ich flehte ihn unter Tränen an, heimkehren zu dürfen, doch er sagte: ›Wer hierher kommt, darf eigentlich nicht wieder heraus. Aber du hast dich gut betragen, bei dir kann ich vielleicht eine Ausnahme machen.‹ In dieser Nacht verband er sich noch einmal mit mir bis zum Morgen. Als der Tag graute, führte er mich hinaus zu jener Sänfte, die mich hierher brachte.«

Der Gelehrte brachte den Fall vor den Gouverneur von Lin'an, das war zu jener Zeit Zhao Shiyi. Der Gouverneur plante gerade ein Opferritual, um Regen zu erbitten, und so ließ er am nächsten Tag Weihrauch brennen und Plakate aushängen, in denen er sich folgendermaßen an die Mönch wandte:

Letzte Nacht erschien Uns Göttin Guanyin im Traum und versprach, Uns zu erhören. Wir bitten hiermit alle Guanyin-Statuen aus den Tempeln von nah und fern zu Uns. Für die Äbte, die über eine wirkkräftige Guanyin verfügen, soll bei Hof die Verleihung der Purpurrobe beantragt werden, alle Diener erhalten Mönchspatente.

Die Plakate waren kaum ausgehängt, da trafen von allen Seiten Guanyin-Statuen ein. Tatsächlich war eine dabei, die Goldfäden um den Leib hatte und auf deren Fuß das Zeichen für Fluß eingeritzt war. Daraufhin ließ der Gouverneur alle Mönche dieses Tempels zu sich kommen, die Frau musterte sie heimlich hinter einem Vorhang und erkannte jenen Mönch – es war niemand anderes als der Abt des Tempels. Der Gouverneur ließ ihn ins Gefängnis werfen und verhörte ihn, bis er gestand. Er wurde auf dem Marktplatz hingerichtet.

Mit dem Weinkrug wird einem Mönch das Haupt zerschmettert

Ein Gelehrter aus der Gegend um Suzhou war mit einem Mönch aus einem Tempel in Lin'an befreundet und verkehrte über lange Zeit mit ihm. Als er einmal im Tempel vorbeikam, war der Mönch gerade ausgegangen, und so trat er ein in sein Zimmer. Er sah einen kleinen Holzfisch vor dem Bett hängen und klopfte arglos darauf. Plötzlich ertönte eine Glocke hinter dem Bett, und ein junges Mädchen kam hervor. Der Gelehrte erkannte in ihr eine Cousine, worüber beide gleichermaßen fassungslos waren. Das Brett hinter dem Bett war geschickt in den Fußboden eingepaßt, so daß man damit den Zugang zu einem Keller öffnen und schließen konnte. Das Mädchen zog sich ängstlich zurück, und auch der Gelehrte rannte davon. Am Tor traf er auf den Mönch, dem dabei plötzlich einfiel, daß er vergessen hatte, seine Tür zu versperren. Die verstörte Miene des Gelehrten verriet ihm außerdem, daß der sein Geheimnis entdeckt hatte. So machte er ein freundliches Gesicht und nötigte den Gelehrten, mit ihm zurückzugehen. Dann sagte er: »Nach dem, was heute geschehen ist, können wir nicht beide weiterleben. Du mußt dich töten!«

»Ich bin ja selbst in den Feuerofen gesprungen, ich weiß, daß du kahler Schurke mich nicht laufen lassen wirst«, seufzte der Gelehrte. »Heute ist also der Tag, an dem ich sterben soll. Aber ich will mich vorher restlos betrinken, du sollst mir eine Messe lesen und für meine Sünden beten, dann werde ich mich aufhängen.«

Der Mönch war einverstanden. Er gab ihm einen großen Pokal mit Wein und zelebrierte eine ordentliche Messe. Der Gelehrte bemerkte, daß der Weinkrug sehr groß war und goß den Wein aus dem Pokal wieder in den Krug. Als der Mönch im Gebet hingestreckt lag, hob er plötzlich den Krug und schmetterte ihn dem Mönch auf den Kopf. Der Mönch hatte einen Schädelbruch, und der Gelehrte gab ihm mit mehreren Stichen den Rest. Dann rannte er davon, um die Sache dem Magistrat zu melden. Der ließ alle Kahlköpfe niedermetzeln. Man fand ein halbes Dutzend Frauen, die alle früher oder später in den Tempel gelockt worden waren oder ihn aufgesucht hatten, um für Nachkommenschaft zu beten.

Durch List entkommt ein Mädchen aus
den Fängen eines Mönchleins
In der Gegend von Wu gab es einen jungen Mann, der bei

einem Mönch wohnte. Er bemerkte, daß der Mönch, wann immer er ausging, seine Zelle verschloß und niemandem Zugang gewährte. Eines Nachts vergaß er, die Tür zu versperren, und der Jüngling spähte hinein. Als er dort ein Mädchen erblickte, zog er sich hastig zurück. Nach kurzer Zeit kam der Mönch mit einem Krug Wein zurück. Er stellte ihn auf den Tisch und bemerkte dabei, daß die Tür offen war. Aufgebracht schrie er: »Was hast du da drinnen gesehen?«

»Nichts«, antwortete der Jüngling.

Der Mönch nahm wütend ein Messer zur Hand und sagte: »Du mußt sterben. Ich kann nicht zulassen, daß diese Sache herauskommt und ich dafür getötet werde.«

Der Jüngling rief weinend: »Gestattet mir, mich erst zu betrinken. Dann könnt Ihr mir den Kopf abhacken, und ich spüre wenigstens nichts davon.«

Der Mönch erlaubte es. Der Jüngling nahm den Becher und tat, als würde er trinken. Dann sagte er: »Darf ich noch ein wenig Salzgemüse aus der Küche dazu haben?«

Der Mönch nahm sein Messer und ging in die Küche. Der Jüngling zog eilends sein Hemd aus und verstopfte damit die Öffnung des Kruges, so daß der Wein nicht herauslaufen konnte – der Krug wog über zehn Pfund. Dann versteckte er sich hinter der Tür, und als der Mönch zurückkam, schlug er ihm ein Dutzendmal mit dem Krug über den Schädel. Der Mönch tat seinen letzten Atemzug und starb. Der Jüngling befragte das Mädchen, und sie erzählte ihm, der Mönch habe ihren Mann getötet und sie geraubt. Er teilte die Habe des Mönches mit ihr und ließ sie gehen.

Die Kniffe und Wege der Mönche sind wahrlich bewundernswert. Allein, sie verletzen die Ordnung des Himmels und ihre Vergehen werden darum immer ans Licht des Tages kommen.

13.

Der gerechte Richter Bao verbannt den Mönch vom Xiling-Tempel

Zwanzig *Li* außerhalb von Kaifeng gab es in dem Ort Xinqiao einen reichen Mann mit Namen Qin De. Er hatte die Tochter von Song Ze aus dem Süddorf zur Frau genommen. Eines Tages hatte Qin auswärts zu tun. Die geborene Song wartete lange vergeblich auf seine Heimkehr und ging schließlich vor das Tor, um ihn dort zu empfangen. Da sah sie plötzlich einen Mönch, der ein Dreibergetuch um den Kopf geschlungen hatte, die vielfach geflickte Mönchskutte trug und eine Almosenschale in der Hand hielt. Er sang Sutren vor sich hin und ging auf das Tor von Qin zu. Als er Song hinter dem Vorhang gewahr wurde, musterte er sie heimlich. Dabei beachtete er nicht, daß die gepflasterte Straße wegen des Frostes glatt war, rutschte aus und fiel in einen Tümpel am Straßenrand. Als er sich wieder erhob, war er naß bis auf die Haut und zitterte vor Kälte. Song, die ihn so sah, hatte Mitleid mit ihm und ließ ihn im Außentrakt niedersitzen. Sie schichtete eilig heiße Kohlen auf und brachte sie dem Mönch. Er dankte ihr für ihre Güte und begann, seine Kleider am Feuer zu trocknen. Song gab ihm auch eine Schale Suppe, um die Kälte zu vertreiben. Als sie ihn nach dem Woher fragte, sagte der Mönch: »Ich wohne im Xiling-Tempel in der Stadt. Vor einigen Tagen ging unser Meister in den Osthof eines anderen Tempels und ist noch nicht zurückgekehrt. Da hat man mich beauftragt, ihm entgegenzugehen. Als ich nun an Eurem Tor vorbeiging, habe ich nicht beachtet, daß die Straße glatt war und bin ausgerutscht und in den Tümpel gefallen. Ohne Eure Güte wäre mein Leben in Gefahr.«

Song sagte: »Eure Kleider sind nun trocken, Ihr könnt

sogleich weiterziehen. Wenn mein Gatte käme und Euch sähe, wäre das nicht gut.«

Der Mönch zögerte seinen Abschied absichtlich länger hinaus und dankte ihr wieder und wieder, und tatsächlich kam Qin De nach Haus, erblickte den Mönch beim Feuer und Song daneben und war verärgert. Er fragte Song: »Woher kommt der Mönch?«

Song erzählte ihm, wie er hingefallen sei, da schalt sie Qin zornig: »Frauen und Mädchen haben ihre Gemächer nicht zu verlassen! Wenn die Nachbarn davon erfahren, wird es nur ein Gerede geben.«

Qin De war ein Mann, der wußte, was sich schickte. Wie hätte er eine nicht mehr untadelige Frau behalten können? So schickte er sie in das Haus ihrer Mutter zurück. Song konnte nichts zu ihrer Verteidigung vorbringen und bereute ohne Ende. Wie sie so traurig und einsam war, schrieb sie ein Gedicht voller Selbstanklage:

Vor der ausgebrannten Lampe durchleide ich die lange Nacht.
Ihm, der all mein Denken war, bin ich so fern nun wie der Morgenstern dem Abendstern.
Den Nordwind kümmert nicht, wie sehr ein Mensch betrübt ist,
Er bringt mir dennoch leisen Glöckchenklang ans Lager.

Ein zweites:

Gestützt auf die Brüstung frag ich die Nacht immer wieder,
warum sie so kühl,
Noch erwart ich den Mondschein im Hof, es ist Zeit, bald schlafen zu gehen.
Der Sang der Zikade unter den Stufen scheint großen Jammer
zu künden.

Doch es ist nicht der Wind, ist nicht die Umgebung;
   die Trauer verström ich allein.

Ein drittes:

Ich blick hinauf zur fernen Jadescheibe.
Die Menschen hoch im Turm sind vor dir, staub'ger
   Wind, geschützt,
Du kommst und gehst und achtest nicht der Menschen.
Gedenke dennoch mein, die an der Brüstung
   eines Menschen harrt.

Song war bereits über ein Jahr im Haus ihrer Mutter. Nun
hatte der Mönch damals erfahren, daß Qin De Song verstoßen hatte, und so hatte er den Xiling-Tempel verlassen, war
wieder zum Laien geworden und hatte sein Haar wachsen
lassen. Nun beauftragte er eine alte Frau aus dem Dorf, in
Heiratsverhandlungen zu treten. Song wurde von ihrer Mutter so bedrängt, daß ihr nichts anderes übrigblieb, als den
Mönch zu ehelichen. Allerdings wußte sie nicht, daß er eben
jener Mönch war. Sie zwang sich zur Fröhlichkeit, aber die
Tage vergingen dennoch in Trauer und Mißmut. Sie schrieb
ein Gedicht, um ihre Gesinnung zu beweisen. Es hieß:

Bedrückt bin ich, verletzt bin ich, doch darf ich
   nur mir selber klagen.
Einst hatt' ich eine gute Ehe, nun lebe ich in einer
   schlechten.
Denk ich zurück, erfaßt mich Reue, daß ich neu mich
   hab gebunden,
Mit schamesrotem Antlitz nur kann ich im Jadebrunnen
   Lotosblüten sehen.
Nur durch etwas fade Brühe, die ich achtlos
   ausgeschüttet,
Wurden wir, das Phönixpaar, für die Ewigkeit getrennt.
Wer vermag des Himmelsstromes Wasser so zu leiten,

Daß sie aller Menschen ungesühntes Unrecht
  mit sich nehmen?

Eines Tages kam der Mönch betrunken nach Hause, und die
Lust loderte in ihm empor. Er umarmte Song und fragte
scherzend: »Erkennst du mich eigentlich wieder?«

»Nein, wieso denn?« fragte Song.

Der Mönch sprach weiter: »Weißt du nicht mehr, wie ich
einst in den Tümpel fiel und du mir glücklicherweise Feuer
gebracht hast, um meine Kleider zu trocknen, und so mein
Leben gerettet hast?«

Song fragte überrascht: »Du warst damals doch Mönch,
wieso bist du wieder Laie geworden?«

»Obwohl du klug bist, durchschaust du doch meine Pläne
nicht. Als ich damals hörte, daß du verstoßen wurdest, habe
ich mein Haar wachsen lassen und eine Dorfalte mit Heiratsverhandlungen beauftragt; so bist du endlich doch die Meine
geworden.«

Song ging wütend zu ihrem Vater und erzählte ihm die
Geschichte. Der Vater verklagte den Mönch beim Präfekten
von Kaifeng. Das Urteil des berühmten Richters Bao, des
»Pietät- und Respektvollen«, lautete:

Den Tritt verlieren und straucheln,
Verriet schon seine Absicht.
Doch die Haare wachsen lassen und heiraten,
Das war in höchstem Maße ungesetzlich.

Der Mönch wurde verbannt, Song kehrte wieder zu ihrer
Mutter zurück, wo sie an gebrochenem Herzen starb.

Bei Song kann man wirklich sagen, sie hat die Tür geöffnet
und den Dieb hereingebeten.

14.

Der Mönch Huaiyi und die berüchtigte Kaiserin Wu Zetian

Der Mönch Xue Huaiyi hieß eigentlich Feng Xiaoying. Er stammte aus Hu in Shaanxi. Sein Zeugungsorgan war mächtig und stark, seine Natur die eines Wüstlings. Er spielte auf dem Marktplatz von Luoyang verrückt und entblößte sein Gemächt. Als die Prinzessin Qianjin davon hörte, begann sie ein Verhältnis mit ihm.

Daraufhin empfahl sie der Kaiserin, Xiaoying als Diener in den Palast zu holen. Die berüchtigte Kaiserin Wu Zetian befahl ihn zu sich und verkehrte mit ihm. Dafür salbte Juaiyi sein fleischernes Werkzeug zusätzlich mit einem Aphrodisiakum, das ihm erlaubte, eine ganze Nacht durchzuhalten, ohne zu ermüden. Die Kaiserin liebte ihn außerordentlich, wollte das Verhältnis aber geheimhalten. Damit er in die Liste derer, die in den Palast der Kaiserin durften, aufgenommen werden konnte, ließ sie ihm den Kopf scheren und ihn zum Mönch machen und bestellte ihn zum Vorsteher des Baima-Tempels. Sie befahl, ihn in die Familie von Xue Shao, dem Gemahl der Prinzessin Taiping aufzunehmen. Shao diente ihm wie einem Vater und stattete ihn mit Pferden aus den kaiserlichen Stallungen und einem Gefolge von Eunuchen aus. Selbst Wu Chengsi und Wu Sansi, die einflußreichen Neffen der Kaiserin, begegneten ihm mit Respekt. Schließlich erklärte die Kaiserin, daß Huaiyi über besonderes Talent verfüge und bestellte ihn häufig in den Palast, um Bau- und Reparaturarbeiten zu beaufsichtigen. Der furchtlose Zensor Wang Qiuli machte darauf folgende Eingabe an den Hof:

Zur Zeit des Kaisers Taizong (627-50) lebte ein großartiger Pipaspieler mit Namen Luo Heihei. Taizong ließ ihn entmannen und übertrug ihm die Aufgabe, die Palastdamen im Pipaspiel zu unterweisen. Da Ihr, Majestät, der Ansicht seid, daß Huaiyi über besonderes Talent verfügt und ihn im Palast zu verwenden geruht, bitte ich darum, ihn zu entmannen, damit er im Palast verbleiben kann.

Die Eingabe wurde nicht beachtet. Als die »Halle der Erleuchteten Herrschaft« fertiggestellt war, wurde Huaiyi zum »Großmarschall der Majestätswache zur Linken« ernannt und als Herzog von Liang belehnt. Später wurde er Großmarschall von Fu und Herzog von E. Die Kaiserin befahl ihm, zusammen mit anderen Mönchen das *Dayunjing*, den »Großen Wolkenklassiker«, der die Thronübernahme der göttlichen Kaiserin rechtfertigen sollte, zu verfassen und ihn aller Welt zu präsentieren. Obwohl die Kaiserin schon alt war, konnte sie sich doch sehr gut zurechtmachen, so daß man ihre Verwelktheit nicht bemerkte.

Huaiyi war aber durch Reichtum und Ansehen hochmütig geworden und verabscheute immer mehr, in den Palast zu gehen und mit der Kaiserin zu verkehren. Im Baima-Tempel hatte er Mädchen und Jungen versammelt, mit denen er Tag und Nacht zusammenkam. Weit über tausend starke Männer machte er zu Mönchen und gab sich zusammen mit ihnen allen denkbaren Ausschweifungen hin, ohne die geringste Furcht zu empfinden.

Nun gab es einen kaiserlichen Leibarzt, Shen Nanqiu, der sich auch darauf verstand, mit seinem begnadeten Werkzeug Frauen zu beglücken. Er fand Gefallen bei der Kaiserin.

Huaiyi war darüber sehr wütend und steckte heimlich die »Himmlische Halle«, Tiantang, und die »Halle der Erleuchteten Herrschaft« in Brand. Die Flammen loderten so mächtig, daß die Stadt taghell erleuchtet war.

Die Kaiserin empfand dies als große Schmach, und so faßte sie zusammen mit der Prinzessin Taiping einen Plan. Sie schickte kräftige Dienerinnen aus dem Palast, die Huaiyi fesselten und erschlugen. Der Leichnam wurde auf einem

Lastwagen zurück zum Baima-Tempel gekarrt und dort verbrannt.

Wenn es einem Mönch wohlergeht und er dann noch eifersüchtig wird, dann muß er freilich früh sterben.

15.

Bettelmönche

Eine verstoßene Ehefrau rächt sich vor ihrem Tode
Wang Wugong lebte in der Hauptstadt in der Wayao-Gasse. Seine Frau war sehr schön. Eines Tages kam ein um Almosen bittender Mönch bei Wang vorbei, sah seine Frau und verliebte sich in sie. Er überlegte heimlich, wie er sie gewinnen könne, doch ohne Erfolg. Nun traf es sich, daß Wugong einen Beamtenposten am Huai-Fluß antreten mußte. Er saß gerade mit seiner Frau in ihren Gemächern zusammen, als ein Bote erschien, der eine Schachtel auf dem Kopf trug. Er sagte: »Der Mönch, Meister Cong, läßt der Edlen Dame folgendes bestellen: da nun der Tag des Scheidens gekommen ist und er nichts weiter hat, um seine Gesinnung zu beweisen, schickt er Euch für die Reise diese Kleinigkeit.«

Mit diesen Worten entfernte er sich. Herr und Frau Wang öffneten sogleich die Schachtel und fanden hundert Fleischröllchen darin. Als sie eines aufschnitten, war ein kleiner Goldbarren im Gewicht von einer Zehntelunze darin versteckt. Sie dachten, es sei nur ein Irrtum, aber als sie die anderen aufschnitten, war es ebenso.

Wugong schalt seine Frau: »Ich habe mir doch gedacht, daß dieser Glatzkopf nicht ohne Grund Tag und Nacht um die Türe schleicht. Nun ist es tatsächlich so!«

Daraufhin zeigte er sie beim Präfekten wegen Unzucht an, aber da man weder Namen noch Wohnung des Mönchs kannte und er bereits geflohen war, konnte man ihn nicht fassen. So saß die Frau allein im Gefängnis und wurde verhört. Sie weinte nur und rief den Himmel zum Zeugen an, konnte aber den Beschuldigungen nichts entgegensetzen. Wugong verstieß sie und fuhr alleine zu seinem Amtssitz.

Seine Frau wurde mehrere Monate gefangengehalten. Da der Präfekt in der Sache nicht weiter kam, befahl er schließlich, sie freizugeben. Sie war aber so arm, daß sie nichts zu essen hatte. Als der Mönch davon hörte, kehrte er heimlich zurück und schickte eine Näherin zu ihr.

»Was willst du jetzt tun?« sagte diese. »Du wirst Hungers sterben. Ich werde dich zu einem Tempel bringen, wo du mit Näharbeiten deine Tage verbringen kannst, während du darauf wartest, daß Wugong es sich anders überlegt. Was meinst du?«

Die Frau ließ sich widerstrebend überzeugen und wurde in die Zelle jenes Mönchs geführt, wo er sie in einem Keller versteckte. Dort mißbrauchte und entehrte er sie nach Belieben. Nach langer Zeit erlaubte er ihr allmählich, aus und ein zu gehen. Da wartete sie auf eine günstige Gelegenheit und vertraute sich einer Patrouille an. Sie ergriffen den Mönch und brachten ihn vor den Richter, wo er seine gerechte Strafe empfing. Die Frau starb an ihrem Gram.

Ein wilder Mörder und Schänder

Westlich vom Yangzi-Fluß lebte ein Militäroffizier, dessen Verhältnisse sich verschlechtert hatten, in einem abgelegenen Sommerhaus im Westen der Stadt, wo sehr selten Menschen hinkamen. Er hatte eine junge Tochter von siebzehn Jahren, die eine außergewöhnliche Schönheit war. Erst mit über sechzig Jahren hatte er einen Sohn bekommen, den er wie einen Schatz hütete. Eines Tages, als der Offizier ausgegangen war, kam ein riesiger mongolischer Mönch vorbei und bat um Almosen. Er sagte, er könne aus dem Gesicht eines Menschen Leben und Tod ersehen und besitze auch eine Methode, das Leben zu verlängern. Die Frau des Offiziers glaubte ihm, rief ihre Tochter und den Sohn und bat den Mönch, sie zu untersuchen.

»Eure Tochter ist eine Himmlische!« log der Mönch. »Sie ist zur Kaiserin oder Favoritin geboren. In ihrem Gesicht zeigt sich bereits ein freudiges Ereignis, das schon in ein, zwei

Wer den richtigen Weg kennt, kommt zur Erlösung

Tagen eintreten wird. Auf dem Gesicht Eures Sohnes aber steht der Tod. Er wird kaum sein erstes Jahr überstehen.«

Als die Frau zu weinen und zu klagen begann, sagte der Mönch: »Betrübt Euch nicht, werte Dame! Fegt mir ein Zimmer im Haus aus und laßt mich Sutren lesen und zu Buddha beten. Dann wird Euer Sohn leben, und ich werde außerdem beweisen, daß ich nicht gelogen habe als ich sagte, der jungen Dame stehe das Glück ins Haus.«

Die Frau säuberte unverzüglich ein Zimmer im oberen Stockwerk und hieß den Mönch beten. Der Mönch brachte ein Buddhabildnis zum Vorschein, stellte ein Licht auf und betete bis nach Mittag. Als es Abend wurde, befahl er der Dienerin, Mutter und Tochter zu holen, damit sie Buddha ihre Reverenz erweisen konnten. Die Frau kam mit ihrer Tochter, die Dienerin folgte ihnen mit dem Kind auf dem Rücken. Als sie sich gerade vor dem Buddhabildnis niedergeworfen hatten, zog der Mönch die Leiter herauf und legte sie zur Seite. Dann entriß er der Dienerin das Kind, zog ein scharfes Messer und erstach die Magd. Das Mädchen schrie er an, sie solle sich ausziehen. Als sie weinte und um Gnade flehte, brüllte der Mönch wie ein junger Tiger und riß schrecklich die Augen auf.

»Ich habe die Welt durchstreift und wer weiß wie viele Frauen und Jungfrauen gehabt!« schrie er. »Welches Weibsstück hätte je gewagt, sich mir zu widersetzen? Glaubst du denn, meine Klinge sei stumpf?«

Er fesselte die Mutter, packte das Mädchen und verging sich an ihr. Dann schnitt er ihr mit dem Messer die Haare ab. Er wollte sie gerade mit sich fortschleppen, als er auf den heimkehrenden Offizier traf und von ihm erschossen wurde. Der Sohn war unglücklicherweise am Arm verletzt, die Tochter erdrosselte sich vor Scham.

16.

Der Mönch in Piling

Ein Mönch aus Piling in der Provinz Jiangsu sorgte mit größter Kindesliebe für seine Mutter. Da sich zu Hause niemand um sie kümmern konnte, nahm er sie mit in sein Kloster. Eines Tages verkündete er, seine Mutter sei plötzlich verschieden. Es war gerade die heiße Zeit des Jahres, und so beschaffte er einen Sarg und bettete sie zur letzten Ruhe. Er ließ den Sarg zur Hütte des Gärtners bringen und klagte dort nach dem Brauch die ganze Nacht. Am nächsten Morgen wollte er sie begraben.

Zu jener Zeit hatte gerade ein gewisser Zhang, der aus Xin'an zurückgekehrt war, im Tempel Quartier genommen. Er hatte ein Freudenmädchen namens Zhao Shouer mitgebracht. Sie war schön und kunstfertig, allein, Zhang konnte ihren Wünschen nicht gerecht werden. In jener Nacht war sie plötzlich verschwunden. Er nahm an, daß sie weggelaufen war und ging direkt zum Stadtkommandanten, wo er eine Belohnung für ihre Ergreifung aussetzte. Die Schüler des Mönchs erklärten: »Er hat selbst gesagt, er sei aus Huizhou. Mit Shouer hat er ein Gespräch angeknüpft. Sie hat ihn dann, unter dem Vorwand seine Mutter zu besuchen, häufig aufgesucht. Da sie mit ihm heimlich davonlaufen wollte, gab er vor, seine Mutter sei gestorben.«

Nach drei Tagen erzählte wirklich jemand, die Mutter des Mönchs sei gar nicht gestorben. Der Mönch habe die Abenddämmerung genutzt, um Shouer in dem Sarg zu verstecken. Danach habe er den Gerichtsmediziner kommen lassen und ihm bestimmte Anweisungen erteilt.

Als man nachforschte, verhielt es sich tatsächlich so. Der Mönch und Shouer wurden zum Sitz des Präfekten gebracht.

Der Präfekt Mo Boxu sperrte sie ins Gefängnis, ließ ihnen Halsgeigen anlegen und verhörte sie. Der Mönch erhielt eine Prügelstrafe und wurde aus dem Mönchsregister gestrichen. Shouer flehte um Schonung und wollte die Sache wiedergutmachen, indem sie sich erbot, in den öffentlichen Freudenhäusern Dienst zu tun. Auch die Amtsdiener baten heftig für sie, da sie alle anderen Freudenmädchen übertraf. Der Präfekt aber hörte nicht auf sie, ließ sie ausprügeln und übergab sie einer Mittlerin. Der Gerichtsmediziner und seine Helfer – insgesamt mehr als zehn Leute – wurden ebenfalls bestraft.

17.

Die Mönche in Huxian

Prinz Ning, der Sohn des Tang-Kaisers Ruizong (starb 731 n. Chr.) jagte einst in den Hügelwäldern von Huxian in der Provinz Shaanxi. Plötzlich erblickte er im Gras einen Kasten, dessen Deckel fest verschlossen war. Er ließ ihn öffnen, sah hinein und entdeckte eine junge Frau. Da fragte er sie verwundert, woher sie komme. Sie gab an, sie sei eine geborene Mo, ihr Vater habe als Beamter gedient. Letzte Nacht seien sie auf eine Bande von Räubern getroffen, unter denen sich auch zwei Mönche befunden hätten. Diese hätten sie hierher verschleppt.

Als sie das traurig, aber doch voll Anmut und Liebreiz erzählte, war der Prinz so überrascht wie erfreut und ließ sie in einem Wagen seines Trosses mitreisen. Da sie einen Bären lebend gefangen hatten, ließ er ihn in den Kasten stecken und diesen wie zuvor verschließen.

Zu jener Zeit war der Kaiser gerade auf der Suche nach besonderen Schönheiten für den Palast. Der Prinz sandte Mo, deren Haltung ihrer noblen Herkunft entsprach, noch am gleichen Tag zum Kaiser und fügte auch einen Bericht bei, wo und wie er sie gefunden hatte. Der Kaiser befahl, ihr den Rang einer »Talentreichen« zu verleihen. Nach drei Tagen kam eine Meldung des Gouverneurs von Chang'an:

In einem Gasthaus in Huxian haben zwei Mönche für zehntausend Kupfermünzen ein Zimmer für nur einen Tag gemietet. Am Abend sagten sie, sie wollten eine Andacht abhalten, wofür sie einen Kasten in das Gasthaus trugen. Spät in der Nacht hörte jemand ein Knacken und Krachen. Der Wirt wunderte sich darüber, und als sie am Morgen die Tür nicht öffneten, brach er sie auf und sah nach. Er fand einen Bären, der an ihm vorbei nach draußen lief. Die beiden Mönche waren umgekommen und bis auf die Knochen abgenagt.

Als der Kaiser dies hörte, lachte er laut und schrieb auf die Meldung: »Mein großer Bruder Prinz Ning hat es diesen Mönchen wirklich gegeben!«

Die geborene Mo verstand sich darauf, neue Lieder zu verfassen. Zeitgenossen nannten diese: »Melodien von Mo, der Talentreichen«.

Frauen sind sanfter als Bären. Daß die Mönche durch einen lebenden Bären den Tod fanden, haben sie durch ihre Gelüste selbst verschuldet.

18.

Die lüsternen Mönche vom Shuiyun-Tempel werden durch rote Schminke entlarvt

In der Ära Hongxi (1425-26) gab es in der Provinz Fujian auf einem Berggipfel einen Tempel mit Namen Shuiyun-, d. h. Wasserwolken-Tempel. Seine Hallen waren hoch und weitläufig, die Meditationsräume ruhig und erlesen. Jedem, der dort vorbeikam, sei es Gebildeter oder einfacher Mann, erfreute er Auge und Sinn. Der Tempel beherbergte sehr viele Mönche – alles gierige, geile, schmutzige und böse Glatzköpfe, die sich in keiner Weise an die buddhistischen Regeln und Gelübde hielten. Dieser Mönchshaufe war Tag und Nacht damit beschäftigt, Pläne zu schmieden, wie man Frauen und Töchter aus guten Familien dazu bringen könnte, von selbst in den Tempel zu kommen, um dort Unzucht mit ihnen zu treiben. Dabei wollten sie allerdings vermeiden, festere Bande zu knüpfen, da dies sehr leicht Unheil heraufbeschwören konnte.

So ließen sie schließlich verkünden, daß sich in ihrem Tempel ein Barfüßiger Glatzköpfiger Buddha befinde, der über äußerste Wirkkraft verfüge. Alle kinderlosen Frauen sollten sich drei Tage reinigen und fasten, Weihrauch nehmen und den Tempel besuchen, um dort zu opfern. Wenn sie sich dann vorbereitet und ihr Zimmer aufgesucht hätten, sollten sie eine Nacht im Tempel verbringen, dann bliebe keiner die Nachkommenschaft verwehrt.

Dafür bereiteten sie östlich von ihren Räumen drei saubere Zimmer vor, die mit großen Säulen mit hoher Basis versehen waren und bemalte und geschnitzte First- und Dachbalken hatten. Innen befand sich eine vergoldete Statue des Barfüßigen Glatzköpfigen Buddha, neben der Bildnisse von Knaben auf einem Einhorn, von Zimtblüten und anderen Symbolen für reiche Nachkommenschaft standen. Die Wände waren aus dicken Quadern fest gefügt und es gab nur eine große zweiflügelige Tür, sonst war nicht die kleinste Öffnung vorhanden. Daneben standen einige mit Elfenbeineinlegearbeit verzierte Betten mit brokatenen Vorhängen, besticktem Bettzeug und blumenverzierten Schlafmatten.

Wenn nun eine Frau kam, sollte sie die Tür von innen verriegeln, und ihr Gatte hatte sie zusätzlich von außen zu verschließen. Erst dann könne sie sich zur Ruhe begeben. In der Nacht werde sie den Buddha kommen fühlen, der das Kind schenke, und nach zehn Monaten werde sie es dann zur Welt bringen.

Diese Geschichten verbreiteten sich immer weiter, und bald sprachen alle von der unvergleichlichen Wirkkraft des Barfüßigen Glatzköpfigen Buddha.

Allerdings wußte niemand, daß die Mönche die Säulen ausgehöhlt und mit einem drehbaren Einlaß versehen hatten. Sie versteckten sich darin und warteten, bis die Frau sich entkleidet und zur Ruhe gelegt hatte. Zur Zeit der Abenddämmerung öffnete dann einer ganz sachte die Säule, blies das Licht auf dem Altartisch aus und tastete sich zum Bett, um mit der Frau Wolke und Regen zu spielen. Wenn die Frau in der Dunkelheit leise Geräusche vernahm, sagte sie sich, es sei der Glatzköpfige Buddha, der ihr das Kind bringen wolle, und deckte sich auf, um das Kind in ihren Schoß zu empfangen. Wie hätte sie wissen sollen, daß es ein Mönch mit kampfbereitem Jadestengel war, auf den er eine Wundermedizin gestrichen hatte? Er begann die Frau zu umarmen, stieß seinen Speer hinein und bewegte ihn sachte, bis er zur Wurzel eingedrungen war. Die Frau fühlte am ganzen Leib eine wohlige Entspannung, und es erfaßte sie ein unsagbares Wonnegefühl. Sie glaubte wirklich, daß sich der Glatzköpfige Buddha mit ihr verband. Wenn der Mönch dann nach langem Kampf von ihr abließ und sie bemerkte, daß Samen auf das Bett tropfte, worauf sie zu zweifeln begann, hatte die Medizin ihre Sinne schon betäubt, und sie fiel in tiefen Schlaf. Zu diesem Zeitpunkt glitt der Mönch langsam vom Bett, und ein anderer kam aus der Säule. Der hatte dort schon lange gewartet und beim Anhören des wilden Liebeskampfes zwischen dem Mönch und der Frau bereits seinen Samen vergossen. Sein Stengel war weich, und er konnte nicht wie der erste Mönch hineinstoßen. Also näherte er sich langsam der Frau, betastete ihre Scham und wartete, bis sein Jadestengel wieder hart und fest wurde. Die Frau schreckte aus dem Schlaf, wagte aber nichts zu sagen. Heimlich war sie jedoch erleichtert, denn wenn das kein echter Buddha war, wie konnte er dann schon wieder hart werden, nachdem er seine Sache kaum beendet hatte? So öffnete sie eilig ihre Schenkel und drängte sich ihm entgegen. Sein Jadestengel drang ein bis zur Wurzel, und als er anfing zu schieben und zu stoßen, glaubte sie noch mehr, daß mit ihr ein Wunder geschehe. Erst nach dem ersten Hahnenschrei ließ er von ihr ab.

Eine Frau, die so von zwei Männern eine ganze Nacht lang bearbeitet worden war, schlief völlig erschöpft ein und erwachte auch bei Tagesanbruch nicht. Erst wenn ihre Angehörigen kamen und die Tür aufschlossen, räkelte sie sich und öffnete die Augen. Dabei durchzog sie eine heimliche Freude, denn noch nie hatte sie solche Lust genossen. Und nach so einer erfüllten Nacht, wie sollte sie da nicht schwanger geworden sein? Wenn sie zurückgekehrt war und kinderlosen Frauen von der Wolken- und Regengeschichte mit dem Glatzköpfigen Buddha erzählte, waren alle der Meinung, daß ihr ein wahrhaftiger Buddha beigewohnt habe. Daher strömten die Nachwuchs Erflehenden in Scharen herbei, und Sänften und Pferde hielten unaufhörlich vor dem Tempel.

So war schnell mehr als ein Jahr vergangen, ohne daß irgend jemand Verdacht geschöpft hätte. Nun kam aber ein neuer Präfekt namens Cai nach Min. Als ihm diese Reden zu Ohren kamen, rief er ungläubig: »Ob man Nachkommen hat oder nicht, ist vom Schicksal bestimmt. Wie kann es sein, daß man durch Reinigung und Übernachten in einem

Tempel einen Heiligen dazu bewegen kann, einen Sohn zu schenken?«

Eines Tages ging er hin und sah sich den Tempel an. Er erblickte lauter goldgleißende Buddhastatuen, und die Luft war von so schwerem Weihrauch erfüllt, daß sogar die Kleider davon durchdrungen wurden. Er rief einige alte Mönche zu sich und fragte sie: »Daß man in eurem Tempel Söhne bekommt, wenn man darum betet, ist das wahr oder falsch?«

»Es ist wahr«, entgegneten die Mönche. »Wie könnten wir wagen, so etwas zu erfinden?«

»Wenn ich eure Hallen und eure Statuen betrachte«, fuhr der Präfekt fort, »so ist alles sehr neu. Wieso habt ihr all das errichtet?«

Die Mönche erwiderten: »Vor einigen Jahren kam ein wandernder Mönch vorbei und schlief in der großen Halle. In der Nacht erschien ihm jener Buddha im Traum und offenbarte sich ihm. Daraufhin haben alle Mönche dieses Tempels einen glückverheißenden Tag gewählt und mit der Arbeit begonnen. Und tatsächlich, es hat gewirkt. Daher strömen die Kindersuchenden ohne Unterlaß hierher.«

Der Präfekt lächelte nur und sagte nichts weiter. Er kehrte wieder in seinen Amtssitz zurück, war aber noch weniger überzeugt als zuvor.

Am nächsten Tag befahl er einem Amtsdiener, ein gutaussehendes Freudenmädchen zu suchen und zu ihm zu bringen. Das Mädchen kam in seine Amtsräume, er rief sie an seinen Richtertisch und befahl ihr leise, zum Wasserwolken-Tempel zu gehen und dann das und das zu tun. Sie empfing seine Befehle, zog sich schlichte Kleider an und ging in den Tempel. Dort gab sie vor, ein Kind zu wollen, opferte, fastete und übernachtete im Tempel. Es war noch nicht sieben Uhr abends, da kam tatsächlich ein Kahlkopf zu ihr ins Bett, umarmte sie und spielte Wolken und Regen. Mit der Zeit wurde sie benommen und schlief ein. Sie schreckte wieder auf und rieb, den Worten des Präfekten Cai folgend, seine Achsel mit roter Schminke ein. Es kamen nacheinander noch drei

Kahlköpfe und hielten das Mädchen die ganze Nacht wach. Um die fünfte Nachtwache stand sie schließlich auf und ging, ohne sich zu waschen oder zu kämmen, zu Präfekt Cai, um ihm die Ereignisse der Nacht aufs genaueste zu berichten. Er lachte und sagte: »Ich wußte, daß es so etwas nicht gibt, jetzt habe ich den Beweis.«

Er führte unverzüglich einen Trupp Soldaten dorthin und ließ den Wasserwolken-Tempel umstellen. Die Mönche waren außer sich vor Schrecken und wußten nicht, woher dieses plötzliche Unheil kam. Die Soldaten durchsuchten nun den ganzen Tempel und fesselten alle Mönche, ohne Ausnahme. Der Präfekt rief sie anhand der Namensliste auf und befahl einem Gerichtsdiener, ihre Achseln zu inspizieren. Die mit roter Schminke sollte er auf die eine Seite stellen, die ohne Schminke auf die andere. Tatsächlich gab es vier mit roter Schminke unter der Achsel. Der Präfekt schrie sie wütend an: »Ihr verdammten kahlen Esel, wie könnt ihr es wagen, eine Götterstatue zu fabrizieren, um anständige Frauen zu entehren? Eure Verbrechen schreien zum Himmel, glaubt ihr, der Himmel läßt euch das durchgehen?«

Er befahl, sie unter Schlägen zu verhören, und so blieb ihnen nur, zu gestehen, daß es alle Mönche gewesen seien, die die Säulen in den Zimmern der Kindsuchenden ausgehöhlt hätten, um mit den Frauen Wolken und Regen zu treiben, und daß sie vorgegeben hätten, der Glatzköpfige Buddha sei echt. Der Präfekt erließ folgendes Urteil:

> Dies wurde festgestellt:
> Die Wasserwolkentempelmönche,
> Von ihrer Gier nach Lust verwirrt,
> Begingen schändlichste Verbrechen.
> Sie gaben vor, daß Opfern Kindersegen bringe,
> Und lockten so das einfältige Volk.

> Bedienten sich des kahlen, Sohn schenkenden Buddha,
> Um reihum brave Frauen zu entehren.

Welch feiner Plan, die Säulen auszuhöhlen,
Um hinter wohlverschloss'nen Türen Unzucht dann
    zu treiben!
Ein leises Schaben –
Schon war der Kahlkopf angekommen.
Bewegte er den Jadestengel,
Erschien er wirklich wie ein Arhat, der herabgestiegen.

Wird Weiß beschmutzt von schwarzen Kutten,
Ist es ein Leben lang nicht fortzuwaschen.
In dunkler Nacht befleckt,
Kann dank dem raffinierten Plan nie eine davon sprechen.

So habe ich ein Freudenmädchen, als brave Frau gekleidet,
Als Nachwuchssuchende im Tempel übernachten lassen.
Sie hat mit roter Schminke beschmiert der
    Mönche Achseln,
Wenn ihre Sinne stumpf vor Lust geworden waren.
Auch war ihr Auftrag, achtzugeben, um den Zugang
    aufzuspüren.
So fand sie die List der Kahlen, in leerer Säule sich
    zu bergen.
Überdeutlich sind die Spuren ihres üblen Treibens,
Jeder Flecken Schminke ist ein Beweis.

Zermahlt man ihre Knochen,
Zerstückelt ihre Leichen,
Tilgt man doch ihre Schuld nicht, die zum Himmel
schreit.
Zerreißet man ihr Nest,
Verbrennet ihre Hallen,
Ist wenigstens von ihrem Schmutz die Erde dann
    gesäubert.

Nach Verlesung des Urteils ließ er Feuer legen, und der
Wasserwolken-Tempel wurde zu Asche. Von den Mönchen

überlebten manche die Foltern nicht und starben. Ihre Leichen wurden alle in ein Massengrab geworfen. Die noch nicht tot waren, wurden enthauptet und ihre Köpfe öffentlich ausgestellt.

Die Mönche aus einem Tempel in Min werden durch Kohle entlarvt

Xu Fuyuan, aus dem westlichen Zhejiang stammend, trat im Jahr *Yiwei* der Ära Wanli den Posten als Großkoordinator von Fujian an. Zu dieser Zeit gab es einen Bergtempel in Min, den man im Volksmund Wundertempel nannte. Frauen und Konkubinen aus Beamtenhäusern, die dorthin gingen, um Nachwuchs zu erflehen, wurden eingeschlossen und schliefen allein in einem Zimmer. In der Nacht kam dann ein rotgekleideter Heiliger und verband sich mit ihnen, worauf sie schwanger wurden. Eine jede hatte Erfolg, und niemand zweifelte, daß es vielleicht nicht mit rechten Dingen zuginge. Erst als Gouverneur Xu davon hörte, kamen ihm Zweifel. Er suchte sich eine Prostituierte, die, als gewöhnliche Frau gekleidet, dort die Nacht verbringen sollte.

»Wenn dich in der Nacht einer besucht und du feststellen kannst, wo er herkommt und wo er hingeht, dann markiere ihn heimlich mit Kohle am Kopf«, trug er ihr auf.

Die Prostituierte folgte seinen Worten. Sie sah einen rotgekleideten Mönch unter einer Andachtsmatte herauskommen. Er schlief mit ihr und verließ sie auf dem gleichen Wege. Es handelte sich dabei um einen Verbindungsgang zur Haupthalle, den der Mönch gegraben und mit der Matte bedeckt hatte, so daß niemand davon ahnte.

Am nächsten Tag erschien Präfekt Xu überraschend im Tempel. Alle Mönche knieten nieder, um ihn zu begrüßen. Er befahl ihnen, ihre Kappen abzunehmen, und als er einen mit schwarzem Kopf bemerkte, verhörte er ihn unter Schlägen, bis er gestand. Daraufhin ließ er den Tempel verbrennen und die Mönche töten.

Ein Mönch aus dem Jingyan-Tempel in Jiaxing wird durch
einen Nasenbiß entlarvt

Der Jingyan-Tempel in Jiaxing in der Provinz Zhejiang war eine große Anlage. Die Mönche errichteten eine Halle, in der sie eine Buddhastatue aufstellten. Sie gaben vor, daß kinderlose Frauen, wenn sie dort beteten und eine Nacht allein verbrächten, Kinder empfangen könnten. Die Tür des Raumes ließen sie die Familienangehörigen selbst versperren.

Nun hatten die Mönche aber einen unterirdischen Gang zu jenem Raum gegraben, der direkt in den Bauch des Buddha führte, von wo sie vermittels eines Deckels herauskonnten, um sich in der Nacht mit den Frauen zu vereinigen. Wenn eine erschreckt fragte, sagten sie: »Ich bin der Buddha.«

Viele von den Frauen aus dieser Provinz fielen so ihren Schlichen zum Opfer, doch am nächsten Tag wagte keine, etwas zu sagen. Auch die Frau eines Beamten ging einmal dorthin, um einen Sohn zu erflehen. Mitten in der Nacht kam plötzlich ein Mönch zu ihr und bedrängte sie. Da sie ihm nicht entrinnen konnte, biß sie ihn in die Nase, worauf er verschwand. Am nächsten Tag schickte ihre Familie jemanden in den Tempel, der sich dort nach dem Mönch umsehen sollte. Er fand einen Mönch, der sein Gesicht unter einer Decke verbarg. Er riß sie weg und wirklich – er war verletzt. Er nahm ihn gefangen und brachte ihn vor den Richter. Zu jener Zeit war Han Yangu Gouverneur. Er verbannte die Mönche und brannte ihren Tempel nieder.

In eine gute Welt werden viele Bastarde gesetzt.
Die Mönche bekommen überall zu essen, können überall wohnen. Ihnen fehlt nur noch ein Weib. So sind ihre Gedanken allein darauf gerichtet, Frauen zu verführen. Dadurch zeigen sie sich in all ihrer Schlechtigkeit. Wieso genießen sie nur solches Ansehen?

19.

Der Mönch vom Fengxian-Tempel und die verwilderte Frau

Im Süden der Hauptstadt Kaifeng liegt der Fengxian-Tempel, ein Begräbnisplatz für Palastdamen. Einmal, zur Zeit des Kaltes-Essen-Festes, schnitt ein Koch nachts Fleisch. Plötzlich erschien eine Hand hinter dem Vorhang und schnappte sich ein Stück Fleisch. Der Koch hob das Messer und hackte danach, da wurde sie hastig zurückgezogen, ihr Besitzer entkam über die Mauer. Als der Koch eine Fackel nahm und der Sache nachging, fand er den Weg voller Blutstropfen. Voller Schrecken erzählte er seinen Mitköchen davon.

Sie unterrichteten Provisionsmeister Zhang Sheng und sagten: »Schon letztes Jahr um diese Zeit hat ein Etwas Opferfleisch gestohlen. Wir haben damals heimlich neues Fleisch gekauft und den Verlust ersetzt. Heute ist das gleiche wieder passiert. Wenn es ein Mensch war, wie konnte er dann so schnell entweichen, wenn es ein Geist war, wieso gibt es dann Blutspuren; es ist wirklich äußerst sonderbar. Wir bitten Euch, dieses Etwas suchen und verfolgen zu lassen.«

Der Provisionsmeister rief alle Wachsoldaten zusammen, die mit Kerzen den Blutspuren folgen sollten. Sie führten aus dem Tempel zu der wilden Vegetation um die Grabhügel. Dort sahen sie einen schmalen Pfad, der schwache Menschenspuren aufwies. Er führte zu einem überwucherten, schmutzigen Loch, an dem die Spuren endeten. Die Männer hielten an, markierten die Stelle und kehrten wieder um.

Am nächsten Tag, als die Opfer beendet waren, gingen sie wieder hin, um genauer nachzuforschen. Sie legten eine Höhle drei, vier Fuß tief frei, und allmählich kam ein unterirdischer Raum zum Vorschein. Er hatte seitlich einen unterirdischen Zugang, ein nacktes Wesen kauerte neben einem

Tisch. Seine Haut war rauh und häßlich, es glich einem seltsamen Tier.

Als sie es genauer betrachteten, sahen sie, daß es eine Frau war, die gerade das Fleisch aus der Küche verzehrte. Die Wunde an ihrem Arm war noch voller Blut. Zunächst vermuteten sie einen Geist und wagten nicht, sich zu nähern, doch nach einiger Zeit waren sie sicher, daß es sich um ein menschliches Wesen handeln mußte und führten sie hinaus.

Alles in dieser Höhle – Bett, Tisch, Kleider – war verwahrlost und nicht mehr zu gebrauchen.

Als man sie fragte, wer sie sei, sagte sie: »Ich bin ein Mensch. Ich heiße soundso, meine Familie lebt weit weg vom Tempel. Ich war noch nicht verheiratet, als mich ein Mönch hierher gelockt hat. Nachts ging ich durch den unterirdischen Gang in seine Zelle und schlief mit ihm, am Morgen kam ich wieder zurück. So ging es mehr als zehn Jahre. Plötzlich kam der Mönch nicht mehr, und auch der Tunnel war versperrt. Ich überlegte, daß ich schon so lange von zu Hause fort war und auch den Weg nicht kannte, und daher nicht zurückkehren konnte. Schließlich gelang es mir, einen Ausgang zu graben, und ich stahl von den Menschen, die hier leben, um meinen Hunger zu stillen. Mit der Zeit wurde ich immer wirrer und achtete nicht mehr darauf, was in der Welt vor sich ging. In der Nacht, wo mich keiner sah, streifte ich nach Belieben umher, am Tag versteckte ich mich. Ich weiß nicht mehr, wieviele Monate und Jahre so vergangen sind.«

Zhang berichtete dem Stadtkommandanten von ihr und bat ihn, ihre Familie ausfindig zu machen. Es stellte sich heraus, daß ihre Eltern noch lebten. Sie hatten aber, da sie ihre Tochter schon vor mehr als zwanzig Jahren verloren hatten, jede Hoffnung aufgegeben und wollten nicht kommen.

Doch die anderen Familienmitglieder drängten sie, hinzugehen, und als sie sich gegenüberstanden, weinten sie bitter-

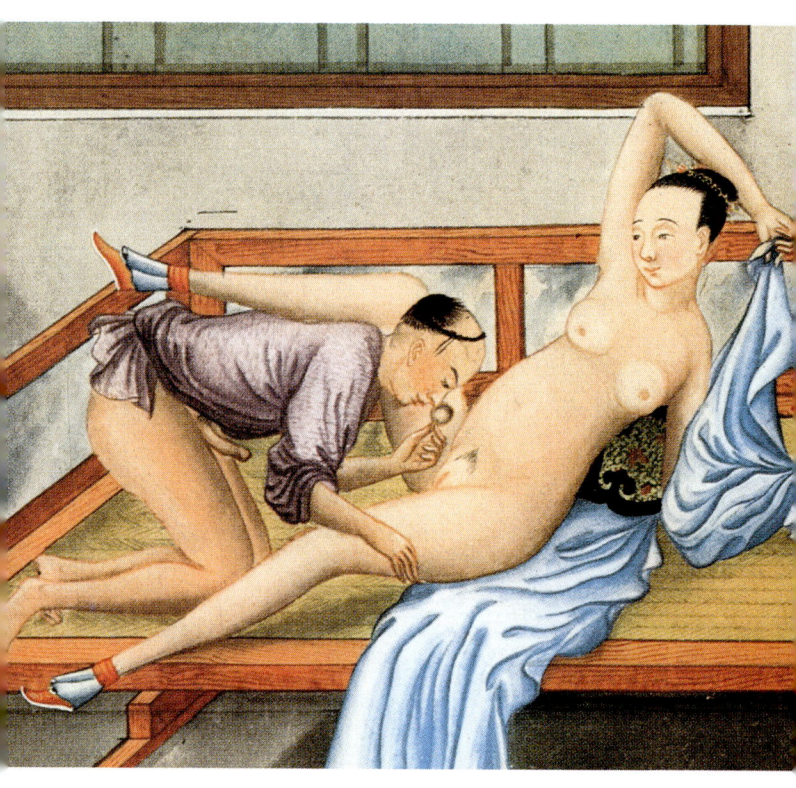

Wen es dürstet, der trinkt an der Jadequelle

lich. Sie gingen zusammen in den Tempel und fanden heraus, daß der schlimme Mönch schon lange gestorben war. In seiner Zelle wohnte einer seiner Schüler, der sich noch an ihn erinnern konnte. Ihre Familie veranlaßte keine weitere Untersuchung.

20.

Der mordlustige Mönch aus einem Tempel in Xinshi

Zu Beginn der Ära Jianyan (1127-31) hatte es einen Beamten aus Henan nach Xinshi in Zhejiang verschlagen, wo er vorübergehend in einem Tempel wohnte. Da er weder Freunde noch Verwandte hatte, fühlte er sich einsam und verlassen und wußte nicht, wohin er sich wenden sollte. Da kam ein Mönch vorbei, erkundigte sich freundlich nach seinem Befinden und schenkte ihm Essen und Wein. Der Beamte war davon sehr bewegt und fragte seinerseits den Mönch nach seinem Namen. Der Mönch sagte, er heiße Tang. Die Frau des Beamten war ebenfalls eine geborene Tang, und so waren sie nach den Regeln der Genealogie miteinander verwandt. Daraufhin beschenkte ihn der Mönch regelmäßig reichlich mit Essen.

Eines Tages sagte er zu dem Beamten: »Ich habe gehört, daß die Goldene Horde der kriegerischen Tschurtschen bald hier sein wird, meine hohen Verwandten sollten an einem anderen Ort Zuflucht suchen.«

»Wir sind aus den Mittleren Regionen unversehens in diese fremde Gegend gekommen und haben nicht einmal eine eigene Bleibe«, erwiderte der Beamte. »Wohin sollten wir wohl fliehen?«

»Es gibt da einen kleinen Tempel in den Bergen, in dem Verwandte von mir leben«, sagte der Mönch. »Wir könnten gemeinsam dort wohnen.«

Der Beamte stimmte freudig zu, mietete sich unverzüglich ein Boot und brach dorthin auf.

Nachdem die Tschurtschen wieder abgezogen waren, sagte der Mönch: »Die Verhältnisse haben sich bereits wieder ein wenig gefestigt. Die momentane Residenz des Kaisers liegt nicht weit. Ihr solltet Euch umgehend dorthin begeben und Euch um ein Amt bewerben.«

Als der Beamte gestand, er habe dazu nicht die Mittel, besorgte ihm der Mönch ein Boot und schenkte ihm 200 Schnüre Kupfermünzen, damit er auf die Reise gehen konnte.

»Eure Güte ist überwältigend, Meister«, sagte der Beamte. »Wie soll ich das jemals vergelten?«

»Wir sind jetzt Verwandte«, beschwichtigte ihn der Mönch, »das gehört sich doch so.«

Der Beamte ließ Frau und Kinder im Tempel; der Mönch gab für ihn noch ein großes Abschiedsfest, dann machte er sich völlig betrunken auf die Reise.

Als er am nächsten Tag erwachte, stand die Sonne schon hoch am Himmel. Er bemerkte, daß sein Boot mitten auf dem Tai-See Anker geworfen hatte; weit und breit war keine menschliche Behausung zu sehen. Der Bootsmann war äußerst ruppig zu ihm. Als er ihn drängte, weiterzufahren, weil es schon nach Mittag war, antwortete er erst nach einer langen Zeit gemächlich: »Wir fahren gleich.«

Dann griff er sich einen großen Stein und begann, seine Axt zu schärfen. Der Beamte wußte nicht, was das sollte und fragte ihn deswegen besorgt. Er sagte: »Ich habe mit Euch nichts zu schaffen, daher will ich Euch nicht töten. Am besten schreibt Ihr einen Brief, in dem Ihr Euch von Eurer Familie verabschiedet, gebt ihn mir und springt dann von Bord.«

Der Beamte sah ihn entsetzt an, aber er brachte es nicht über sich, seinem Leben ein Ende zu setzen.

»Wenn Ihr noch länger zögert, dann werdet Ihr nicht so leicht sterben!« warnte der Bootsmann.

Da schrieb der Beamte traurig einen Abschiedsbrief und sprang in den See.

Zu dieser Zeit war der Gelehrte der kaiserlichen Hanlin-Akademie Wang Zao für das Gebiet um den Zha-Fluß in Zhejiang zuständig. Ein Mann suchte ihn auf und wollte eine

Untat gestehen. Nach seiner Vernehmung ergab sich folgender Tatbestand: Der Mönch hatte die Frau des Beamten bekommen und dafür ihn, den Bootsmann, reich belohnt. Doch der Bootsmann erpreßte den Mönch, bis er es nicht mehr aushielt und eines Nachts den Bootsmann aufsuchte, um ihn umzubringen. Der Bootsmann war zwar gerade ausgegangen, aber seine Frau sah von drinnen, daß der Mönch eine Axt in der Hand hielt. Sie erzählte dies dem Bootsmann, der sich daraufhin selbst anzeigte.
Wang erließ folgendes Urteil:

Der Mönch muß auf alle Fälle sterben, aber auch den Bootsmann, der sich bestechen ließ, einen Beamten zu töten, trifft schwere Schuld. Es kann hier kaum von Haupttäter und Helfer gesprochen werden, darum soll ihn die gleiche Strafe treffen.

Die Frau des Beamten bat darum, ihrem verstorbenen Mann posthum einen höheren Beamtentitel zu verleihen und sie selbst als Nonne zu registrieren. Beide Gesuche wurden genehmigt. Wang befahl den Gefängnisdienern, den Tod der Delinquenten hinauszuzögern und sie zunächst allen Arten von Foltern zu unterwerfen; erst nach einigen Monaten wurden sie hingerichtet.

21

Wandermönche

Ein Mädchen als Mönch verkleidet

Ein gewisser Stellvertretender Bezirkskommandeur Wan liebte es, großzügig zu spenden. Wenn er Mönchen Speisung gewährte, kamen bis zu zehntausend. So hielt er es viele Jahre. Zu den Tempelfeiern ging er gewöhnlich mit seiner Frau, doch einmal war er, da die japanischen Piraten überraschend die Küsten verunsicherten, durch seinen Dienst verhindert, und seine Frau ging alleine. Als sie die Mönche anhand des Registers zur Hälfte abgezählt hatte, streichelte plötzlich ein junger, hübscher Mönch, der am Boden hockte, ihren Fuß. Die Frau war darüber sehr zornig, sagte aber nichts, weil sie keinen Ärger heraufbeschwören wollte.

Sie ging nach Hause und berichtete ihrem Gatten davon. Der tobte vor Zorn. Am nächsten Tag ging er selbst, um die Mönche zu speisen. Nachdem er die Hälfte nach seiner Liste abgezählt hatte, sah er tatsächlich einen jungen Mönch.

Er sprach zu ihm: »Meine Gattin ist sehr bemüht im Dienst an Buddha, sie bittet Euch, ihr dabei zur Seite zu stehen.«

Auf diese Weise führte er den Mönch zu sich nach Hause. Dort angekommen, schrie und weinte der Mönch und rief nach Gerechtigkeit. Der Kommandeur vernahm ihn, und er gab an, ein Mädchen zu sein.

Sie sagte folgendes aus: »Mein Vater war Beamter. Als er eines Tages nach Hause kam, ging gerade ein Wandermönch vorbei und erhaschte einen Blick auf unser prächtiges Wohnhaus und auf die Reichtümer, die sich darinnen befanden. So sammelte er bis zum Abend über zwanzig Mann, die uns restlos ausplünderten. Sie vergewaltigten alle meine weiblichen Verwandten und töteten meinen Vater. Meine Mutter, mich und die Konkubinen und Dienerinnen, insgesamt sieben Frauen, behielten sie, schoren uns die Köpfe und steckten uns in Mönchskutten. Sie nahmen uns mit und zwangen uns, auch noch andere Mönche zu befriedigen. Meine Mutter konnte diese Schande nicht ertragen und schnitt sich die Kehle durch. Die Konkubinen und Dienerinnen gaben ihnen Widerworte und wurden eine nach der anderen von den Mönchen getötet. Nur ich wurde meiner Schönheit wegen verschont und mußte allen Mönchen für ihre Begierden dienen. Tag und Nacht wurde ich entehrt und beschmutzt bis zur Erschöpfung, so daß ich mich nur noch nach dem Ende sehnte. Aber jedesmal, wenn ich sterben wollte, dachte ich daran, daß noch keine Rache geübt war und mein Tod daher sinnlos wäre. So zwang ich mich zum Weiterleben in der Hoffnung auf Rache. Als ich gestern Eure Gattin sah, streichelte ich ihren Fuß, um so dieses Unrecht bekannt zu machen.«

Der Kommandeur glaubte ihr nicht. Er ließ sie von einer Alten untersuchen – sie war wirklich eine Frau. Da führte er seine Truppen zum Tempel, um die Mönche zu verhaften, doch mehr als die Hälfte war schon geflohen. Der Kommandeur fürchtete einen Aufstand, deshalb ließ er alle als Mönchssoldaten registrieren und setzte sie gegen die japanischen Piraten ein. Dabei wurden alle von den Feinden getötet. Das Mädchen verheiratete der Kommandeur in eine anständige Familie.

Ein Mönch verstümmelt eine Reisende

Etwas außerhalb von Nanking in einer dünn besiedelten Gegend wanderte eine Frau allein zu ihren Verwandten. Unterwegs begegnete sie einem Mönch, der sich an ihre Fersen heftete. Als sie an einen einsamen Ort gelangten, drängte er die Frau, ihm zu willen zu sein. Erst versuchte er es mit schönen Worten, aber sie wollte nicht. Dann versprach er ihr Geld, aber sie wollte immer noch nicht. Schließlich zog er ein Messer und bedrohte sie. Die Frau bekam Angst und willigte ein. Nachdem er seine Lust gestillt hatte, sagte er zu ihr: »Ich will deine Brüste sehen!«

Er stieß sie ins Gras, setzte sich auf sie, zog ein scharfes Messer, schnitt ihr die Brustwarzen ab, wickelte sie ein und machte sich davon. Die Frau wurde vor Schmerzen ohnmächtig. Als sie wieder erwachte, kam gerade eine berittene Patrouille vorbei und sah die Frau neben der Straße liegen. Sie konnte nicht sprechen, sondern zeigte nur auf ihre Brust und auf den Weg, den der Mönch genommen hatte. Die Berittenen verstanden und verfolgten den Mönch.

Nachdem sie ihn eingeholt hatten, befragten sie ihn, warum er so grausam die Brustwarzen abgeschnitten habe. Er gab an, er wolle ihre Haut um die Finger wickeln und sie durch eine Medizin mit den Fingern verbinden. Wenn sie danach großer Hitze ausgesetzt würden, empfänden die Finger keine Schmerzen mehr.

Er bekannte sich schuldig und wurde hingerichtet.

22.

Mönche in Jinxian und Jiangzhou

Ein Großkämmerer soundso stammte aus Jinxian in Zhejiang. Als er noch nicht in Amt und Würden war, wohnte er einmal in einem Tempel, um sich dort auf die Beamtenprüfungen vorzubereiten. Da seine Familie arm war, gaben ihm die Mönche jede Woche zu essen und zu trinken, wofür er ihnen sehr dankbar blieb.

Nachdem er eine lange Zeit in dem Tempel gewohnt hatte, fand er heraus, daß die Mönche an einem wenig besuchten Ort ein geheimes Zimmer hatten, in dem sich eine kleine Pforte befand. Die Mönche gingen häufig dorthin. Sie sagten kein Wort, sondern klopften nur dreimal. Nach einem Moment öffnete sich die Pforte, und sie gingen nacheinander hinein. Meist blieben sie über Nacht und hielten dort lärmende Gelage ab, dann kamen sie wieder zurück. Die Mönche brachten die Speisen immer selbst hinein und vertrauten diese Aufgabe keinem Fremden an. Dies alles hatte der Kämmerer heimlich beobachtet, er hatte aber nie gewagt, weiter nach Einzelheiten zu fragen.

Ein Tages waren alle Mönche zur Erfüllung eines Auftrags ausgegangen. Der Kämmerer ging in das geheime Zimmer und klopfte zum Spaß wie sie an die Pforte. Plötzlich wurde die Pforte von einer Dienerin geöffnet. Drinnen waren mehr als zehn Frauen, die über seinen Anblick teils erfreut, teils böse und teils erschrocken waren. Er fürchtete, daß die Mönche erfahren könnten, wie ihre Sache herausgekommen war und wollte fliehen, doch die Frauen hielten ihn gemeinsam fest und ließen ihn nicht entkommen. Nach einer Weile kehrten die Mönche zurück. Zornig riefen sie: »Wir haben Euch gütig und gerecht behandelt, aber Ihr mußtet Euch so undankbar verhalten! Uns verbindet ein böses Schicksal aus einem früheren Leben, wir können nicht zusammen weiterleben. Bitte gebt Euch selbst den Tod!«

Der Kämmerer bat darum, sich vorher betrinken zu dürfen, und die Mönche gaben ihm Wein. Als er vom Wein benommen war, erschien ihm plötzlich der kriegerische Gott Weiduo und überreichte ihm einen Stab. Er schreckte auf und hielt tatsächlich einen Stab in der Hand. Nun verstellte er sich und sprach zu den Mönchen: »Da ich nun bald sterben werde, will ich noch einmal hinausgehen und mich vor den drei Kostbarkeiten der buddhistischen Religion verneigen.«

Die Mönche folgten ihm in die Halle und stellten sich links und rechts auf. Nachdem er seine Verbeugungen beendet hatte, nahm er seinen Stab und schlug auf die Mönche ein. Alle, die er traf, fielen sofort bewußtlos zu Boden. Daraufhin rannte er davon. Die Tempeltore waren um diese Zeit schon geschlossen, und da er fürchtete, die Mönche würden ihn wieder einfangen, rannte er in den Glockenturm. Die Glocke reichte einige Zoll in die Erde, sie hatte aber eine Öffnung, die gerade so weit war wie ein Oberschenkel. Dennoch gelang es ihm, dort hineinzukriechen. Erst nachdem die Mönche überall nach ihm gesucht hatten, fanden sie endlich heraus, daß er wunderbarerweise in die Glocke gelangt war. Da sie ihn weder herausholen noch angreifen konnten, faßten sie den Plan, Holz herbeizuschaffen und Feuer an die Glocke zu legen. Der Kämmerer schlug mit seinem Stab mit aller Kraft die Glocke, und sie gab einen lauten, dröhnenden Klang von sich. Diese Glocke war noch nie im Tempel erklungen, so daß ihr Ton die Neugier der Anwohner erregte. Als sie dazu noch den Feuerschein sahen, nahmen sie Leitern und blickten über die Mauer. Nachdem sie die Situation begriffen hatten, stürmten sie unter lautem Getöse den Tempel, hoben die Glocke und befreiten den Kämmerer. Sie brachten die Sache unverzüglich vor den Richter, der Tempel wurde zerstört und die Mönche getötet.

Ein Bakkalaureus muß unter einer Glocke Zuflucht suchen
Minister Tao Yan aus Jiangzhou in Shanxi wohnte und studierte, bevor er seine Prüfungen abgelegt hatte, in einem Tempel. Eines Tages streifte er dort umher und gelangte zu einem geheimen Raum der Mönche, in dem er einen Mönch gewahrte, der eine Frau auf dem Schoß hielt. Er zog sich eilig zurück, aber der Mönch lief ihm nach und sprach zu ihm: »Anstatt zu studieren, treibt Ihr Euch gern herum. Da die Sache nun einmal so weit gekommen ist, können wir nicht beide am Leben bleiben.«

Er schloß ihn in ein abgelegenes Zimmer ein, damit er dort sein Leben beende. Tao sagte: »Wenn ich sterben muß, so sterbe ich, aber ich will mich wenigstens noch einmal sattessen.«

Der Mönch war einverstanden und ging, um Essen und Trinken herbeizuschaffen. Tao sah sich in dem Zimmer um und fand einen kleinen Stein. Er rückte den Tisch so, daß er schief stand. Als der Mönch mit einer Schüssel Nudeln zurückkam und sich hinunterbeugte, um den Tisch zu befestigen, schlug er ihn mit dem Stein auf den Kopf und rannte davon. Der Mönch verfolgte ihn trotz seiner Schmerzen bis in die Halle, als sich plötzlich ein Wind erhob und ihm Weihrauchasche in die Augen trieb, so daß er nichts mehr sehen konnte. Vor der Halle waren seine Mönchsgesellen, und so schrie er laut, sie sollten den Bakkalaureus Tao nicht entkommen lassen. Tao sah keine Möglichkeit zu fliehen und rannte daher hastig in den Glockenturm. Da stand schon viele Jahre eine Glocke auf dem Boden. Als er dort hinkam, begann sie plötzlich, sich von selbst zu heben. Tao kroch darunter, und die Glocke senkte sich wieder. Als die Mönche ihn nirgend fanden, wurden sie sehr ärgerlich, aber keiner vermutete ihn unter der Glocke.

Nach einiger Zeit kam Taos Diener, doch die Mönche erzählten ihm, Tao sei schon nach Hause gegangen. Seine Angehörigen suchten überall nach ihm, aber ohne Erfolg. In der Nacht erschien ihnen ein Gott im Traum, der Taos

Aufenthaltsort enthüllte und sie drängte, ihn schnell herauszuholen. Am nächsten Tag gingen sie zum Kloster, besahen sich die Glocke und zweifelten an der Echtheit ihres Traums. In der folgenden Nacht hatten sie jedoch wieder den gleichen Traum. So versammelten sie eine Anzahl Männer, hoben die Glocke, und Tao kam unverletzt darunter hervor, obwohl inzwischen schon drei Tage vergangen waren.

Sie brachten die Sache vor den Richter. Die Mönche bekannten sich schuldig und wurden hingerichtet, der Tempel wurde aufgelöst.

23.

Eine entführte Frau überlistet die Mönche aus Jiang'an

In Jiang'an in der Provinz Sichuan hatte die geborene Ge, eine Frau aus dem Volke, Streit mit ihrem Ehemann und floh heimlich zurück zu ihrer Mutter. Die Mutter redete Tag um Tag auf Ge ein, so daß ihr schließlich nichts übrigblieb, als wieder zurückzugehen. Sie war die halbe Strecke gegangen, als sie auf zwei Mönche traf, die aus einer Nebenstraße kamen.

Sie grüßten Ge ehrerbietig und fragten: »Wohin wollt Ihr, Fräulein?«

»Ich bin auf dem Weg zu meinem Mann«, entgegnete Ge, »warum wollt ihr Mönche das wissen?«

»Die Straße zu Eurem Heim mag wohl hier verlaufen«, logen die Mönche, »aber vor einigen Tagen ist sie durch einen Erdrutsch unpassierbar geworden, und nun nehmen alle Reisenden diese Nebenstraße und finden sie sogar noch kürzer. Wir Mönche sind stets bemüht, unseren Mitmenschen zu helfen, darum wollten wir Euch davon unterrichten, Fräulein.«

»Wer glaubt schon den Lügen von euch diebischen Kahlköpfen«, sagte Ge.

»Wir raten Euch in bester Absicht zu dieser Straße«, sagten die Mönche. »Wieso beschimpft Ihr uns? Der Volksmund sagt: ›Schlagen ist Liebe, Schimpfen ist Lust.‹ Ihr wißt wohl, daß Mönche lustig sind, und habt uns deshalb beschimpft. Unser Tempel ist nicht weit von hier. Geht mit und verweilt einen Tag bei uns, dann kommt Ihr immer noch rechtzeitig nach Hause.«

Ge wollte gerade wieder anfangen zu schimpfen, da packten sie die Mönche an den Armen und schleppten sie wie im

Fluge davon. Sie rannten über lauter schmale Bergpfade und kamen nach zwei, drei *Li* zu einem kleinen Tempel. Nun stießen sie das Tor auf und gingen hinein. Sie passierten eine große Halle und kamen um allerlei Ecken und Windungen zu einem abgelegenen Zimmer. Dort befand sich bereits ein alter Mönch, der sich mit zwei Frauen vergnügte. Die beiden Mönche riefen: »Meister, mit dreien ist es noch lustiger‹. Wir haben mit viel Mühe noch eine hergeschleppt. Bleib mit den beiden alten noch ein wenig sitzen und warte, bis wir unsere Lust gestillt haben; danach soll sie dir auch die Ehre erweisen.«

»Erst kommt der Berg Wu, dann der Tempel, erst der Meister, dann die Schüler«, sagte der alte Mönch. »Ihr dürft nicht so selbstsüchtig sein! Wartet, bis ich sie einmal gekostet habe, dann könnt ihr Euch verlustieren.«

Doch wie hätten die beiden wohl auf ihn gehört? Sie drückten Ge auf einen Stuhl, öffneten ihr die Knöpfe, zogen ihren bestickten Rock herunter und entblößten ihr verführerisch rötliches, buschig gewölbtes Ding. Die beiden waren nun außer sich vor freudiger Erregung, jeder drängte sich mit seinem steif abstehenden fleischernen Werkzeug vor, um sie zuerst zu stoßen. Ge konnte sich in ihrer üblen Lage weder befreien, noch konnte jemand ihre Hilferufe hören. So blieb ihr nur, ihre Scham zu schlucken, ihre Tränen zu verbeißen und die beiden machen zu lassen.

Als der alte Mönch Ges wunderbares Ding erblickte, eilte er herbei, um der erste zu sein, doch der Mönch, der Ge festhielt, schob ihn so grob beiseite, daß er hinfiel und nicht mehr hochkam. Die beiden nahmen sich abwechselnd Ge vor, die zwei Frauen saßen nur stumm und unbeweglich dabei und sahen zu.

Der alte Mönch rief ihnen zu: »Meine Herzchen, die beiden Hundesöhne haben kein Gefühl und keinen Anstand im Leib und kümmern sich keinen Deut mehr um ihren Meister. Warum kommt ihr nicht und helft mir auf? Schaut, wie es mich hingehauen hat!«

»Nur um deinen ›kleinen Mönch‹ wäre es schade«, spottete die eine, »doch ansonsten kümmert es uns nicht weiter, wenn du alter kahler Esel dir den Hals brichst.«

Und die zweite: »Wir haben uns sowieso geärgert, daß du alter kahler Esel dich nach vorn drängen mußtest.«

Während sich die drei so herumstritten, hatten die beiden Mönche Ge inzwischen so bearbeitet, daß ihr Lustwasser in Strömen lief. Sie war ganz benommen und brachte eine Weile kein Wort hervor. Nachdem die Sache beendet war, stand sie mit Mühe auf, ging hinaus und wollte sich auf den Heimweg machen.

»Wo willst du denn hin, Fräulein?« fragten die beiden Frauen. »Wenn du einmal hierhergekommen bist, kannst du nicht wieder fort.«

Ge sagte: »Die Lust der beiden ist doch nun gestillt, und ich bin schon genug entehrt. Es ist Abend, und ich will schnell nach Hause gehen.«

»Das Reich des Buddha ist eine grenzenlose, uferlose Welt«, spotteten die Mönche. »Man kann nur herein, doch nicht wieder heraus. Heute hast du uns getroffen, und du solltest freudig entschlossen weiter mit uns leben. Wieso willst du wieder zurückkehren? Auch wenn der alte Lüstling schon ein wenig betagt ist, so ist sein Gerät doch noch äußerst dick und hart und sehr ausdauernd beim Stoßen. Probier ihn einmal aus, damit du die Kniffe von Meister und Schülern kennenlernst.«

Ge blieb nichts, als um Gnade zu flehen und sich zu Boden zu werfen, aber die Mönche gaben nicht das geringste darauf. Sie brachten eilig Wein und Speisen herbei und nötigten sie zum fröhlichen Trinken. Die beiden Frauen versuchten ebenfalls, sie aufzuheitern. Ge blieb keine Wahl, sie mußte sich damit abfinden und im Tempel bleiben.

Der alte Mönch hieß eigentlich Mingrong, die beiden jungen Zhenwu und Zhenxing. Die zwei Frauen waren von dem alten Mönch und Zhenxing hergeschleppt worden. Mit Ge ergaben sie nun drei Paare. Tag und Nacht tranken sie und

Soll der Jadestab sich aufrichten, muß die Energie des Einklangs vorhanden sein

losten aus, wer mit wem schlafen sollte. So lebten sie alle in Freuden, wir wollen nicht weiter darüber berichten.

Wer hätte gedacht, daß der Ehegatte, als er Ge von ihrer Mutter abholen wollte, von dieser zu hören bekam: »Sie ist doch schon vor zwei Tagen zurückgegangen!«

»Aber sie ist nicht nach Hause gekommen!« entgegnete der Gatte.

Da sie ihren Streit darüber nicht beenden konnten, verklagten sie sich gegenseitig beim Distriktmagistrat. Der Magistrat ließ Ges Familie herholen und vernahm sie. Sie gaben an, daß Ge ganz bestimmt nach Hause gegangen sei. Die Familie des Ehemannes erklärte bei ihrer Vernehmung aber ebenso bestimmt, daß sie nicht dort angekommen sei. Daraus schloß der Magistrat weise, daß sie unterwegs verschleppt worden sein mußte. Er beruhigte die beiden Parteien und schickte heimlich Leute aus, die überall nachforschen sollten, doch ohne Erfolg.

Ge war nun aber eigentlich eine brave Ehefrau. Wenn sie an zu Hause dachte, schnitt es ihr ins Herz. Sie bemühte sich nach Kräften um die drei Mönche, in der Hoffnung, nach Hause zurückkehren zu dürfen, und wagte nicht, sich ihren Wünschen nur im Geringsten zu widersetzen. Mingrong hatte eitrige Schwären an beiden Füßen, die so widerlich und stinkend waren, daß man sich ihm kaum nähern konnte. Die beiden Frauen ekelten sich vor ihm und weigerten sich, ihm aufzuwarten. Ge aber kochte Medizin und wusch ihm die Füße, rührte Salben und rieb ihn damit ein, ohne irgendwelche Klagen. Immer wenn sie allein waren, klagte sie Mitleid heischend zu Mingrong: »Ich bin wegen eines Streits mit meinem Mann zu meiner Mutter gelaufen und dann hierher verschleppt worden. Wenn er mich bei meiner Mutter abholen will, gibt es bestimmt einen Streit vor Gericht, und das wäre sehr schlimm für mich. Ihr seid ein Jünger Buddhas, Ihr solltet den Menschen mit Liebe und Barmherzigkeit zu Diensten sein. Außerdem habe ich euch allen schon lange mit letzter Kraft gedient. Laßt mich doch zurückgehen, das wäre ein größerer Verdienst als der Bau einer siebenstöckigen Pagode!«

Mingrong ließ sich von ihrem flehenden Bitten erweichen und brachte sie eines Abends wieder zu ihrer Straße. Er schärfte ihr ein: »Ich lasse dich nun zurückgehen, aber du darfst auf keinen Fall erzählen, daß du in unserem Tempel warst, oder gar seine Geheimnisse verraten. Einverstanden?«

Ge versprach es und verabschiedete sich von ihm. Als sie nach Hause kam, erzählte sie ihrem Gatten jede Einzelheit über ihre Entführung.

Ihr Mann sagte: »Ich bin von deiner Familie beim Magistrat angezeigt worden und wäre beinah schuldig gesprochen worden. Nun muß ich mit dir zum Gericht, um die Sache zu klären und den Streit beizulegen.«

Am nächsten Tag gingen sie zum Magistrat und meldeten die Entführung und Schändung durch die Mönche. Der Magistrat fragte: »Wie heißt der Tempel? Hat er irgendwelche Kennzeichen?«

Ge sagte: »Ich weiß nicht, wie er heißt, aber er besitzt eine Statue der Guanyin, die einen Fischkorb in der Hand hält. Immer wenn ich dort Weihrauch verbrannt und um Rückkehr gebetet habe, habe ich den großen Zeh der Göttin mit dem Fingernagel geritzt und mit der Zeit einen tiefen Kratzer gemacht, das ist ein Kennzeichen.«

Der Magistrat behielt dies im Gedächtnis. Zu jener Zeit herrschte gerade große Trockenheit, und so gab er folgenden Erlaß heraus:

Aus allen Klöstern und Tempeln sollen die großen und kleinen, alten und neuen Guanyin-Statuen hergeschickt werden, damit ich, der Magistrat, mit den Bürgern um Regen beten kann. Danach wird ein großes Opferfest stattfinden, nach dem die Statuen zurückgesandt und die Mönche belohnt werden. Jede Statue soll eindeutig gekennzeichnet werden, damit sie wiedererkannt werden kann. Dadurch sollen Verwechslungen und Streitereien vermieden werden.

Nach einigen Tagen trafen von überallher Guanyin-Statuen in großer Zahl ein. Der Magistrat opferte zusammen mit den Bürgern, und wirklich regnete es so, daß alle nasse Füße bekamen. Danach befahl er allen buddhistischen und daoistischen Mönchen, das Opferfest abzuhalten und dann ihre Guanyin zu identifizieren und wieder mitzunehmen. Unter ihnen war tatsächlich eine Guanyin mit Fischkorb, die am großen Zeh Fingernagelspuren aufwies. Er befahl einem Amtsdiener, die entsprechenden Mönche dazubehalten und ließ ihnen ausrichten: »Dem Alten Gebieter träumte heute nacht, daß die Guanyin einen Karpfen in den Fluß gesetzt habe. Dann hat sie die Wolken durchstreift und es regnen lassen. Somit haben die Mönche dieses Tempels eine besondere Belohnung verdient.«

Zhenwu und Zhenxing wußten nicht, daß es eine Falle war und folgten dem Amtsdiener zum Magistrat. Der Magistrat fragte: »Ist diese Guanyin in eurem Tempel gemacht worden?«

»Jawohl«, erwiderte Zhenwu.

»Sie besitzt wahrlich echte Wirkkraft. Ich habe vorletzte Nacht geträumt, daß sie Regen senden würde, und es hat tatsächlich geregnet. Letzte Nacht erschien sie mir wieder im Traum und sagte, in eurem Tempel seien drei Frauen, die von euch entehrt und geschändet wurden und nicht mehr nach Hause dürfen. Und heute hat euch tatsächlich jemand wegen Entführung einer Frau verklagt. Was habt ihr dazu zu sagen?«

Zhenwu und Zhenxing leugneten hartnäckig, doch als der Magistrat Ge als Zeugin holen ließ, gestanden sie ihre Schuld ein. Der Magistrat schickte Männer, die den Tempel durchsuchten, die zwei Frauen befreiten und wieder zu ihren Familien führten. Der alte Mönch bestach die Büttel und machte sich davon. Als der Magistrat Ge fragte, ob noch andere Mönche im Tempel gewesen seien, verneinte sie im

Gedenken daran, daß der Alte sie ja gütigerweise freigelassen hatte.

Das Urteil der Magistrats lautete wie folgt:

Die Untersuchung hat ergeben:
Zhenwu, Zhenxing haben
Buddhamünder, aber Schlangenherzen,
Menschenantlitz, aber Bestienwesen.
Sie haben Buddhas Regeln nicht geachtet,
Sich hemmungslos den Lüsten hingegeben,
Haben gewagt, mit Lenzgefühlen das Reich der
    Lehre zu beschmutzen.
Wenn sie eine Schönheit sahen,
Stierten ihre gift'gen Augen,
Und beim Anblick zarter Reize
Schwanden ihnen schier die Sinne.
Ihre Lust, die wie ein Feuer brannte, konnten sie nicht
mehr bezähmen,
Und so planten sie Entführung.
Da die ungestillte Gier grenzenlosen Mut verlieh,
Dachten bald sie an Verschleppung.

Im Haus der Leere frönten sie den Lüsten,
Ohne im geringsten die drei Leuchtenden zu fürchten.
Der Reinheit Kammern nutzten sie für ihre Spiele,
Und dachten nicht mehr an die fünf Gebote.
Die Mönchsgewänder machten sie zur Hochzeitsdecke,
Doch solches kann man schwerlich eine gute Ehe nennen,
Ihr Seidenlaken war nur eine purpurfarb'ne
    Andachtsmatte

Oh, wie schamlos diese Mönche waren!
Sie lebten im Tempel, doch ohne die Regeln zu achten,
Zur Strafe soll keiner dem Tod durch Erdrosseln
    entgehen!

Nach Verlesung des Urteils befahl er, Zhenwu und Zhenxing vierzig Stockschläge zu verabreichen und sie dann ins Gefängnis zu werfen, wo sie ihre Exekution zu erwarten hatten.

24

Der Traum von den sechs Eseln und den zwölf Buddhas

Das entführte Mädchen
Im Winter des Jahres *Jichou* der Wanli-Ära (1589 n. Chr.) erschienen dem Magistrat von Jiangdu in der Provinz Jiangsu, Liu Daolong, eines Nachts im Traum sechs Esel. Einer von ihnen, der kleinste, machte den Kotau vor Liu. Liu erwachte und wunderte sich über den Traum; er überlegte hin und her, aber es gelang ihm nicht, ihn zu deuten. Beim ersten Hahnenschrei kam ihm plötzlich die Erleuchtung.

»Das ist es, das ist es!« rief er.

Als seine Frau ihn fragte, was er habe, erzählte Liu ihr den Traum und fügte hinzu: »Man schimpft die Mönche heutzutage kahle Esel. Der Traum soll vielleicht bedeuten, daß einige Mönche ein Verbrechen begangen haben!«

Am Morgen ließ er sich in einer kleinen Sänfte zum Westtor hinaustragen und traf tatsächlich auf sechs Mönche. Er befahl seinen Bütteln, sie zu ergreifen.

»Aber wir haben diese Stadt noch nie betreten!« protestierten die Mönche. »Wir sind auch sonst keines Verbrechens schuldig, warum laßt Ihr uns also festnehmen?«

»Ich will euch doch nur speisen«, log Liu, »das dürft Ihr mir nicht abschlagen!«

Nachdem sie zum Magistratsgebäude gelangt waren, begann der kleinste Mönch unaufhörlich den Kotau zu machen.

»Ich bin ein Mädchen!« rief er. »Mein Vater war ein Akademiker in Qingzhou in der Provinz Shandong, und auch meine beiden älteren Brüder hatten schon die erste Staatsprüfung bestanden. Eines Tages kamen diese fünf Mönche zu uns und baten um Speisung. Meine Mutter war schon immer eine gläubige Buddhistin, und so behielt sie sie zum Essen da, damit sie auch Sutren lesen und Zeremonien zum Abwenden von Unglück durchführen könnten. Sie befahl mir, dazuzukommen und Buddha zu ehren. Als die Mönche sahen, daß ich schön war, zögerten sie ihre Zeremonien absichtlich so lange hinaus, bis es Abend geworden war. Dann sagten sie: ›Im Dorf gibt es weder Kloster noch Tempel. Dürfen wir wagen, Euch für eine Nacht um ein Lager in Eurem Haus zu bitten?‹

Meinem Vater bleib keine andere Wahl, als sie im Torhaus schlafen zu lassen. In der Nacht brachen die fünf Mönche mit gezückten Messern die Türe auf und drangen in unser Haus ein. Sie töteten alle: Vater, Mutter, Brüder, Schwägerinnen und mehrere Diener; nur mein fünfjähriger Neffe konnte sich unter dem Bett verstecken und blieb verschont. Mir schoren sie sogleich den Kopf, steckten mich in eine Mönchskutte und schleppten mich fort. Tag und Nacht vergewaltigten sie mich abwechselnd. Damals wäre ich mit Freuden gestorben, aber es galt doch noch meine unschuldig hingemetzelte Familie zu rächen! Den Tag über wurde ich von zwei Mönchen an einem abgelegenen Ort bewacht, während die drei anderen ausschwärmten, um Almosen zu sammeln. Davon kauften sie mir Kleider und Essen. Ich bin nun schon drei Jahre fort von zu Hause und noch nie in eine Stadt gekommen, habe noch keinen Beamten zu Gesicht bekommen. Daher mußte ich mein Los bis heute stumm ertragen. Doch nun hat mir das Schicksal dies Treffen mit Euch beschert, erhabener Gebieter, nun ist die Zeit meiner Rache!«

Die fünf Mönche ließen sich gar nicht erst peinlich verhören, sondern gestanden ihre Verbrechen gleich. Liu verfaßte einen Bericht an seine Vorgesetzten und schickte ein Schreiben nach Qingzhou. Als er von dort die Bestätigung der Geschichte erhielt, ließ er das Urteil sofort vollstrecken. Das Mädchen weinte einige Tage bitterlich, dann nahm sie sich das Leben.

Wenn ein Mädchen sich nicht umbringt und den Mönchen folgt, und das über drei Jahre, dann scheint sie durch und durch verdorben. Wenn sie endlich aber Rache nimmt und ohne Reue in den Tod geht, um ihre Kindespflicht den Eltern gegenüber zu erfüllen, kann sie dieses Opfer dann anders als in größter Seelenruhe bringen?

Die verschleppten Schwestern

Es gab einmal einen Polizeimeister Zhang, dem erschien eines Nachts ein Mann im Traum und sagte: »Morgen werden zwölf Buddhas zu dir kommen. Wenn du sie gut behandelst, wirst du deinen Ahnen helfen und selbst Reichtum und Ansehen genießen!«

Am nächsten Morgen kamen tatsächlich zwölf Mönche zu Besuch. Zhang war hocherfreut und erzählte ihnen von seinem Traum. Er bewirtete sie aufs beste.

Am nächsten Tag bat er sie, ein Opfer für seine Ahnen zu veranstalten.

Vorher fragte er: »Gibt es auf eurem Boot noch andere Leute? Bringt sie doch her zum Essen.«

Die Mönche sagten: »Wir haben nur zwei Burschen zurückgelassen, die auf das Gepäck aufpassen sollen. Ihr braucht sie nicht herzubitten.«

Dennoch befahl Zhang heimlich seinem Sohn, auf das Boot zu gehen und sie herzuholen.

Die beiden sagten: »Wir sind keine Burschen, wir sind aus Tiantai in Zhejiang. Unser Vater war Beamter. Als er nach bestandener Staatsprüfung wieder nach Hause kam, traf er auf die zwölf Mönche. Sie töteten alle im Haus und verschonten nur uns Schwestern. Sie verkleideten uns als Burschen und verschleppten uns hierher. Wir bitten Euch, Euren Vater heimlich davon zu unterrichten, damit er für uns Rache nehmen kann.«

Der Sohn sagte es Zhang.

Zhang bestellte heimlich Bogenschützen zu sich, und um die Zeit der zweiten Nachtwache, als das Opfer vorbei war, ließ er die Trommeln rühren. Die Mönche wurden festgenommen.

Als Zhang beim Verhör die beiden Burschen als Zeugen auftreten ließ, legten die Mönche ein volles Geständnis ab. Die Angelegenheit kam vor die Provinzverwaltung, und Zhang wurde durch kaiserlichen Erlaß befördert. Das war es, was der Mann im Traum gemeint hatte, als er von einem Leben in Reichtum und Ansehen sprach.

25.

Der Mönch vom Yanqing-Tempel rettet seine Haut

Ein Mädchen im südlichen Jiangnan mit Namen Liu Han-
chun bekam mit sechzehn Jahren die Pocken. Ihr Vater ging
zum Yanqing-Tempel und betete für sie. Nachdem sie wieder
genesen war, reiste sie selbst dorthin, um Buddha zu danken.
Ein Mönch dieses Tempels intonierte vor dem Buddhabild
einen buddhistischen Gesang, den er »Gatha der Verwir-
rung« nannte:

> In Jiangnan eine junge Weide,
> So zart ihr Grün, daß es noch keinen Schatten spendet.
> Klein sind die Zweige, dürfen nicht gebrochen werden!
> Will ein Pirol sich niederlassen, kann sie ihn kaum tragen,
> Er muß noch warten, bis der Frühling fortgeschritten ist.

Da das Mädchen sehr gescheit war, merkte sie sich jedes
Wort. Als sie nach Hause kam und ihrem Vater davon
erzählte, war er so empört, daß er den Mönch bei Fang
Guozhen, dem Gebieter über die Provinzen Zhejiang und
Jiangsu anzeigte. Guozhen befahl, den Mönch in einen Bam-
buskäfig zu sperren und in den Strom zu werfen.

Als alles vorbereitet war, sagte Guozhen: »Ich habe auch
ein Gatha gemacht, das will ich dir mit auf den Weg geben:

> In Jiangnan eine Bambusstaude,
> Geschickte Meister fügten sie zu einem Käfig,
> Den nun der Mönch mit seinem heil'gen Leibe füllen soll.
> Wenn er dann in der grünen Tiefe bei den Wasserdrachen
> weilt,
> Dann weiß er, daß Gestalt nur Leere ist.

Der Mönch weinte und rief: »Wenn ich sterben soll, dann
sterbe ich! Aber laßt mich noch ein Wort vorbringen!«

»Was willst du sagen?« fragte Guozhen.

Der Mönch sprach mit einem Wortspiel:

In Jiangnan der Mond,
Gleicht bald einem Spiegel, und bald einem Haken.
Gleicht er dem Spiegel, so nähert sich ihm doch
     kein hübsches Gesicht,
Gleicht er dem Haken, so hängt doch kein Bettvorhang
     dran.
Umsonst hat er sich in solch traurige Lage gebracht.

Guozhen lachte und ließ ihn frei.

Die Mönche in den Tempeln von Yao

Der Magistrat von Jiaxing in Zhejiang, Bai Dedai, kam im
Weiler Yao vorbei, um den Mönch Sheng Fuzhou zu besuchen. Als er auf dem Marktplatz herumschlenderte, sah er,
daß Frauen und Mädchen alle stark geschminkt und auffal-
lend gekleidet waren. Er befragte seine Diener, und einer
sagte: »Es ist hier üblich, daß die jungen Frauen die Geliebten
der Mönche sind. Die weniger hübschen gehören den Daoi-
sten.«

Bai schrieb darauf aus einer Laune heraus ein Gedicht an
die Wand:

Die weißen und die roten Zweige –
Die Mönche haben sie gepflückt.
Doch auch die blassen wilden Rosen
Verhaken sich im Dao-Umhang.

Als Meister Sheng das Gedicht sah, befahl er, es sofort zu
entfernen, doch es war bereits in aller Munde.

Der Mönch vom Xiangguo-Tempel übt
sich in Selbstironie

Im Xingchenhof im Xiangguo-Tempel in Kaifeng lebte der Mönch Chenghui mit einer schönen Kurtisane zusammen. Immer wenn er betrunken war, schlug er sich auf die Brust und rief: »Ich bin ein vierundzwanzigjähriger Luohan, ein Ruch und Puder Sakya, ein kahler Vagabund, der in Buddhas Tempeln haust. Ich lebe glücklich und ausgelassen, oben glänzt meine Glatze, unten leuchtet mein Hintern.«

Einmal suchte Chenghui ein junger Mann auf und wollte mit der Mönchsbraut ein Fest abhalten, doch Chenghui wies ihn ab.

Am nächsten Morgen sah er ein Papierschild am Hofeingang, auf dem mit großen Zeichen geschrieben stand: »Auf kaiserlichen Befehl wurde der Name ›Turteltauben-Tempel des Eheglücks‹ verliehen.«

Kaiser Li Yu trifft auf einen festfreudigen Mönch

Li Yu, der letzte Kaiser der Tang-Dynastie, ging, als er noch Regent war, inkognito in ein Freudenhaus, wo er auf einen Mönch traf, der dort gerade feierte. Yu nahm als ungeladener Gast an dem Fest teil. Der Mönch verstand sich ausgezeichnet auf Trinkspiele und Gesang und beherrschte alle Arten von Musikinstrumenten. Als er sah, daß Yu sehr klug und kultiviert war, fühlte er sich sehr zu ihm hingezogen. Yu nützte die allgemeine Trunkenheit, um groß an die Wand zu schreiben:

Gemütlich trinken, leise singen,
An rote, grüne Mädchen lehnen
Meister, Ihr seid der Abt des Liebesvögel-Tempels,
Dort lehret Ihr die Kunst der Liebe.

Nach einiger Zeit ging der Mönch mit einem Freudenmädchen zu Bett, und Yu schritt langsam davon. Weder der Mönch noch das Mädchen bemerkten es.

Auch im hohen Alter kann vieles gelingen

Mönch Wang hat ein Verhältnis

Ein Mann aus dem Volk aus Wuling in Jiangsu mit Namen Zhang verheiratete seine Tochter und lud daher die Leute aus dem Nachbardorf zu einem Umtrunk. Darunter waren auch Zheng Er und seine Frau. Zhengs Frau hatte ein Verhältnis mit dem Mönch Wang, von dem die meisten wußten. Als sie schon ein wenig betrunken war, fielen Zhengs Frau aus Versehen die Eßstäbchen auf den Boden, was im Volksglauben einen weiteren Gast ankündigte.

Zhangs Frau sagte schelmisch: »Das ist bestimmt ein gutes Omen.«

Als Zhengs Frau sie fragte, warum sie das gesagt habe, sagte sie: »Gibt es denn etwas Besseres als einen Kahlkopf?«

Alles lachte laut.

TEIL II

Nonnen

Die, die jenen Weg erwählten,
Mit dem Mönchspack durch die Lande ziehn,
Toll gewandet Amitabha rufen,
Vom Weg des Westens schwätzen, wenn sie nur den Mund
    auftun.
Ein Fetzen Tuch verhüllt die Stirn,
Ein gelber Strick hängt um die Hüfte.
Früh und spät umschleichen sie die Türen,
Erschwindeln Silber, so sie's nur vermögen,
Im Herzen sind sie völlig ohne Regeln.
Die, die sind bestimmt nicht brave Frauen!
Wieviel reine Namen haben sie wohl schon beschmutzt?

Nach der Weise »Hängende Zweige«

Kleines Nönnlein,
Denkst du dran, die Nonnentracht dir auszuziehn?
Grad im grünsten Lenze,
Jung noch an Jahren,
Was sollst du dein Heim verlassen;
Und dem Weg der Leere folgen?
Das ist doch die Höll' auf Erden!
Schwer ist solches zu ertragen.
Besser wär's, du ließest dir Dein Haar zu seid'ger
    Schwärze sprießen,
Folgtest einem kecken Liebsten bis ins Brautgemach.
Was soll denn das Sutrenlesen,
Was die ew'ge Jungernschaft?

Kleines Mönchlein,
Hol dir doch den Mädchen-Bodhisattva!
Du bist einsam,
Ich alleine,
Beide halten wir's kaum aus.
Kann es einen Sternenbaldachin denn geben
Ohne roten Glücksstern, der drin leuchtet?
Laß die Andachtsmatte in ein Liebeslager uns verwandeln,
Vor dem Buddhabild die Hochzeitskerzen brennen!
Laß uns Mann und Frau sein ohne hochgesteckte Haare,
Kahlgeschoren wollen wir gemeinsam altern.

1.

Die Nonnen vom Mingyin-Tempel vergnügen sich mit einem jungen Kaufmann

Zur Yuan-Zeit gab es in Linping, in der Nähe von Hangzhou, den Mingyin-Tempel, ein Nonnenkloster. Von den Mönchen, die durch das Land vagabundierten, stiegen viele dort ab. Sie riefen dann die jungen, hübschen von den Nonnen zu sich und schliefen mit ihnen. Die Äbtissin war deswegen sehr betrübt, und so richtete sie eine Hütte ein, in der sie all die Nonnen unterbrachte, die durch und durch verdorben waren, damit sie dort, wenn nötig, mit den Mönchsgästen verkehren konnten. Sie nannte den Ort »Nonnenstation«. Darinnen befand sich eine Kalligraphie von Song-Kaiserin Renlies eigener Hand:

> Alles Leben muß sich selbst erlösen, Buddha kann
> es nicht.
> Wer sein Herz ins Lot bringen will, werde erst aufrechten
> Sinnes.
> Nichts sehen, nichts hören, den Geist in der Stille in
> sich aufnehmen.
> Die Sünde kommt aus dem Herzen, sie muß auch im
> Herzen getilgt werden.

In späterer Zeit blieben die Tore fest verschlossen, nur selten durfte jemand hinein. Nur am 29. Tag des sechsten Monats, jenem glücklichen Tag, an dem Göttin Guanyin ihren Weg vollendet, wurden die Tempeltore weit geöffnet. Die Nonnen versammelten sich in der großen Halle und intonierten Sutren, die Besucher durften sogar bis in die Schlafräume gehen. Es wurden Gedichte improvisiert, und man scherzte und lachte.

Der Verkehr erstreckte sich bald auf alle Nonnen, denen Huang gerne zu einem Vergnügen verhalf

Es gab dort eine Empfangsnonne mit dem Klosternamen Xingkong. Sie stammte aus guter Familie und hatte sich an einem Wintertag 1589 im Jahre *Jichou* der Ära Wanli entschlossen, ihr Seelenheil in jenem Tempel zu suchen, wo sie als Empfangsnonne aufgenommen worden war. Sie war reizend anzusehen und jeder, der sie erblickte, gab laut seiner Bewunderung Ausdruck.

Ein gewisser Huang aus Anhui, gutaussehend, großzügig und elegant, besaß einen Laden in der Linping-Straße. Jedesmal zur Zeit des Guanyin-Festes ging er auf der Suche nach einer besonderen Schönheit in den Tempel, aber noch keine hatte sein Gefallen gefunden. Im sechsten Monat des Jahres *Gengyin*, also im Juli 1590, wurde er plötzlich Xingkongs ansichtig. Ihr Anblick machte seine Seele beben und raubte ihm schier die Besinnung. Er erkundigte sich nach ihr und erfuhr, daß sie erst im Winter des letzten Jahres auf der Suche nach Erleuchtung in den Tempel gekommen war. Bevor er noch einen Plan ersinnen konnte, waren die Tore bereits wieder verschlossen wie zuvor, ohne daß es ihm gelungen wäre, sie noch einmal zu sehen.

Am ersten Tag des nächsten Monats kam eine alte Nonne zu ihm und wollte Seide verpfänden. Huang gab ihr Geld, nahm ihre Seide aber nicht an. Die Nonne war über diese grundlose Großzügigkeit äußerst verwundert. Als sie ihre Schuld nach einiger Zeit wieder zurückzahlen wollte, sagte Huang: »Ich möchte diese Summe gerne spenden, damit der Tempel restauriert werden kann. Das ist doch nur eine Kleinigkeit, die nicht weiter zählt.«

Die Nonne bedankte sich vielmals und ging. Als sie der Empfangsnonne davon erzählte, fragte diese: »Was ist das für ein Mann, dieser Huang? Wieso ist er so freigebig? Ich will seine Beweggründe erforschen.«

Sie machte eigenhändig Klöße und schickte die Nonne damit zu Huang. Huang dankte und gab ihr eine goldene Haarnadel als Gegengeschenk. Als die Nonne zurückkam, zeigte sie der Empfangsnonne die Nadel.

»Was soll das hier?« schnaubte diese. Sie warf sie hin, ohne noch einen Blick daran zu verschwenden.

»Wieso hältst du es nicht für eine gute Tat, wenn er uns eine Spende gibt?« fragte die Nonne.

»Ihr wißt nicht, ob es nur das ist«, entgegnete die Empfangsnonne.

»Warum sagst du so etwas?« wollte die Nonne wissen.

»Wie viele Jahre gibt es Huangs Laden schon?«

»Schon über dreißig Jahre.«

»Und wann kam Huang hierher?«

»Vor sechs oder sieben Jahren.«

»Und hat er in diesen sechs oder sieben Jahren schon einmal etwas gespendet?«

»Seine Wohltätigkeit entsprang einer momentanen Gemütsbewegung, bisher hat er noch nichts gespendet.«

»Wenn es so ist, wie Ihr sagt, so war das keine Wohltätigkeit, sondern er verfolgt eine geheime Absicht.«

»Wenn er solche Pläne hat«, sagte die Nonne, »wie sollen wir ihnen begegnen?«

»Das ist nicht schwer«, entgegnete die Empfangsnonne. »Ihr nehmt die Haarnadel, geht zu Huang und sagt zu ihm: ›Wohltäter! Ihr habt aus Edelmut eine Spende gemacht, der ganze Tempel blickt zu Euch empor. Aber bitte bewahrt diese Nadel bei Euch auf und gebt uns ihren Wert in Silber, wenn unser Tempel später restauriert werden muß.‹ Wenn Huang keine anderen Absichten hegt, so könnt Ihr sie einfach dalassen, wenn er aber andere Absichten hegt, dann muß er etwas dazu sagen. Bitte merkt es Euch dann und sagt es mir wieder!«

Die Nonne tat, wie ihr geheißen und eilte zu Huang.

»Was kann ich für Euch tun?« fragte Huang.

Die Nonne gab ihm die Nadel zurück und erzählte genau, was die Empfangsnonne ihr aufgetragen hatte.

Huang lachte und sagte: »Das hat Euch jemand beigebracht, die Idee stammt doch nicht von Euch!«

»Das hat mir die Empfangsnonne meines Tempels gesagt!«

rief die Nonne fassungslos. »Welcher Geist hat Euch das eingeflüstert?«

»Das wußte ich schon vorher«, sagte Huang. »Ich will einige Zeilen mit guten Wünschen an die Empfangsnonne schreiben, Ihr müßt sie ihr aber unbedingt übergeben!«

Die Nonne versprach es. Huang nahm den Pinsel und schrieb:

Seit dem Besuch bei Euch, Ihr feengleiche Schönheit, erfüllt Euren Diener tiefe Sehnsucht. Das Schicksal hat es nicht gut mit mir gemeint und mir versagt, Eure edle Gestalt noch einmal zu erblicken. Ich will den goldenen Buddha aus dem Westen anflehen, mir Unwertem seine Barmherzigkeit zu schenken. Ich schäme mich, daß ich nicht der im Umgang mit daoistischen Feen bewanderte Kaiser Han Wu bin, so daß Ihr, schöne Göttin, zu mir niedersteigen könntet. Meine Eingeweide sind zerstückelt, Tag und Nacht quält mich die Traurigkeit. Der Goldschmuck war gedacht als Morgengabe, so wie einst Pei Hang einen Jademörser als Brautpreis brachte. Damals gab es noch solch große Wunder, heute ist es leider damit wohl vorbei.

Er belohnte die alte Nonne reichlich und befahl ihr, den Brief zu der Empfangsnonne zu bringen. Als diese ihn gelesen hatte, schrieb sie als Antwort:

Ich hab gelobt, mein Herz wie Frost und Eis zu halten, hab Nonnentracht mir umgelegt und mir das Haar geschoren, mein Heim verlassen, um mein Heil zu finden in Versenkung. Nun kommt auf einmal Ihr, gesteht mir Eure Liebe, plötzlich erhalt ich Goldschmuck als Zeichen Eures Sehnens; doch ist's, als hättet in die Gosse Ihr's geworfen. Zwar dank von Herzen ich für derlei Gunstbeweise, doch wag ich nicht, sie anzunehmen. Ich folg' getreu dem liebelosen Pfade und bin bereit, mich dereinst dessen schuldig zu bekennen.

Die Nonne ging wieder und bestellte das Schreiben. Huang las es, doch es verlangte ihn nur noch stärker nach ihr. Er bestach die Nonne abermals, damit sie eine Möglichkeit für ihn fände. Sie versprach, ihm Bescheid zu geben, wenn ein Treffen stattfinden könne.

Aber auch die Empfangsnonne dachte, nachdem sie Huangs Brief erhalten hatte, unaufhörlich an ihn, obwohl sie so ablehnend geantwortet hatte. Immer wenn sie Papier und Pinsel zur Hand nahm, sah sie auf ein Gedicht, das sie unter ihrem Tuschekasten liegen hatte. Es hieß:

Ich habe die profane Welt verlassen und bin in Buddhas
    Welt gegangen.
Mein Leib ist rein, doch nicht mein Herz.
Wenn nächtens Wind und Regen toben,
Denk ich, er klopft an meine Tür.

Eines Tages erhielt sie den Besuch einer anderen Nonne. Die Empfangsnonne vertraute sich ihr an und gestand: »Ich träume lange schon wie König Xiang, dem im Schlaf eine Fee beiwohnte. Mehrmals am Tag ergreift mich Sehnen und Verlangen.«

»Da du mit niemand Umgang pflegst, wie soll da deine Blüte gebrochen werden?« meinte die andere.

Sie saßen lange und unterhielten sich. Durch Zufall kam der Nonne das erwähnte Gedicht in die Hände, und sie sagte mit einem spöttischen Lächeln: »Wenn man diese schönen Sätze liest, könnte man meinen, du denkst an mich, aber du denkst an jemand anderen.«

Die Empfangsnonne errötete und schwieg. Nach einer langen Zeit sagte sie: »Eigentlich ist mein Herz gar nicht unrein, das Gedicht klingt nur so.«

»Wenn ich einen Liebsten hätte«, meinte die Nonne, »würde ich wünschen, daß er mein Mann wird.«

Die Empfangsnonne schüttelte den Kopf und wollte das Gedicht wieder an sich nehmen, aber die Nonne hielt es fest und gab es ihr nicht. Sie fragte so lange, an wen sie dabei gedacht habe, bis der Empfangsnonne nichts übrigblieb, als ihre Gefühle restlos zu offenbaren.

Die Nonne fragte: »Du willst Huang unbedingt, nicht wahr?«

»Ja«, flüsterte die Empfangsnonne.

»Huang ist warm und glatt wie Jade«, sagte die Nonne, »du hast wirklich deine Ergänzung gefunden.«

Die Empfangsnonne lächelte leise. Da zog die Nonne zwei Liebesperlenketten hervor und gab sie zusammen mit einem Gedicht der Empfangsnonne. Es hieß:

Liebesperlen, gleich gereiht,
Sollen uns zum höchsten Himmel tragen.
Der dich kennt, der harrt schon voll Verlangen.
Wirf ihm nicht, wie Xie Kun,* das Weberschiffchen ins Gesicht!

»Wo kommt das her?« fragte die Empfangsnonne.

»Euer Geliebter hat mich beauftragt, Euch zu bitten, seinen Wünschen stattzugeben«, erklärte die Nonne. »Er möchte sich mit Euch vereinen und bittet um den Hochzeitstermin. Sein Dank wäre grenzenlos.«

Die Empfangsnonne sprach errötend: »Ich habe doch das Haar geschoren und mein Heim verlassen; wie könnte ich da mit ihm eine Familie gründen?«

»Du weißt noch nichts von den Freuden der Liebe«, erwiderte die Nonne. »Hast du diese erst ausgekostet, wirst du nie mehr von Huang lassen wollen.«

»Was ist an Huang schon so besonders, daß er über mein Herz gebieten sollte?« versetzte die Empfangsnonne.

Die Nonne drängte sie aber, ein Antwortgedicht zu verfas-

---

* Xie Kun lebte um 400 n. Chr., war klug und kunstfertig. Als er mit der schönen Nachbarstochter flirten wollte, schlug sie ihm mit einem Weberschiffchen zwei Zähne aus.

sen und bestürmte sie so lange, bis sie einen Bogen Papier
glattstrich und folgende Verse niederschrieb:

> Deine Liebe warm wie Jade,
> Mein Sinn fester noch als Gold.
> Gold und Jade harmonieren,
> Ewig wollen Einigkeit wir wahren.

Die Nonne ging damit fort. Als Huang es gelesen hatte, war
er überglücklich. Er umarmte die Nonne und neckte sie
lüstern, bevor sie ihn verließ. Am nächsten Tag befahl er ihr
erneut, zu sagen, er sei krank vor Sehnsucht und wolle sie
möglichst bald sehen.

Die Empfangsnonne erwiderte unter Tränen: »Ich bin
doch nicht aus Holz und ohne menschliche Regungen. Doch
Huang ist weit und der Weg versperrt, kann er denn zu mir
fliegen?«

»Ich habe den Torwächter reichlich entlohnt«, beruhigte
sie die Nonne. »Er kann geradewegs in deine Gemächer
eilen.«

Die Empfangsnonne nickte stumm. Als die Nonne sie
weiter bedrängte, nahm sie ein weißes Seidentuch, schrieb ein
Gedicht darauf und gab es der Nonne. Es hieß:

> Kaum erlauben meine Jahre mir die Hochzeit,
> Was weiß ich schon von Treffen unterm Mondenschein?
> Wenn ich heut Nacht mein Kissen mit dir teile,
> Wird Pfirsichrot dein Kleid benetzen.

Dem Huang, der nicht gedacht hatte, daß sie noch Jungfrau
wäre, hüpfte das Herz ob dieser freudigen Überraschung.
Am Abend machte er sich mit der Nonne auf den Weg, aber
sie wurden von einer Patrouille aufgehalten. Als die Empfangsnonne lange vergeblich auf ihn gewartet hatte, bereute
sie bitter ihren Schritt und schrieb ein Gedicht, indem sie
ihrem Zorn Luft machte:

Die zarte Knospe ist noch nie von Sturm und Regen feucht
  geworden,
Da sind die jungen Triebe schon vom grimmen Frost
  zerstört.
Von nun an will ich nicht mehr einem losen Pflänzchen
  gleichen,
Der Frühling kehrt zu mir nun nimmermehr zurück.

Am nächsten Tag kam die Nonne, um sie zu beschwichtigen.
Als die Empfangsnonne ihr traurig das Gedicht zeigte, scherzte die andere: »Laß dich doch von deinem Groll gegen Huang
nicht verzehren!«

»Wer ist schon wie du, die an der Türe steht, um Männer
anzulocken und eine Meisterin im Blasen der fleischernen
Flöte der Männer ist?« schnaubte die Empfangsnonne.

»Du hast Huang noch gar nicht gesehen und kennst schon so
etwas Schönes wie die fleischerne Flöte?« fragte die Nonne. Sie
lachte laut und ging davon.

Zur Zeit der ersten Nachtwache kam sie mit Huang wieder,
und das frohe Treffen konnte beginnen. Sie bereitete alles für
ein Gelage vor, gab Huang einen großen Pokal mit Wein und
sagte: »Leert diesen Becher auf Eure glückliche Vereinigung!
Denn trunken öffnet sich die zarte Blüte.«

Dann gab sie der Empfangsnonne einen Pokal und rief:
»Geht dies Treffen in die Nacht, bringt unser Gönner Wolken
und Regen.«

Nachdem sie gebechert hatten, gingen die drei zu Bett und
gaben sich den Freuden der Liebe hin.

Die Empfangsnonne sagte zu Huang: »Bisher habe ich von
derlei Dingen nichts gewußt. Nun, wo mir solches bevorsteht,
gefriert mir das Mark in den Knochen. Ich hoffe, du wirst
zärtlich und vorsichtig sein und nicht wild und rücksichtslos.«

Huang nahm ein weißes Seidentuch, um ihr damit die roten
Tropfen abzuwischen. Die Empfangsnonne weinte und jammerte zart, bis Huang rief: »Die Pfirsichprobe ist bestanden!«

Anschließend lieferte er sich mit der Nonne einen solchen

Kampf, daß der Empfangsnonne, die zusah, alle Haare zu Berge standen.

Zur fünften Nachtwache schickte er sich an, sie wieder zu verlassen. Die Empfangsnonne klopfte Huang zärtlich auf den Rücken und sagte, auf seinen Brief anspielend: »Das Wunder von heute haben wir einer goldenen Haarnadel zu verdanken, jeder von uns sollte eine als Andenken haben!«

Von da an kamen sie regelmäßig zusammen, und der Verkehr erstreckte sich bald auf alle Nonnen, denen Huang gerne zu einem Vergnügen verhalf. Nach drei, vier Monaten merkte der Dorfvorsteher etwas davon. Er beobachtete Huang und ließ ihn schließlich verhaften und vor den Magistrat von Hangzhou bringen. Der ließ die Nonnen ergreifen und klärte den Fall. Huang wurde verbannt, die Nonnen ausgeprügelt; sie mußten den Tempel verlassen und heiraten. Ein Dorfbewohner machte daraus die Goldnadelerzählung und verbreitete sie.

Im treibenden Nachen der Liebe Vergnügen

2

Die Nonnen vom Magu-Kloster und der Wundermönch

Das Magu-Kloster lag an jenem Ort, an dem die Göttin Magu die Erleuchtung erlangt hatte:

> Steil ragt hoher Gipfel Reihe,
> Ringsum wogen Wolkennebel.
> Zinnoberleuchtend hohe Hallen
> Decket grüner Ziegel Dach.
> Im Winde tanzen Seelenbanner,
> Juwelenbaldachine schweben
> Der Berge Blumen zieren Vasen,
> In Öfen duftet Sandelholz.
>
> Qi-Bäume stehn in langen Reihen,
> Bilden eine weiße Schar.
> Schwere Weihrauchwolken wallen
> Auf dem blauen Firmament.

Im Kloster lebten sechs oder sieben Nonnen. Die älteste trug den Titel »Äbtissin«.

> Anmutig und reizend,
> Doch Schminke und Puder warfen sie fort.
> Am bunten Fliegennetz
> Tändeln nur Mondschein und Wind.
> Gestalt ist Leere,
> Im Mondlicht schlagen sie den Holzfisch ohne Ende,
> Leere Gestalt,
> Bei Morgenröte kehren erst sie zum brokat'nen Bettvorhang zurück.

Die Äbtissin zählte noch keine dreißig Jahre, und die jüngeren Nonnen waren alle um die zwanzig. Sie taten den ganzen Tag nichts anderes, als mit gefalteten Händen Sutren zu rezitieren, aber wenn sie einen Mann sahen und heimlich musterten, fühlten sie die Leere, die in ihren Herzen herrschte. Unter ihnen war eine junge Nonne, die mit gerade sechzehn Jahren im schönsten Frühling ihrer Jugend stand. Ihr zarter Liebreiz verwirrte das Auge, ihre anmutige Rede verzauberte die Menschen. Reisenden und Wandermönchen, die ins Kloster kamen, zerstückelte es schier die Eingeweide vor Verlangen, und unstillbare Sehnsucht ließ sie aufseufzen. Denn die Äbtissin war streng wie grimmiger Frost, und ihr Herz hart wie Stein und Eisen. Daher wagte keine der Nonnen, ihren zarten Empfindungen Raum zu lassen, und die Männer konnten keinen Weg finden, die knospenden Triebe aufzubrechen.

Nun gab es einen Mönch, der, noch jung an Jahren und von schönem Wuchs, sich schon seit langem besonders auf die Kunst des Liebeskampfs verstand. Er ließ sich wie die Wolken durch die Lande treiben, um allerorten Frauen zu verführen. Es läßt sich gar nicht mit Worten beschreiben über welche Liebeskünste er verfügte. Einmal kam er zufällig am Kloster vorbei, erblickte jene junge Nonne, und sogleich erwachte in ihm die Begierde. Er verlangsamte seinen Schritt, ging hinein und wandte sich zur Haupthalle, wo er den Tempelwächtern, Bodhisattvas, Arhats und allen anderen Gottheiten seine Reverenz erwies. Erst dann ging er zur Äbtissin und vollführte den Kotau vor ihr; die jungen Nonnen grüßte er artig mit zusammengelegten Händen. Die Nonnen hielten inne, sie rezitierten keine Sutren, schlugen keinen Klangstein mehr. Die Glocken verklangen, und der Holzfisch blieb stumm. Alle blickten auf:

Das bläuliche und ach so runde, frischgeschorene Haupt,
Das leuchtende und ach so schöne, wie gemalte Antlitz,
Den gertengleich und ach so biegsam straff gereckten Leib.

Sie rissen die Augen auf, die Münder standen ihnen offen, eine Weile brachte keine ein Wort hervor. Auch die Äbtissin übersprang, trotz ihrer strengen Selbstbeherrschung, unwillkürlich einige Perlen ihres Rosenkranzes. Flugs befahl sie, in der Klosterküche Tee und Speisen herzurichten. Sie setzte sich dem jungen Mönch gegenüber, und sie speisten zusammen. Danach wollte er sich verabschieden.

»Es wird schon Abend«, wandte die Äbtissin ein. »Hier in den Bergen sind die Pfade vielverschlungen. Ihr seid noch jung und solltet nicht alleine gehen. Es wäre besser, Ihr würdet die Nacht hier im Kloster verbringen und erst morgen früh weiterziehen.«

»Ich bin sehr dankbar für Eure große Güte«, erwiderte der Mönche.

Er folgte der Äbtissin in ihre Räume, wo er zu meditieren begann. Die Nonnen kehrten alle in ihre Zellen zurück, nur die kleine Nonne blieb neben dem Bett der Äbtissin sitzen. Die Äbtissin wollte gerne mit dem Mönch das Lager teilen, daher war ihr die kleine Nonne ein Dorn im Auge. Sie wurde schon ganz unruhig, hatte aber noch nichts unternommen, als sich plötzlich der Mönch erhob und sagte: »Es ist schon tiefe Nacht. Laßt uns doch schlafen gehen, Äbtissin!«

Dieser Satz des Mönchs war der Äbtissin aus der Seele gesprochen.

»Geh du zuerst schlafen!« befahl sie der kleinen Nonne. »Ich will noch ein wenig sitzenbleiben und komme dann nach.«

»Ich gehe mit der jungen Meisterin schlafen«, sagte der Mönch. »Was meint Ihr dazu?«

»Leistet mir noch ein wenig Gesellschaft«, bat die Äbtissin. »Später könnt Ihr dann hier schlafen. Ihr glaubt doch nicht etwa, daß ich Euch zu ihr hinein lasse?«

»Wenn ich allein schlafe, werde ich mich sicher fürchten«, klagte der Mönch.

»Dämonen messen einen Fuß, die Lehre einen Klafter«, sagte die Äbtissin, »was gibt es da zu fürchten?«

Der Mönch konnte nur sitzenbleiben und der kleinen Nonne nachsehen, wie sie mit leichten Schritten, ihre Kutte um sich raffend, in ihre Kammer ging und die Türe schloß. Die Äbtissin setzte sich zum Schein noch ein wenig hin, dann rief sie den Mönch zu sich, zog ihn an ihren Busen und fühlte nach seinem fleischernen Werkzeug. Zu ihrem Erstaunen ragte es, trotz der Jugend des Mönchs, fest empor und war größer als das anderer Männer. Sie war darüber hochbeglückt, umfaßte es mit beiden Händen und rief: »Wie kommst du denn zu so einem schönen Ding?«

»Es ist nicht nur groß und hart, sondern ich kann es auch vergrößern und verkleinern, einziehen und ausfahren und in einer Nacht zehn Frauen standhalten«, prahlte der Mönch.

Die Äbtissin löste sogleich ihren Rock, packte sein Werkzeug und wies ihm den Weg in die Scheide. Der Mönch bewegte sich nach allen Richtungen und fuhr mehrere hundert Male mit aller Kraft hinein und heraus. Damit brachte er die Äbtissin zum Zittern und Stöhnen, sie war benommen und kraftlos und vergaß völlig die kleine Nonne im Nebenzimmer. Wer hätte gedacht, daß diese an der Tür stand und die Ohren spitzte? Als sie die Äbtissin so ächzen und stöhnen hörte, dachte sie: »Daß die Äbtissin immer so streng wirkt, liegt also nur daran, daß sie unbefriedigt ist. Was habe ich nun schon von ihr zu fürchten?«

Sie öffnete die Tür und eilte herbei. Als die Äbtissin, die gerade einer Ohnmacht nahe war, die Tür aufgehen hörte, richtete sie sich hastig auf. Sie sah die kleine Nonne vor sich stehen und zuschauen, wie der Mönch sie stieß. Sie ergriff ihre Hand und sagte zur ihr: »Bis heute habe ich ausgehalten, aber dann konnte ich es einfach nicht mehr ertragen; deshalb mußte ich diese Gelegenheit einfach ergreifen. Du aber bist noch so jung, und deine Knospe ist noch nicht erbrochen, warum willst du unbedingt auch davon kosten?«

Der Mönch hielt die kleine Nonne fest und rief: »Mach dir doch keine Sorgen wegen ihr! Sie ist gerade zur rechten Zeit gekommen und hat keine Angst vor scharfem Ingwer oder starkem Essig. Warte nur, bis sie auch einmal dieses schöne Ding gekostet hat!« Die kleine Nonne wehrte sich zum Schein, aber der Mönch hatte sein fleischernes Werkzeug schon zwischen ihre Beine gelenkt. Halb stieß sie ihn zurück, halb ließ sie ihn gewähren. Der Mönch nützte ihre Erregung aus. Es war wirklich:

> Eine unberührte Blüte,
> Bei der zum ersten Mal ein schweifend Bienlein Honig
>   sammelt,
> In schönster Frühlingspracht.
> Ein kecker Falter sucht verstohlen Einlaß.
> Sie drängt und wehrt verschämt
> Und weiß nicht, was sie sagen soll.

Die Äbtissin konnte ihre Erregung immer weniger bezähmen und ihre Eifersucht immer weniger ertragen.

»Bist du von Sinnen, du Kahlkopf?« schalt sie den Mönch. »Was erlaubst du dir?« Und zur Nonne: »Und du, verrücktes Frauenzimmer, wagst es, dich deinen Lenzgefühlen hinzugeben?«

Der junge Mönch kniete sich, nackt wie er war, auf den Boden und bat die Äbtissin inständig um Vergebung.

»Nun ist die Sache schon einmal so weit gediehen«, grollte die Äbtissin, »aber haltet ja den Mund darüber! Doch was sollen wir morgen den anderen sagen, damit wir ihn hierbehalten können?«

»Da gibt es nur eine Methode«, sagte die kleine Nonne. »Der kleine Kahlkopf muß es einfach mit allen treiben, dann wird ganz von selber niemand etwas verlauten lassen.«

»Du bist wirklich wie der große Herrscher der Vorzeit Shun, der denkt, daß das Gute für alle da ist«, spottete die Äbtissin. »Nicht mit dem sich brüsten, was man hat, nicht verbergen, was man nicht hat. Alles mit den Freunden teilen und nicht grollen, wenn sie es verderben.«

Als am nächsten Morgen die Nonnen kamen und fragten,

wo der junge Mönch sei, sagte die Äbtissin: »Der Mönch hat sich in der Nacht auf seinem einsamen Lager eine plötzliche Erkältung zugezogen und ist noch nicht wieder aufgestanden.«

Die Nonnen lächelten leise und zogen sich zurück. Die Äbtissin dachte bei sich: »Nun war ich jahrelang standhaft, und plötzlich treffe ich auf dieses schlechte Karma, das meine Leidenschaften entfesselt hat. Heute nacht will ich jedenfalls wieder alle täuschen und mit ihm nach Herzenslust kämpfen, um mich für die bisherigen Entbehrungen schadlos zu halten. Nur ist da leider auch noch diese kleine Teufelin, die mir den Bissen vor dem Mund wegschnappen will.«

Sie räumte die Sutren fort und ging in Gedanken auf und ab, bis sie die Sonne tief im Westen stehen sah und das Vesperläuten vom Turm zu hören war. Da zog sie den Mönch auf ihr Lager. Der Mönch war zwar mit seinen Gedanken bei der kleinen Nonne, dachte aber, daß die Äbtissin ihm im Wege sein würde, wenn er sie nicht zuerst restlos befriedigte. So wählte er die »Große Kampfmethode des steigenden *Yang*«, stopfte die *Yin*-Pforte der Äbtissin mit seinem fleischernen Werkzeug, rieb tief an ihrem *Yin*-Ufer und stieß kreisend auf und ab. Und wirklich, nach nicht einmal einer Doppelstunde bedeckte kalter Schweiß den Leib der Äbtissin, sie verlor die Kontrolle über ihre vier Gliedmaßen und sank bewußtlos auf eine Liege. Nun ging der Mönch zum Bett der kleinen Nonne, umarmte sie und wollte sich mit ihr vereinigen.

»Du machst mich ganz verlegen«, sagte sie. »Wieso denkst du ausschließlich daran, mit mir solche Dinge zu treiben?«

Der Mönch hob ihre Beine an und drang in der Schubkarrenstellung in sie ein. Die Nonne klagte und jammerte noch ein wenig, doch dann erfüllte sie all seine Wünsche.

Sie fragte den Mönch: »Du bist doch klug und siehst gut aus. Wie kamst du dazu, dir das Haar zu scheren und Mönch zu werden?«

»Du hast doch ein weißes Gesichtchen und schwarze

Augenbrauen«, versetzte der Mönch. »Wie kamst du dazu, dir das Haar zu scheren und Nonne zu werden?«

Die Nonne barg ihr Gesicht an seiner Brust, und der Mönch fuhr ihr mit seiner Zunge in den Mund. So scherzten und neckten sie weiter, bis die Nonne sagte: »Wir beide lieben uns doch wirklich. Warum nutzen wir nicht den Mondschein, verneigen uns voreinander und leisten stehend einen Treueeid? Wenn wir unser Haar wachsen lassen und wieder eine Familie bilden, wird uns bestimmt ein Eheglück bis ins hohe Alter vergönnt sein. Wenn ich als deine Ehefrau zu Hause wäre, bräuchtest du auch nicht mehr im Mondschein bei anderen Frauen an die Türen zu klopfen.«

»Einverstanden!« rief der Mönch.

Sie zogen sich an, erhoben sich und verneigten sich voreinander. Nachdem sie sich im Stehen ewige Treue geschworen hatten, sagte die Nonne: »Laß uns den Mond zum Thema eines Kettengedichtes nehmen, um dies Ereignis festzuhalten!«

Mönch:
Im klaren Äther stille Wolken enthüllen seinen milden Schein.

Nonne:
Durch diese Nacht der sechzehn Kostbarkeiten strahlt wie nie zuvor der Mond.

Mönch:
Ist er auch nicht voll, hilft er doch uns beiden auf die lange Reise.

Nonne:
Bald ist er rund, zur Fülle fehlt ihm einzig noch ein Zehntel.

Mönch:
Die Jadeaxt zur Arbeit geht, dem Schein die Rundung zu verleihen.

Nonne:
Doch der gold'ne Herbstwind läßt die Kassiazweige wieder sprießen.*
Mönch:
Gemeinsam haben wir den Treueid vor Mondgöttin Chang'e nun geleistet.
Nonne:
Von Seligkeit erfüllt, wird keiner von uns je den Hochzeitstag verleugnen.

Kaum waren sie mit ihrem Wechselgesang zu Ende, machte die kleine Nonne abermals ein Gedicht, um ihren Gefühlen Ausdruck zu verleihen. Es lautete:

Das Haar soll neu zu duft'gen Wolken wachsen, will
    lernen Blumen drin zu tragen.
Von nun an will ich nimmermehr die alte Nonnentracht
    umlegen, will lieber an Brunnen und Mörser schaffen,
    leckere Speisen zubereiten.
Will die Fäden eines Webstuhls entwirren, nicht
    das Lotossutra,
Will im Schlaf von nun an immer der Hochzeitvogel-
    Decke Wärme.
Darf man sich so plötzlich schmücken, nennt zu Recht
    man's »Schwelgen eines Phönixpärchens«.
Zen-Herz ist kein Gegner für das Lenzherz,
Frauen sind geboren für ein Heim.

Der Mönch wollte gerade ein Gegengedicht machen, da erwachte unvermutet die Äbtissin aus ihrer Ohnmacht. Sie stürzte zum Bett der kleinen Nonne, schlug den Mönch auf den Rücken und schrie: »Warum hast du mich verlassen?«

* Ein chinesischer Sisyphos mit Namen Wu Gang. Er lebte zur Han-Zeit (206 v. Chr. bis 220 n Chr.) und wurde, weil er bei den Unsterblichen in Ungnade gefallen war, auf den Mond verbannt, wo er einen stets nachwachsenden Zimt- oder Kassiabaum abhauen muß.

Der Mönch erwiderte nichts, sondern versenkte nur sein fleischernes Werkzeug in ihrer Scheide, bis sie restlos ausgefüllt war. Dann stieß er vier-, fünfhundert Mal zu, bis das Lustwasser der Äbtissin auf das Lager floß. Sie keuchte und ächzte und fiel erneut in eine tiefe Bewußtlosigkeit. Die kleine Nonne, die danebenstand und zusah, sagte kein Wort, rieb aber heimlich mit beiden Händen ihre Scham. Der junge Mönch wußte, was sie damit sagen wollte. So schickte er sich an, sie erneut von ihren Leiden zu befreien. Sie legten sich wieder aufeinander und trieben es, bis das Morgenläuten den Tag verkündete, dann war ihre Lust endlich gestillt. Nun erst fielen sie auf ihrem Lager in süßen Schlummer.

Am Morgen erhoben sich die Nonnen, um ihr frommes Werk zu beginnen. Sie brannten Weihrauch in der Haupthalle und zündeten die Kerzen an, schlugen Klangsteine, hängten Ampeln auf, schlugen die Trommeln und Gongs, läuteten Glocken und sangen Sanskritverse – alles in Erwartung der Äbtissin. Als sie bis Mittag gewartet hatten und sie noch immer nicht erschienen war, ging eine Nonne vor ihre Gemächer und rief nach ihr, aber sie erwachte auch dann nicht. Während sie noch hin und her rätselten, rief eine Nonne plötzlich: »Bestimmt hat der junge Mönch etwas angestellt! Wir müssen die Tür aufbrechen und nachsehen.«

Die anderen stimmten zu, und so erbrachen sie die Tür und drängten alle zusammen ins Schlafgemach. Dort fanden sie die Äbtissin, die das fleischerne Werkzeug des Mönchs im Munde hielt, und die kleine Nonne, der das Lustwasser noch aus der Scheide troff. Sie lagen wie tot, keine war wach zu bekommen. Nur der junge Mönch erhob sich plötzlich mit aufrecht starrendem Werkzeug. Als die fünf Nonnen das sahen, verdeckten die einen ihr Gesicht und lachten verschämt, andere aber zogen die Stirn in Falten und streckten entsetzt die Zunge heraus, während sie hinsahen. Der Mönch löste sich aus seiner Erstarrung, kam nach vorn und griff sich eine Nonne. Er bekam gerade eine zu fassen, deren Augen Feuer sprühten und deren Herz in Flammen stand, so daß sie jede Scham vergaß, sich hastig Kutte und Beinkleider herunterriß und sich für den Mönch über eine Meditationsbank auf den Rücken legte. Er jedoch betrachtete sie nicht weiter, sondern packte eine andere Nonne für den Kampf. Danach folgten eine dritte und vierte, bis endlich die Reihe an die erste kam. Sie stand da und konnte sich vor Geilheit nicht von der Stelle rühren.

Der junge Mönch lachte und fragte sie: »Wie kann einen denn die Lust in einen solchen Zustand bringen?«

Die Nonne lachte auch und sagte: »Was meine Augen sahen, hat mein Herz entflammt, und ich konnte nicht anders.«

Da nahm sie sich der Mönch mit aller Kraft vor, und der Nonne vergingen schier die Sinne, es galt wirklich:

Des halben Lebens Lust hat sich im Blumenpaß
verkrochen,
Stößt plötzlich einer dort hinein, gefriert das Mark dir
in den Knochen.

Als die anderen das sahen, bekamen sie gierige Augen, ihre Glieder wurden weich und kraftlos, und eine jede lechzte nach Befriedigung. Der Mönch wandte nun die Technik des »Aussenden des *Yang* und Zurückhalten der *Qi*-Energie« an und nahm sich die Nonnen, wie sie da waren, eine nach der anderen nach Herzenslust vor. So kämpfte er viele gewaltige Schlachten, bevor er endlich aufhörte.

Eine junge Nonne sagte zu ihm: »Du bist ja fast wie ein Gott! Wie hättest du sonst so lange und so hart und wild kämpfen können?«

»Ich habe nur auf deine Zartheit Rücksicht genommen und daher nicht mit voller Kraft gekämpft!« rief der Mönch. »Wenn du aber so redest, sollte ich dich noch einmal herausfordern!«

Als die anderen das hörten, sahen sie sich an und lachten.

Von da ab kannte ihre Gier nach Lust keine Grenzen mehr.

Ihre Morgen- und Abendandachten hatten sie völlig aufgegeben, und da jede als erste mit ihm zusammensein wollte, stellte der Mönch Regeln auf: »Die kleine Nonne fällt nicht unter die Regel, aber die Äbtissin und die anderen Nonnen sollen vereinbaren, wer zuerst bei mir ist und wer danach, jede kommt in der Nacht einmal dran, was meint ihr dazu?«

Die Nonnen folgten seinem Vorschlag und stritten nicht weiter. Nach gut zwei Monaten waren die Äbtissin und zwei Nonnen schwanger. Da sie eine Entdeckung fürchteten, blieb ihnen nichts, als eine Krankheit vorzutäuschen und sich ins Bett zu legen. Nach der entsprechenden Zeit kamen die zwei Nonnen am gleichen Tag nieder, und die Schande wurde offenbar. Der Bezirksaufseher brachte die Sache vor den Richter. Der Richter urteilte nach den Fakten, ließ den Tempel zerstören und die Nonnen vertreiben.

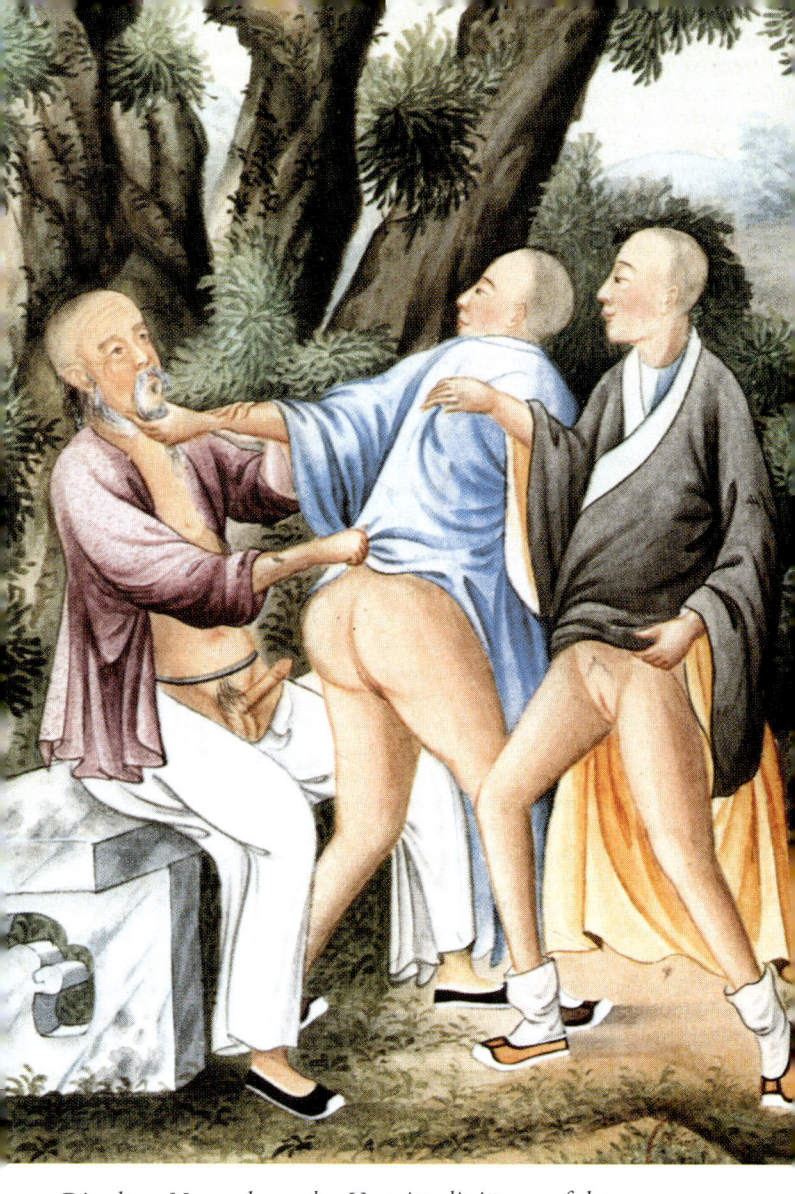

Die ältere Nonne hatte den Vortritt, die jüngere folgte

3.

Zwei Nonnen aus Hangzhou lieben Kaufmann Wang zu Tode

In Hangzhou gab es zwei Nonnen, die schön, aber liederlich waren. Einmal schlenderten zwei Kaufleute müßig durch ihre Tempelanlage; einer von ihnen war jung und stattlich. Die Nonnen konnten ihre Augen nicht von ihm wenden, doch die beiden bemerkten nichts davon. Nachdem man miteinander Tee getrunken hatte, machten sie sich wieder auf den Weg. Die ältere Nonne aber dachte nur noch an jenen Kaufmann. Als es Nacht wurde, sagte sie zur jüngeren: »Könnte ich mit diesem Mann das Kopfkissen teilen, hätte mein Leben sich gelohnt.«

Die andere lachte und rief: »Er war doch nur ein flüchtiger Besucher, wie sollte der wohl wiederkommen?«

Am nächsten Abends saßen sie beim Lampenschein am Ofen und seufzten sich gegenseitig vor, wie schön er gewesen war.

Die jüngere Nonne sagte: »Wenn wir nur wüßten, wo er wohnt!«

»Hab ich schon erfragt«, entgegnete die ältere, »Er ist Wang Qi aus Yangs Laden vor dem Wulin-Tor.«

Und sie seufzten noch sehnsuchtsvoller.

Nun hatte gerade zu der Zeit ein Dieb ein Loch in ihre Wand gebohrt. Nachdem er sie belauscht hatte, machte er sich davon. Er ging geradewegs zum Wulin-Tor hinaus, trug Wang Qi die Geschichte zu und sagte: »Wenn die Sache klappt, dann gebt mir zehn Unzen Silber als Belohnung. Ich führe Euch hin.«

Wang war begeistert. Er gab dem Dieb zwei Unzen Vorschuß und folgte ihm zum Tempel. Die Nonnen waren außer sich ob dieser frohen Überraschung. Sie legten Matten aus, brachten Wein, und man trank zusammen. Der Dieb entschuldigte sich und verschwand. Die beiden Nonnen behielten den Kaufmann über Nacht da. Die ältere hatte den Vortritt, die jüngere folgte. Schließlich fragten sie den Jüngling: »Wir haben uns so sehr nach dir gesehnt. Woher wußtest du davon, so daß du unseren Wunsch erfüllen konntest?«

»Es hat mir jemand davon berichtet«, erklärte Wang Qi.

Da wußten sie, daß die Sache schon bekannt war. So luden sie den Dieb zum Trinken ein und bestachen ihn, damit er den Mund hielt.

Von da an kam der Kaufmann jeden Abend und ging erst am frühen Morgen wieder. Das ging ein halbes Jahr gut, aber dann konnte der einzelne Stamm den beiden Äxten nicht mehr standhalten, und Wang starb an Erschöpfung. Die Nonnen begruben ihn hastig im Blumenbeet.

Wangs Vater suchte seinen Sohn überall und meldete, als er ihn nicht finden konnte, die Angelegenheit dem Magistrat. Außerdem ließ er an allen großen Straßenkreuzungen Suchmeldungen anbringen und setzte eine Belohnung von tausend Münzen aus. Als der Dieb davon hörte, ging er nachts wieder in den Tempel und sah sich um. Er erblickte die beiden Nonnen, die vor dem Blumenbeet eine Totenmesse abhielten und Reisbrei opferten. Sie knieten nieder und jammerten: »Gemahl, du hast zwar deine Lebensspanne vollendet. Aber mach doch, daß Licht- und Schattenwelt nicht diese, unsere Liebe trennen!«

Als der Dieb das hörte, rannte er sogleich zu Wangs Vater und berichtete ihm. Der Magistrat brachte in Verhören die Wahrheit ans Licht. Er ließ den Dieb, weil er durch seine Ränke Unglück verschuldet hatte, totprügeln. Die beiden Nonnen mußten in ihre Familien zurück, der Tempel wurde aufgelöst.

4.

Eine Nonne in der Hauptstadt verursacht einen Vatermord

In der Hauptstadt lebte eine junge, schöne Nonne. Eines Tages kam ein Mann vorbei und schlief mit ihr. Da die Nonne sehr viel für ihn empfand, wollte sie ihn für immer dabehalten, doch er weigerte sich. Da machte sie ihn betrunken und rasierte ihm den Kopf, so daß er wie ein Mönch aussah. Seine Gattin wunderte sich über sein langes Ausbleiben und ging in das Kloster, um ihn zu suchen. Als die Nonne ihr gerade mitgeteilt hatte, ihr Mann sei nicht hier, hörte dieser am Fenster eines Nebenraumes die Stimme seiner Frau und rief: »Hier bin ich!«

Die Frau öffnete die Tür, um ihren Mann herauszulassen und fand ihn mit kahlem Schädel vor. Als sie die Nonne dafür zur Rechenschaft ziehen wollte und die sich zu entschuldigen begann, sagte der Mann: »Ich trage selbst die Schuld. Ich will nach Hause und die Haare wieder wachsen lassen, paß aber auf, daß niemand davon erfährt!«

Zu jener Zeit war der Sohn des Mannes in Geschäften unterwegs. Seiner Frau fiel auf, daß die Schwiegermutter plötzlich für zwei aß, auch hörte sie mehrmals Stimmen. Sie bohrte ein Loch in die Wand und spähte hindurch. Da sah sie ihre Schwiegermutter mit einem Mönch zusammensitzen. Aufgebracht erzählte sie dies ihrem heimgekehrten Gatten. Der packte voller Wut ein Messer und schlich im Dunkeln in die Gemächer seiner Mutter. Dort tastete er nach den Köpfern der beiden und fand, daß der eine wirklich der eines Mönchs war. Da zog er sein Messer und schlug dem Mönch den Kopf ab. Als die Mutter erkannte, was geschah, wollte sie ihn aufhalten, aber es war schon zu spät. Da sagte sie ihm, was es mit dem Mönch auf sich hatte. Der Sohn glaubte ihr zunächst nicht, aber als er den Kopf bei Licht betrachtete, erfaßte ihn bittere Reue.

Die Nachbarn ergriffen ihn und schleppten ihn vor den Richter. Sie gaben an, er habe zwar seinen Vater getötet, aber bestimmt nicht gewußt, wen er eigentlich vor sich hatte. Da ein Sohn jedoch nicht töten darf, auch wenn die Mutter Ehebruch begeht, wurde er zum Tode verurteilt, und auch die Nonne mit einer Gefängnisstrafe belegt.

5.

Die Nonne aus Jiangxi mit den beiden Geschlechtern

In der Xianshun-Ära der Song-Zeit (1265–75 n. Chr.) bestellte ein Mann in Jiangxi eine Nonne, damit sie seiner Tochter das Sticken lehrte. Auf einmal wurde die Tochter schwanger. Die Eltern fragten sie, und sie gab zur Antwort: »Es war die Nonne.«

Als die Eltern verwundert eine Erklärung forderten, sagte sie: »Die Nonne und ich haben in einem Zimmer geschlafen. Sie hat so oft von den Freuden zwischen Mann und Frau erzählt, daß ich schließlich Lust darauf bekam. Die Nonne sagte zu mir: ›Ich habe zwei Geschlechter. Treffe ich auf *Yang*, so bin ich eine Frau, treffe ich auf *Yin*, so bin ich ein Mann.‹ Ich fühlte nach, und wirklich – sie war ein Mann. Danach war ich mehrmals mit ihm zusammen, und so bin ich schwanger geworden.«

Die Eltern brachten die Sache vor Gericht, aber die Nonne leugnete jede Schuld. Da man nichts beweisen konnte, kam die Sache bis vor die Justizkommission. Damals saß ihr Weng Danshan vor, doch auch er konnte kein Licht in die Sache bringen.

Da sagte ein Beamter: »Einst, im Jahr *Bingshen* der Ära Duanping (1236 n. Chr.) gab es in Guangzhou eine Nonne mit Namen Dong Shixiu. Sie war eine große Schönheit, kannte alle buddhistischen Sutren und Mantras, und darüberhinaus war sie eine Meisterin im Sticken. Beim Almosensammeln bat sie nur um so viel, wie sie zum Leben brauchte, denn sie machte sich nichts aus Geld und Seide. All ihre Wohltäterinnen verehrten und schätzten sie. Wenn die Frauen aus Beamtenfamilien und wohlhabenden Häusern von ihr Sutren und Mantras oder Sticken lernen wollten, gab es keine, bei der Shixiu nicht gewohnt, mit der sie nicht gegessen und getrunken hätte. Fühlte sie sich jedoch im geringsten unwillkommen, brach sie unverzüglich wieder auf, um nicht zur Last zu fallen. Daher nannten alle Männer Shixiu eine wahrhaft tugendsame Jüngerin Buddhas. Shixiu verkehrte besonders gern in den Häusern von Witwen. Gefiel es ihr bei einer nicht, so ging sie zu einer anderen. Die Witwen waren immer ganz versessen darauf, daß sie blieb, und wollten sie gar nicht mehr gehen lassen. Einmal wollte sie ein junger Mann verführen, aber als er ihr an die Scham griff, fand er ein großes, langes Glied – sie war ein Mann. Der Fall kam vor den Richter, aber Shixiu gab an, sie sei seit ihrer Kindheit Nonne und ihr Körper der einer Frau. Wie könne man da einfach behaupten, sie sei ein Mann? Der Magistrat befahl zwei Hebammen, sie zu untersuchen – sie war eine Frau! Da wollte er den jungen Mann zur Rechenschaft ziehen, doch der sagte: ›Ich habe auch gedacht, daß sie eine Frau sei, aber als ich sie verführen wollte und an ihre Scham griff, sah ich ein großes Glied. Nach dem, was meine Augen gesehen und meine Hände gefühlt haben, wie kann sie da eine Frau sein?‹

Die eine Hebamme sagte: ›Bei unserer Untersuchung war sie wirklich eine Frau, aber ich habe gehört, daß es auf dieser Welt Menschen mit zwei Geschlechtern geben soll. Ihr Äußeres ist das einer Frau, und sie können mit Männern Verkehr haben. Im Innern haben sie jedoch ein männliches Glied, das sie herausstrecken können, und so vermögen sie es, sich auch mit Frauen zu verbinden. Ich habe gehört: Wenn man sie auf den Rücken legt, ihre Scham mit salziger Fleischbrühe begießt und diese von einem Hund ablecken läßt, so wird ihr Geschlecht herauskommen.‹

Man verfuhr nach dieser Methode, und tatsächlich erschien aus ihrer Scham ein männliches Geschlecht, wie der Schildkrötenkopf aus dem Panzer. Der Fall ging an eine höhere Instanz, das war zu jener Zeit der Militärkommissar Peng Jiezhai. Sein Urteil hieß: ›In der Natur heißt es *Yin* und *Yang*, bei den Menschen Mann und Frau. Daher sind *Yin* und

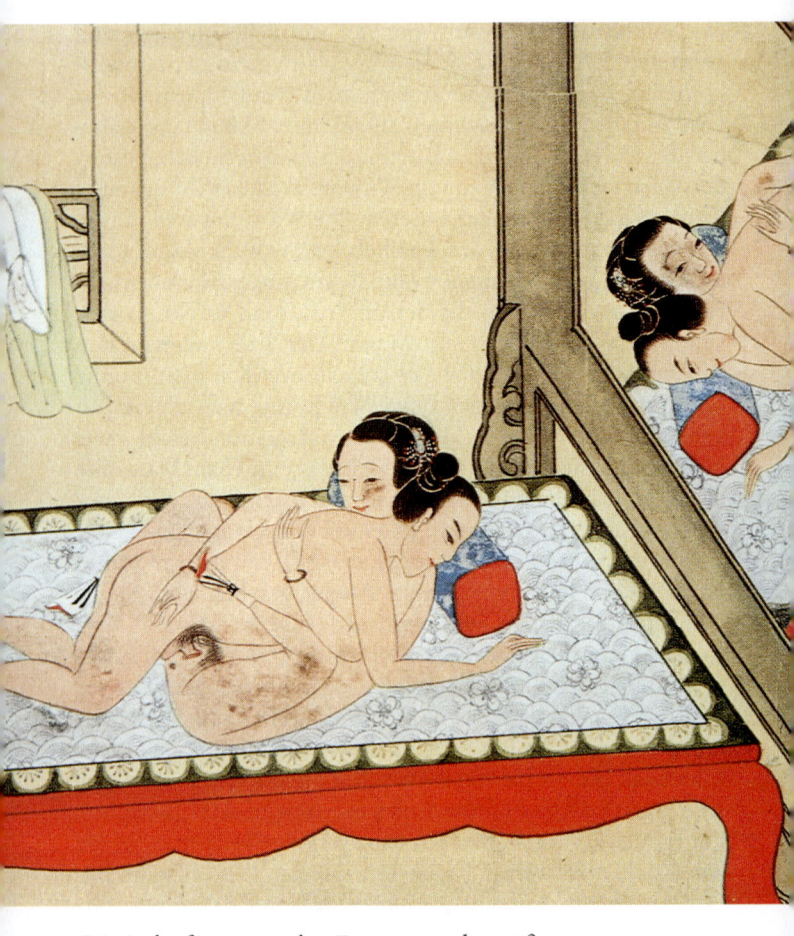

Die Jadepforte mag den Erwarteten begrüßen

Yang getrennt und vereinigen sich zu einem Paar. Mann und Frau sind zwei, aber sie ergänzen sich. Nun trägt Dong Shixiu zwei Geschlechter in ihrem Körper. Sie ist weder Mann noch Frau. Das ist Zauberwerk. Was sie in reichen und bedeutenden Häusern in Provinzen und Landkreisen getan hat, läßt sich nicht mehr einzeln feststellen, aber wie könnte man sie wieder in die Welt ziehen lassen?«

Auf ihre Stirn wurden die Zeichen ›Zwei Gesichter‹ tätowiert, und sie erhielt sechzig Stockschläge. Anschließend wurde sie für zehn Tage in den Holzkragen gesperrt und dann zu einem Militärposten an der Front überführt, wo sie eingekerkert wurde. Nach einem Monat wurden der Posten und seine gesamte Besatzung als verloren gemeldet.«

Man versuchte es nach den Anweisungen des Beamten, und es war genau so. Daraufhin wurde die Nonne zum Tode verurteilt.

6.

Gedichte über Nonnen, die doch noch heirateten

In Raozhou, einem Ort in der Provinz Jiangxi, gab es eine Nonne, die schließlich einen Gelehrten namens Zhang Sheng heiratete. Der Kreisrichter Dai Zongji schenkte ihr dies Gedicht:

> Dein kurzes Haar, es liegt noch wirr, sein Schwarz
>   noch ungebändigt,
> Der Nonne Robe legst du ab und wirfst dich in den
>   roten Hochzeitsrock.
> Nun wirst du Zhang, dem Gatten folgen,
> Kein Mönch wird mehr im Mondschein an die Türe
>   klopfen.

Allen, die es hörten, gefiel es sehr.

Der große Dichter Zhang Ziye ging einmal zu einem heimlichen Treffen mit einer Nonne. Ihre Oberin war sehr streng und befahl ihr stets, auf einer Insel in einem Teich zu schlafen, auf der sich ein kleiner Turm befand. Dort wartete die Nonne, bis es spät war und alles schlief. Dann ließ sie eine Leiter herunter, so daß Ziye zum Stelldichein hinaufklettern konnte. Als der Abschied nahte, war Ziye in so aufrichtiger Liebe entbrannt, daß er seinen Gefühlen in einem Gedicht nach der Weise »Blumenhain« Ausdruck verlieh:

> Wann wird der tiefe Sehnsuchtsschmerz im Busen enden?
> Nichts ist stärker als die Liebe.
> Das Abschiedsweh, es gleicht den tausend wirren
>   Weidenzweigen,

Von Süd und Nord die dichten Weidenkätzchen winken.
Reit ich nun langsam heimwärts in die Ferne,
Wird unaufhörlich Wind den Reisestaub verwehen.
Wo wirst du Spuren des Geliebten finden?

Still liegt der Teich des treuen Entenpaares,
Von Nord nach Süd gelangt man über eines Kahnes
 schwanke Brücke nur.
Im letzten Licht blick ich hinüber zu dem bunten
 Türmchen,
Das nun im schwachen Schein des jungen Mondes fast
 verschwindet.
Es faßt mich schwermütiges Sehnen.
Wie gut es doch die Pfirsich- und die
 Pflaumenblüten haben,
Sie können wenigstens dem Ostwind sich vermählen.

Shi Junshi schenkte einer alten daoistischen Nonne, die ebenfalls heiratete, ein Gedicht:

Wenn du den schlichten Rock mit dem bestickten
 Hochzeitsrock vertauschst,
Ist das ein andrer Weg als der zum ew'gen Leben.
Nun malst du dir wie damals schwarz die
 Falterflügelbrauen,
Kämmst die Zikadenaugenschläfen neu zu Wolken.
Dein Jadeantlitz sieht sich selbst im reichverzierten
 Spiegel,
Die Kleider aus Brokat sind moschusduftgetränkt.
Der Brautvorhang wird erstmals dir den Glanz des
 Liebsten nun enthüllen,
Wen wundert's, daß du kein Gefühl für Laozi mehr
hegst?

Der Ehrenwerte Doktor Huang Wenwei aus Jianchang in der Provinz Jiangxi diente als Magistrat von Huanting in der

Provinz Jiangsu. Dort gab es eine Nonne, die ihr Haar wieder wachsen lassen und heiraten wollte. Sie wandte sich an ihn und bat ihm um Erlaubnis. Sein Urteil lautete:

> Das kurze Haar liegt ungebändigt, gleicht den schwarzen Wolken,
> Die schwarze Tracht legt sie nun ab, vertauscht sie mit dem roten Hochzeitsrock.
> Sie heiratet und wird zur guten Ehegattin,
> Kein Mönch klopft mehr an ihre Tür im Mondenschein.

Es gleicht dem ersten Gedicht des Kreisrichter Dai, aber beide haben jeweils ihren eigenen Reiz.

7.

Die Nonne Huicheng

Die geborene Di aus einer alten, angesehenen Familie machte wegen ihrer großen Schönheit in der Hauptstadt von sich reden. Auch ihr Ehemann stammte aus einem noblen Hause. Mit ihrer glänzenden Erscheinung übertraf sie alle anderen Frauen. Jedes Jahr zum Laternenfest wandelte sie zum Westteich, um den ersten Frühling zu genießen. Dort drängten sich alle Damen aus der Stadt: die Prinzessinnen aus ihren Residenzen, die Frauen von Herzögen und adeligen Verwandten und die der Minister bei Hofe. Überall waren mit Kordeln und Seidendecken geschmückte Wagen und Pferde. Selbst die Tanz- und Singmädchen hatten sich mit Eisvogelfedern und Ohrsteckern geschmückt und perlenverzierte Nashorngürtel umgelegt. Sie betrachteten sich im Spiegel, und jede hielt sich für eine »Schönheit, die ein Land zu Fall bringen kann«. Wenn dann aber Di erschien, den Fächer fortnahm und ihr bemaltes Antlitz zeigte, während sie, alle überragend, ganz allein aus ihrem Wagen stieg, gaben sich auch jene beschämt geschlagen, die vorher noch mit ihrem Aussehen geprahlt hatten. Es kam sogar so weit, daß jedesmal bei einem Streit, wer die Schönere sei, zu hören war: »Bist du vielleicht so schön wie Di? Also was willst du von mir?«

So war ihr Name für lange Zeit in aller Munde. Di behielt jedoch stets ihr schlichtes, bescheidenes Wesen. Sie traf sich mit ihren Verwandten und trank mit ihnen, ohne sich weiter um das Aufsehen zu kümmern, das ihre Erscheinung verursacht hatte.

Nun war da ein gewisser Teng Sheng, der sich, als er Di beim Herumschlendern erblickte, auf der Stelle unsterblich in sie verliebte. Als er wieder nach Hause kam, war er bedrückt und sprach kein Wort mehr. Schließlich besuchte er einen guten Bekannten von Di, der erwähnte, daß die Nonne Huicheng mit ihr Umgang habe. Sheng ging zu ihr und beschenkte sie reichlich. Dies tat er Tag für Tag, bis sie sich schließlich verpflichtet fühlte, ihn nach dem Grund zu fragen. Er sagte: »Ich weiß zwar, daß die Sache unmöglich ist, aber ich bitte Euch dennoch, mich wenigstens ein winziges bißchen zu unterstützen; andernfalls werde ich sterben.«

»Versucht doch, Euch auszusprechen!« bat die Nonne.

Da erzählte ihr Sheng von seiner Liebe zu Di. Die Nonne lachte und rief: »Sehr schwierig! Sehr schwierig! Wie soll man das anfangen? Es erscheint mir völlig unmöglich!«

»Gibt es etwas, das sie besonders mag?« fragte Sheng.

»Nein«, meinte die Nonne. »Aber vor ein paar Tagen hat sie mich beauftragt, ihr Perlen zu besorgen; das schien ihr sehr wichtig zu sein.«

»Großartig!« rief Sheng.

Er holte sein Pferd und sprengte davon. Nach einer Weile kam er mit zwei Beuteln großer Perlen wieder. Er zeigte sie der Nonne und sagte: »Sie sind zwanzigtausend Schnüre wert, aber ich will nur zehntausend dafür.«

»Ihr Mann ist gerade in einer Mission im Norden unterwegs, wie soll sie da so einfach über eine solche Summe verfügen?« meinte die Nonne.

»Dann eben vier- oder fünftausend, oder nur ein paar hundert. Wenn ich sie nur gewinnen kann, dann will ich nicht einmal eine Kupfermünze.«

Die Nonne trug die Perlen zu Di, die tatsächlich außer sich vor Freude war und sie gar nicht mehr aus der Hand legen mochte. Als sie nach dem Preis fragte, sagt die Nonne, sie kosteten Zehntausend.

Di rief überrascht: »Sie sind doch doppelt soviel wert! Aber im Moment kann ich über diese Summe nicht verfügen.«

Die Nonne schickte die Diener hinaus und sagte: »Ihr

braucht gar nichts dafür zu zahlen; ein Beamter möchte sie gerne einsetzen.«

»Wofür einsetzen?« fragte Di.

»Er hat unschuldig seinen Posten verloren. Eure Brüder oder jemand aus dem Haus Eures Mannes könnten ihm helfen.«

»Nehmt sie wieder mit, ich will es mir in Ruhe überlegen.«

»Die Sache eilt«, drängte die Nonne. »Wie sollen wir sie wiederbekommen, wenn er sie jemand anderem gibt? Behaltet sie vorübergehend bei Euch, ich komme morgen früh und frage noch einmal nach.«

Damit verabschiedete sie sich und erstattete Sheng Bericht, worauf er sie reich beschenkte.

Als die Nonne am nächsten Tag wiederkam, sagte Di: »Ich werde etwas für ihn tun, das ist sehr einfach.«

»Da gibt es eine Schwierigkeit«, wandte die Nonne ein. »Mein Auftraggeber hat mir glatzköpfiger Alten Perlen für zwanzigtausend Schnüre überlassen. Wie soll er mir glauben, daß ich etwas für ihn ausgerichtet habe, wenn Käufer und Verkäufer nichts bereden können?«

»Was sollen wir also tun?« fragte Di.

»Ihr könntet doch zum Opfern in den Tempel kommen«, schlug die Nonne vor. »Wie wäre es, wenn Ihr ihn dort träft?«

Di winkte errötend ab: »Unmöglich«, sagte sie.

»Es geht doch nur darum, daß er Euch von seinem unverschuldeten Unglück berichten kann und Ihr der Perlen wegen keine Zweifel hegen müßt«, sagte die Nonne ärgerlich. »Wenn es aber wirklich nicht geht, dann wage ich natürlich nicht, Euch weiter zu bedrängen.«

Nach langer Zeit sagte Di: »In zwei Tagen ist der Todestag meines Bruders, da kann ich gehen. Er soll mir bei einem kurzen Zusammentreffen seine Geschichte erzählen und dann gleich wieder gehen.«

»So soll es geschehen«, bekräftigte die Nonne.

Als die Nonne nach Hause gehen wollte, fing Sheng sie schon am Tor ab, und sie mußte ihm alles genau erzählen. Er verneigte sich vor ihr und rief: »Nicht einmal die scharfsinnigen Ratgeber Zhang Yi oder Su Qin haben Besseres geleistet!«

Als die Zeit gekommen war, bereitete die Nonne alles für die Feier vor. Sheng versteckte sich in einer kleinen Kammer, wo er mit Wein und Speisen wartete. Am Nachmittag kam Di aufs Prächtigste herausgeputzt, aber nur in Begleitung einer kleinen Dienerin. Als sie die Nonne sah, fragte sie: »Ist er gekommen?«

»Ja«, sagte die Nonne.

Nachdem die Rezitationen zu Ende waren, befahl die Nonne einem Mädchen, sich um die Dienerin zu kümmern, und führte Di in die kleine Kammer. Als sie den Vorhang hob und Sheng und das Trinkgeschirr erblickte, erschrak sie und wollte davoneilen, doch er kam heraus und verneigte sich vor ihr. Di erwiderte den Gruß.

»Der junge Herr möchte einen Becher auf Eure Gesundheit trinken«, sagte die Nonne, »schlagt es ihm bitte nicht ab!«

Sheng war groß und gutaussehend, und Di fühlte sich sehr von ihm angezogen. Sie sah ihn an, lächelte und sprach: »Wenn Ihr etwas zu sagen habt, dann redet!«

Die Nonne drängte sie zum Sitzen, Sheng hob seinen Becher und trank ihr zu. Di konnte ihn schlecht abweisen, und so leerte sie ihren Becher und brachte ihrerseits einen Trinkspruch aus. Da setzte Sheng sich neben sie, umarmte sie und sagte: »Ich wäre vor Sehnsucht nach dir beinah gestorben, und nun wirst du doch noch die Meine.«

Damit zog er sie auf das Bett. Di war es da plötzlich auch recht, und sie ärgerte sich nur, daß sie ihn nicht schon früher getroffen hatte. Als es Nacht wurde und sie sich trennen mußten, sah Di diesen Sheng an, als ob sie nicht mehr von ihm lassen könnte. Sie nahm seine Hand und sagte: »Ohne den heutigen Tag hätte ich umsonst gelebt. Morgen Nacht will ich dich wiedersehen.«

Von da ab ließ sie ihn jede Nacht durch eine Seitenpforte ein, versorgte ihn mit allem und war peinlich darauf bedacht,

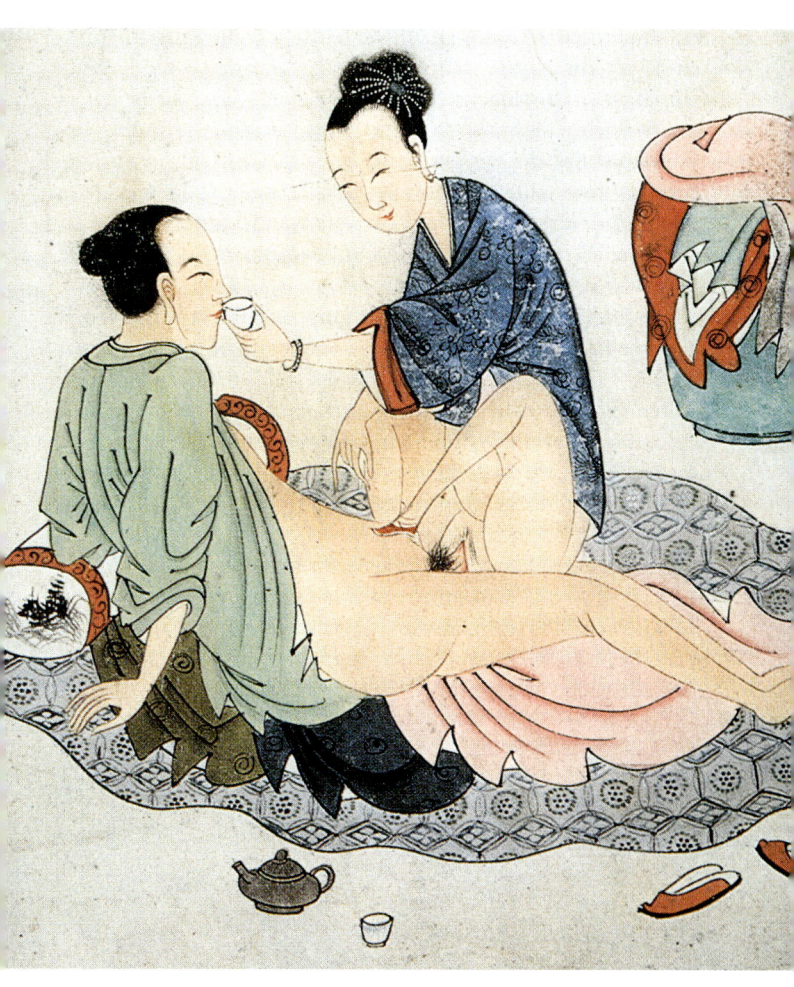

Sie sah ihn an und sagte: »Ohne den heutigen Tag hätte ich umsonst gelebt. Morgen nacht will ich dich wiedersehen.«

daß ihm auch nicht das geringste fehlte. Nach einigen Monaten kam Dis Gatte zurück. Sheng, der einen schlechten Charakter hatte, dachte bei sich, daß er nun, da er Di ja gehabt hatte, auch auf das hohe Bestechungsgeld nicht verzichten müßte. Er wartete, bis der Gatte mit Gästen zusammensaß, und schickte dann einen Diener hin, der erklärte: »Mein Herr hat Perlen für zwanzigtausend Schnüre verkauft, und da er so lange sein Geld nicht bekommen hat, will er die Sache vor den Richter bringen.«

Der Gatte war fassungslos. Er ging zu Di und befragte sie. Di verschlug es die Sprache, sie brachte nur heraus: »So ist es.«

Der Gatte befahl ihr, die Perlen zurückzugeben. Sheng schickte wieder die Nonne, um Di um Verzeihung zu bitten.

»Wie hätte ich dich denn gewinnen sollen?« ließ er sagen. »Ich habe bei allen Verwandten Geld geliehen, um dich zu erweichen.«

Auch wenn Di sehr verärgert war, konnte sie Sheng doch nicht vergessen. Wann immer ihr Gatte abwesend war, rief sie ihn zu sich. Das ging über ein Jahr, bis der Gatte etwas bemerkte und sie streng bewachen ließ. Da wurde sie krank vor Sehnsucht und starb.

8.

Die Nonne aus dem Qianming-Tempel verhindert einen Doppelselbstmord

Zhang Sheng aus Kaifeng war achtzehn Jahre alt, klug und gutaussehend und hatte noch keine Frau genommen. Am Neujahrsabend ging er zum Qianming-Tempel, um die Lampions anzusehen. Plötzlich fand er in der Halle, in der sich die Buddhastatuen befanden, ein rotseidenes Taschentuch, an dessen Ecke ein Duftbeutelchen gebunden war. Als er es genauer betrachtete, sah er, daß ein Gedicht darauf stand:

> Den Kräuterduft des Beutelchens, wer mag ihn
>   leise wittern?
> Das Seidentuch, gewebt von Meerjungfrauen, es ward
>   mit Blut so rot gefärbt.
> Daß ich die leichte Seide hier verlor, ist mit
>   Bedacht geschehen,
> Damit Du, Würdiger, sie finden und am Busen
>   bergen mögest!

Am Ende stand noch eine Zeile kleiner Zeichen: »Wenn ein Liebender dies Taschentuch findet, darf er mich nicht vergessen. Wir wollen uns im nächsten Jahr in der Nacht auf den Fünfzehnten des ersten Monats am hinteren Tor des Xiangguo-Tempels treffen. Mein Wagen wird vorn eine Laterne mit einem Mandarinentenpärchen haben.«

Sheng seufzte lange vor Bewunderung und verfaßte ein Antwortgedicht:

> Des Moschus schwerer Duft ist noch mit dem des
>   Jaspisleibs verwoben,
> Die leichte Seide deucht mich röter noch als

Mandelwangen.
Ist auch der Tag des Frühlingstreffens noch nicht
nahgekommen,
Erfaßt mich doch schon höchste Seligkeit.

Als sich abermals der Neujahrsabend näherte, dachte Sheng
an die Verabredung vom letzten Jahr. Am Abend des Vier-
zehnten wartete er am hinteren Tor des Xiangguo-Tempels,
und wirklich sah er einen Wagen mit einem Lampion, auf dem
ein Mandarinenpärchen prangte. Er war von zahlreichem
Gefolge umgeben. Sheng war ganz außer sich vor Freude und
Überraschung. Schließlich näherte er sich dem Wagen und
ging vorn und hinten vorbei, indem er die folgenden Verse
vor sich hin sang:

Welche war's wohl, die ihr rotes Tuch verloren,
Und durch jenes heimliche Verlieren ihres
übervollen Busens Sehnsucht offenbart?
Ich halt mein Roß und zieh die güldnen Steigbügel
vom Fuß,
Weiß, daß dein schlanker Leib beim Lampenschein
schon meiner harrt.
Sacht und leise werde ich mich tief vor dir verneigen,
Langsam deinen Blick und deine Nähe suchen.
Ich denk an das, was meine Schöne nun zum
ersten Mal verliert,
Wie oft hat ihre zarte Hand am Rock wohl schon gespielt?

Als das Mädchen im Wagen das hörte, dachte sie heimlich:
»Das muß mit dem Duftbeutel zusammenhängen, den ich
damals zurückgelassen habe.«
Sie öffnete den Vorhang und lugte nach Sheng. Als sie seine
elegante Erscheinung sah, war sie überglücklich. Sie befahl
ihrer Dienerin Baihua, ihm ihr Wohlgefallen mitzuteilen.
Sheng verstand, aber nach einer Weile verschwand der Wagen
spurlos.

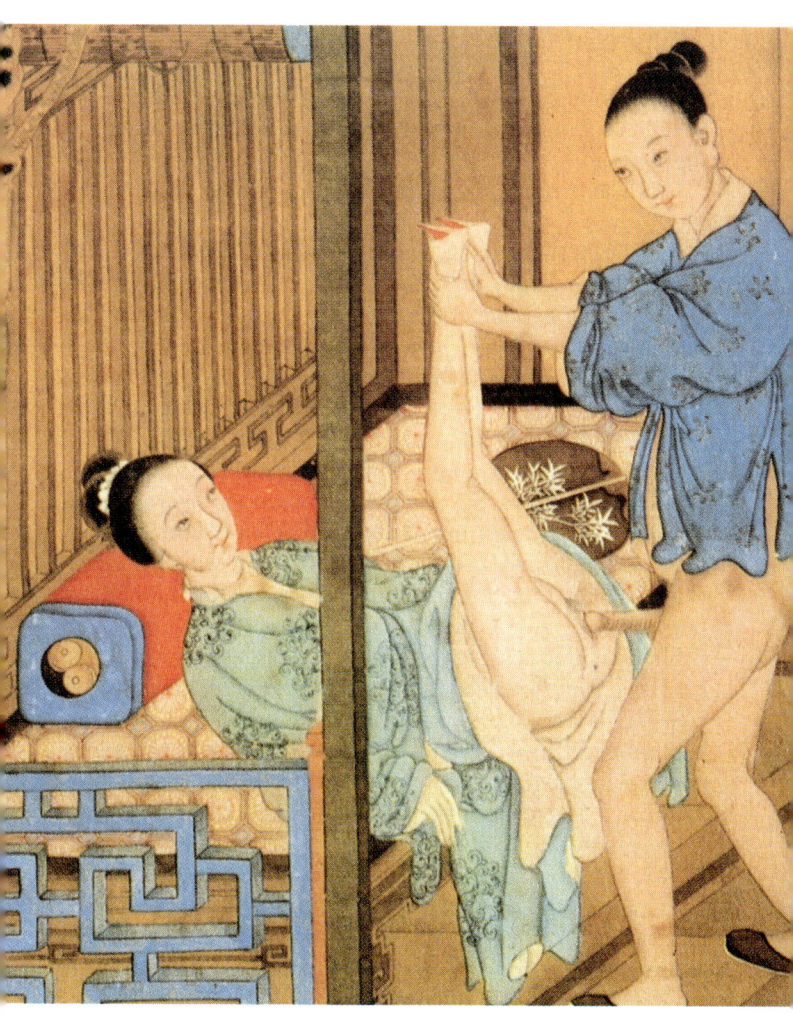

Sie genossen höchste Liebeswonnen, bis der Hahn viermal krähte

Am nächsten Abend wartete Sheng am gleichen Ort. Nach einiger Zeit kam ein dunkler, alter, geschlossener Wagen ohne Gefolge heran, an dem eine Mandarinenlaterne hing. Sheng sah hinein, aber es war nicht das erhoffte Mädchen, sondern eine Nonne darin.

Der Kuli rief eilig: »Laßt mich Euch zum Tempel bringen, Meisterin!«

Sheng überlegte noch, was das bedeuten solle, als er sah, wie die Nonne ihm zuwinkte. Er folgte ihr verstohlen, bis sie zum Qianming-Tempel gelangten. Eine alte Nonne empfing sie mit den Worten: »Wieso kommt Ihr so spät zurück?«

Die Nonne ging in den Tempel. Sheng folgte ihr, bis sie in ein kleines Zimmer kamen, in dem schon Lichter brannten und alles für ein Mahl gerüstet war. Nun nahm die Nonne ihre Kapuze ab. Darunter türmte sich tiefschwarzes Haar zu einer Wolkenfrisur. Sie zog die Nonnentracht aus und enthüllte ein leuchtendrotes Unterkleid. Dann setzte sie sich neben Sheng, während die alte Nonne sie mit Wein versorgte. Das Mädchen sagte: »Ich will das sehen, wodurch im letzten Jahr dieses Treffen vereinbart wurde.«

Sheng nahm den Duftbeutel heraus und gab ihn ihr. Das Mädchen lächelte und sagte: »Hier in der Hauptstadt leben so viele Menschen; daß ausgerechnet du den Beutel gefunden hast muß doch bedeuten, daß der Himmel uns für immer zusammengefügt hat.«

Sheng holte das Antwortgedicht hervor, das er damals verfaßt hatte.

»Du bist wirklich mein Gatte«, sagte das Mädchen.

Darauf führte sie ihn zum Lager. Sie genossen höchste Liebeswonnen, bis der Hahn viermal krähte. Da sagte das Mädchen zu Sheng: »In meinen einsamen Gemächern habe ich den Himmel um einen Gatten angefleht. Gestern nacht haben wir die herrlichsten Freuden empfunden, doch heute morgen müssen wir uns trennen. Da wir uns nicht mehr sehen können, will ich lieber meinem Leben selbst ein Ende setzen. Vergiß nie, wie sehr ich dich geliebt habe!«

»Ich bin doch auch nicht aus Holz«, rief Sheng, »wie könnte ich alleine weiterleben?«

»Ich bin glücklich, daß du auch so fühlst«, sagte das Mädchen.

Sie legten ihre Gürtel ab, banden sie zusammen und wollten sich gemeinsam am Firstbalken erhängen. Doch die alte Nonne eilte herbei, um sie von diesem Schritt abzuhalten.

»Wie könnt ihr euer Leben so leichtfertig wegwerfen?« rief sie. »Ihr könntet Mann und Frau werden, aber ich fürchte, es fehlt euch der rechte Wille.«

Da flehten die beiden sie an, ihnen zu helfen.

Die Nonne sagte: »Ihr müßt heimlich weit fort von hier. Dann ändert ihr eure Namen, und so könnt ihr in der Ferne für immer zusammenbleiben.«

Die beiden folgten ihrem Rat und vereinbarten, daß Sheng nach der dritten Nachtwache an der großen Weide im Norden der Stadt auf das Mädchen warten sollte. Sie wollte all ihr Geld bringen, um dann mit ihm in die Ferne zu ziehen.

»Bist du fest entschlossen?« fragte Sheng.

»Wir hatten unser Leben schon weggeworfen«, sagte das Mädchen, »was gibt es noch zu überlegen?«

Damit ging sie nach Hause. Sheng sammelte auch seine Barschaft zusammen und wartete wie vereinbart unter der Weide. Etwa um Mitternacht sah er schließlich das Mädchen von ferne herankommen. Sie übernachteten in einer Herberge am Tongjin-Kanal. Am nächsten Morgen mieteten sie ein Boot, gelangten vom Bian auf den Huai-Fluß und erreichten endlich das idyllische Suzhou, wo sie bis ins hohe Alter in Glück und Harmonie lebten.

9.

Die Nonne aus dem Kloster am Westsee verursacht den Tod eines Jünglings

In Lin'an begehrte ein junger Mann die Frau eines dort heimischen Beamten. Jeden Tag saß er in einem Teehaus, das ihrem Eingangstor gegenüber lag, und spähte mit langem Halse nach ihr aus, als hätte er nicht mehr alle Sinne beisammen. Einmal sah er eine junge Nonne aus ihrem Haus kommen. Er ging ihr sofort nach. Die Nonne lief zum Westsee und verschwand dort in einem kleinen buddhistischen Kloster. Der junge Mann bat daraufhin, sie sehen zu dürfen, trank Tee mit ihr und ging dann wieder. Von da ab besuchte er sie häufiger. Da der junge Mann sehr begütert war, nahm er die Restaurierung des Tempels zum Anlaß, Geld und Seide im Wert von tausend Schnüren zu spenden. Die Nonne wunderte sich, da er dazu doch gar keine Veranlassung hatte, und forschte immer wieder nach dem Grund. Schließlich erzählte er ihr von seiner Liebe, und die Nonne willigte freudig ein, ihm zu helfen. Sie vereinbarten ein Treffen in drei Monaten. Daraufhin schrieb die Nonne eine Gästeliste für ein Tempelfest, auf die sie die Namen von über dreißig Frauen hoher Beamten setzte, und besuchte dann das Haus des bewußten Beamten, um auch seine Gattin dazu einzuladen.

»Da unser Tempel restauriert wurde, veranstalten wir eine große Feier«, sagte sie. »Alle Gäste sind schon im Kloster eingetroffen. Bitte besteigt gleich Eure Sänfte!«

Die Frau putzte sich prächtig heraus, wechselte Kleid und Ohrschmuck und machte sich mit zwei Dienerinnen auf den Weg. Als sie jedoch zum Kloster kamen, war von Gästen nichts zu sehen. Die Nonne entlohnte die Träger und schickte sie zurück. Dann brachte sie Wein, und die Dienerinnen und ihre Herrin tranken, bis sie berauscht waren. Die Nonne führte sie zum Ausruhen in ein abgelegenes Zimmer und bedeutete ihr, sich hinzulegen. Als die Frau nach einer Weile wieder erwachte, fühlte sie Samen aus ihrer Scheide fließen; neben ihr lag ein Mann – er war tot! Der glücklich zu nennende Jüngling hatte sich nämlich schon vorher in dem Zimmer auf die Lauer gelegt und war, als er sich auf einmal am Ziel seiner Wünsche fand, in höchster Lust gestorben.

Die Frau wartete nicht auf eine Sänfte, sie rief die Dienerinnen wach und eilte zu Fuß davon. Draußen wartete schon ihr Gatte, aber sie wagte nicht, ihm etwas davon zu erzählen. Nur die Dienerinnen konnten ihren Mund nicht halten und ließen immer wieder Bemerkungen fallen. Die Nonne fürchtete, daß die Sache bekannt werden könnte und vergrub den Leichnam unter dem Bett. Nach einigen Tagen begannen die Angehörigen des jungen Mannes nach ihm zu forschen und brachten die Angelegenheit schließlich vor den Richter. Der untersuchte den Fall und fand die Wahrheit heraus. Die Nonne wurde ins Gefängnis geworfen, die Frau blieb verschont.

10.

Lackierer Zhang trifft eine Nonne

In der Jiatai-Ära (1201-05 v. Chr.) ließ der Eunuch Li Da-
qing in Jiulisong in der Nähe der damaligen Hauptstadt
neben dem Yuquan-Tempel einen »Tempel der verdienstvollen Tugendhaftigkeit« errichten. Unter der Zahl der Fronar-
beiter gab es einen Lackierer Zhang aus Tiantai in der Provinz Zhejiang. Der ging in einer Frühlingsnacht, um sich zu
waschen, und traf auf dem Rückweg eine alte Frau. Sie zog
ihn durch eine kleine Tür und tastete sich im Dunkeln an der
Wand entlang. Als er der Alten folgte, spürte er Stoff an den
Wänden. Es ging um mehrere Ecken, bis sie schließlich in
ein kleines Zimmer kamen, wo sie ihn sich setzen hieß. Die
Alte entfernte sich, und es kam eine Nonne mit Licht. Da
sah er, daß die Wände mit roten und grünen Stoffen ver-
hängt waren; er hatte keine Ahnung, wo er sich befand.

Die Nonne führte ihn wieder um mehrere Ecken in ein
anderes Zimmer, das hell erleuchtet war. Wein und Speisen
waren mit dem entsprechenden Geschirr vorbereitet, alles
schien zu einem gehobenen Haushalt zu gehören. Zhang
war von dem Anblick sehr überrascht, wagte aber nicht zu
fragen, was das alles zu bedeuten habe. Während er noch
zwischen Staunen und Freude schwankte, ging die Nonne
und kam nach einiger Zeit wieder. Ihr folgte eine Frau, die
von außerordentlicher Schönheit war, aber keinen Kopf-
schmuck trug. Zhang fürchtete sich sehr, aber die Nonne
nötigte ihn zum Sitzen. Dann rief sie die Alte, die Wein
brachte. Man trank unter Scherzen und Gelächter, nur die
Frau sagte kein Wort.

Schließlich meinte die Nonne: »Es ist spät geworden.«
Zhang bat sie inständig, sich entfernen zu dürfen und

sagte: »Ich bin doch nur ein Handwerker und habe kein Geld!«

Die Nonne schenkte dem jedoch keine weitere Beachtung und hieß ihn schlafen gehen. Sie nahm das Licht, verschloß die Tür und ging weg. Zhang fragte die Frau nun mehrmals nach ihrem Woher und dem Namen, doch sie schwieg weiterhin. Da nahm er an, sie sei stumm.

Beim Morgenläuten kam die Nonne wieder, öffnete die Tür und rief Zhang zu, er solle aufstehen. Die Alte führte ihn wieder hinaus, und er tastete sich abermals an den mit Stoff bespannten Wänden entlang. Er merkte, daß sie an eine Tür kamen, aber es war ein anderer Weg als das letzte Mal. Die Alte sagte Zhang, er solle weitergehen, bis er auf eine Straße komme, die werde ihn dann wieder zum Lager der Arbeiter bringen. Zhang ging wie im Traum, bis er an eine Straße kam; als es hell wurde, fand er sich gut zwei *Li* vom Lager wieder. Schließlich gelangte er dorthin zurück. Der Vorarbeiter schalt ihn zunächst, aber als er seine Geschichte gehört hatte, ließ er Männer ausschicken, die suchen sollten. Da sie die Tür, durch die er gegangen war, nirgends fanden, sagten alle, das sei Gespensterwerk. Ein Holzfäller aber meinte: »Das war bestimmt der Eunuch, der deinen Samen leihen wollte!«

Die Quelle der Lust, wer mag da nicht trinken

11.

Die Nonne vom Qiyun-Kloster

Eine Nonne aus dem Qiyun-Kloster ging in vielen Häusern ein und aus. Sie betörte die Frau und die Tochter eines kleinen Beamten mit süßen Worten und brachte sie dazu, mit Mönchen im Tempel Unzucht zu treiben. Dies ging lange, ohne daß jemand davon erfuhr. Eines Winters war ihr Mann mit einem offiziellen Auftrag längere Zeit unterwegs, und Frau und Tochter konnten ohne Furcht vor Entdeckung jeden Tag den Tempel besuchen. Ein Anwohner wunderte sich darüber und überstieg die Mauer, um sie heimlich zu beobachten. Er sah eine Nonne, die gerade in der Küche das Essen zubereitete; sie war ganz allein. Er ging weiter und kam zu einem ausgehöhlten Schneehaufen, der durch ein Glutbecken erwärmt wurde. Darin trieben sechs oder sieben Mönche mit der Frau und der Tochter des Beamten Unzucht in einer Weise, deren Widerwärtigkeit sich nicht beschreiben läßt. Der Anwohner kletterte wieder über die Mauer, holte Leute zusammen und nahm alle fest. Die Mönche knieten und flehten, Beamtenfrau und Tochter boten ihren Kopfputz und weinten und bettelten, die Nonne holte ihre gesamte Barschaft, über zehn Unzen Silber, und gab sie den Nachbarn als Bestechung. Sie ließen sie frei. Als sie am nächsten Tag wiederkamen waren Nonne und Mönche bereits verschwunden, der Tempel war leer.

Nachwort

Wolken- und Regenspiel

Zur chinesischen erotischen Literatur
Der bekannte deutsche Sinologe und Historiker Herbert
Franke hat es, meine ich, auf den Punkt gebracht: Über die
chinesische Hochkultur urteilt er, daß sie eine unerotische
Kultur par excellence gewesen sei, jedenfalls was ihre von der
Kulturtradition sanktionierten Äußerungen angehe. Aus hi-
storischer Perspektive hat nach Frankes etwas überspitzter
Aussage das erotische Element in den Künsten ein Schatten-
und Untergrunddasein geführt; es vermochte nur eine kurze
Zeit lang, im 16. und frühen 17. Jahrhundert, freieren Aus-
druck in Literatur und Kunst zu finden.

Aus dieser Spannung zwischen Jahrhunderten gesellschaftlicher Ächtung erotischer Regungen und nur kurzen
Phasen in der langen Geschichte Chinas, in denen sich eine
etwas größere Freizügigkeit Bahn gebrochen hat, müssen wir
die wenigen literarischen Texte verstehen, die als »chinesische
Erotik« Erwartungen bei westlichen Lesern auf weitere er-
staunliche Entdeckungen genährt haben.

Die Entwicklung der chinesischen erotischen Literatur
kann man durchaus auf dem Hintergrund der gesellschaftlichen Repression durch den offiziösen konfuzianischen Moralismus und den ähnlich strukturierten sino-kommunisti-
schen Rigorismus im sexuellen Bereich in Umrissen skizzie-
ren. Durch solche Gegenüberstellung, vom 17. Jahrhundert
bis in unsere neunziger Jahre des 20. Jahrhunderts, wird der
scheinbare Widerspruch von raffiniertesten »sexuellen Künsten« der Chinesen aufgelöst, wie sie in allen westlichen
Chinoiserien auftauchen – und einem Alltag tristester Unterdrückung des Individuums und seiner Intimsphäre im vormodernen China wie in den vier Jahrzehnten der Volksrepu-

blik China. Der vorliegende Band führt uns zunächst direkt in die angesprochene Periode relativer erotischer Freizügigkeit unter Künstlern, Malern und Literaten.

1. Die Sammlung Der Mönche und Nonnen Sündenmeer

Als Autor der Sammlung, die wir hier unter dem Titel *Zhang und die Nonne vom Qiyun-Kloster* erstmals in ungekürzter Form dem deutschen Leser vorstellen, wird uns der Maler und Kalligraph Tang Yin präsentiert, der von 1470 bis 1524 unter der Ming-Dynastie (1368-1644) gelebt hat. Noch Robert van Gulik in seiner Studie über das *Sexuelle Leben im Alten China* hat offensichtlich diese Autorschaft gänzlich unverdächtig befunden angesichts des Rufes dieses eleganten Lyrikers und notorischen Exzentrikers, der vielfach als romantische Figur in der umgangssprachlichen Erzählliteratur auftaucht. Nun findet sich aber, wie Stefan Rummel, der Übersetzer des vorliegenden Bandes, nachweist, als späteste Zeitangabe der Textsammlung das Jahr 1597. Des weiteren wird unser Text in einer anderen Quelle genannt, die auf das Jahr 1631 datiert werden kann. Mit solchen Eckdaten 1597 und 1631, Zeitpunkten also 70 bis 100 Jahre nach dem Maler Tang Yin, ist bewiesen, daß die Textkompilation von den Mönchen und Nonnen in der späten Wanli-Periode (1573-1620) entstanden sein muß. Tang kommt als Herausgeber nicht in Frage; der Titel dürfte dem Literaten aus Werbungs- und Camouflagegründen lediglich untergeschoben worden sein. So hat man es in der Ming- und in der Qing-Zeit (1644-1911) mit vielen Büchlein gemacht, um deren Attraktivität beim Käufer und Leser entsprechend anzuheben.

Die Literaturwissenschaftler haben bei Werken der chinesischen Erzählliteratur ganz allgemein die größten Schwierigkeiten, gesicherte Angaben über Autorschaft und Datierung zu machen. Umgangssprachliche Erzählprosa, ob Novellen oder Romane, gehörten zur Gattung des *xiaoshuo* oder »Kleinen Geredes«, in das ein Gelehrter meist nur auswich, wenn ihm die Beamten-Karriere über die staatlichen Prüfungen aus irgendwelchen Gründen verwehrt geblieben war. Bei Chinas bekanntestem erotischen Roman *Schlehenblüten in goldener Vase (Jin Ping Mei)* etwa wissen wir bis heute nicht mit letzter Sicherheit, wer sich hinter dem Verfasserpseudonym *xiao-xiaosheng* (»Der Lachende Junge Herr«) verbirgt. So ist es sogar lange im Falle von Chinas bedeutendstem traditionellen Roman, dem *Traum der Roten Kammer,* gewesen. Es gibt nur spärliche Hinweise auf den sozial unter die Räder gekommenen Sproß Cao Xueqin einer großen aristokratischen Familie, deren Untergang Cao aus autobiographischer Retroperspektive beschrieben hat.

Wegen der strikten Zensur und der harten literarischen Verfolgungen unter den Mandschus, die mit jeder politisch aufmüpfigen Regung gleich auch etwaige literarisch-heterodoxe Gedanken ahndeten, ist vieles aus freieren Zeiten etwa der Ming-Periode in Vergessenheit geraten oder gar vernichtet worden. Eine ganze Reihe von verbotenen Büchern haben sich lediglich als Rarissima in japanischen Privatsammlungen und Bibliotheken erhalten.

Unsere Sammlung *Der Mönche und Nonnen Sündenmeer* (sengni niehai) ist, wie die Lektüre schnell zeigt, kein homogener Text sondern eine Kompilation, die Quellen der verschiedensten Herkunft der älteren Literatur aus einem Zeitraum von etwa 1000 Jahren, also vom 6. bis zum 16. Jahrhundert zusammenfaßt. Der Übersetzer ist in einer Untersuchung den hauptsächlichen Quellensorten nachgegangen, er hat etwa die Hälfte der Quellen unserer Anthologie auch tatsächlich geortet und aufgefunden. Es sind einmal Ausschnitte aus der traditionellen Geschichtsschreibung im weitesten Sinne, aus den Annalen und Chroniken, und zum anderen Texte aus dem Zyklus der traditionellen Kriminalgeschichte, etwa um den weisen Richter Bao, der zur Freude des Volkes alles Unrecht zu sühnen wußte. Des weiteren standen die privaten Pinselnotizen *biji*, die sich unter den Chinesen großer Beliebtheit erfreuten, Pate. Neu sind vom Kommentator eingefügte deftigere erotische Szenen und andere erzählerische Ausgestaltungen in unserer Sammlung.

Die dieser deutschen Übersetzung zugrundeliegenden chinesischen Texte sind in China selbst verschollen, es standen nur ein Ming-Druck und eine Abschrift aus dem Jahr 1807 zur Verfügung, die sich beide in Japan erhalten haben. Eine erste englische Teilübersetzung haben Richard Yang und Howard Levy 1971 vorgelegt, und zwar 25 Abschnitte des ersten Buchteiles.

Da die Texte relativ roh auf uns gekommen sind, vermischen sich die verschiedenen Sprachebenen einer knappen annalistischen Berichterstattung und der *biji*-Notizen mit Usancen der ausholenderen umgangssprachlichen Erzählprosa, sowie bisweilen einer niedrigen vulgären Ausdrucksweise. Zusätzlich ist die Sammlung mit einer Anzahl von Gedichten im *shi*-Stil und mit prosodisch freieren Liedgedichten im *ci*-Stil ausgeschmückt, welche ebenfalls sichtlich pornographischer Würze nicht entbehren und auch für den chinesischen Leser einen schockartigen Gegensatz zur traditionellen chinesischen Lyrik gebildet haben müssen, die in Blütenzauber, Bildhaftigkeit, Indirektheit und gebildeten Anspielungen zu schwelgen pflegte.

Die Wanli-Periode war, politisch bereits Endzeitstimmung vor einem gewaltsamen Dynastiewechsel verbreitend, künstlerisch im Bereich der Literatur und Malerei eine Blüteperiode, die nach der Eroberung durch die Mandschus und dem vollzogenen Dynastiewechsel noch etwa bis zum Ende des 17. Jahrhunderts nachwirkte, um dann der rigiden Kontrolle und einem humorlosen Moralismus übelster konfuzianischer Doppelzüngigkeit Platz zu machen. Kulturelles Zentrum der Wanli-Blüte waren die Städte »Südlich des Flusses« im Jiangnan-Gebiet, wie die Chinesen sagen, Städte wie Suzhou, Hangzhou, Nanking und Yangzhou. Von der geographischen Dimension unseres Textes her geurteilt gehört er in eben diese Gegend des südlichen China.

Mit welchen Absichten ist diese Sammlung für die chinesische Leserschaft des frühen 17. Jahrhunderts editiert worden? Der Autor bzw. Herausgeber muß sich zum einen maßlos über den buddhistischen Klerus, vor allem über das Durchbrechen des Zölibatgebotes erregt haben. Zum anderen gehen wir wohl kaum fehl in der Annahme, daß Verlag und Buchhandlungen hier auf einen kommerziellen Erfolg aus waren und deshalb unseren Herausgeber bei der Zusammenstellung der Sammlung entsprechend angespornt haben.

Der Autor und Herausgeber hat im übrigen aber anscheinend viele andere Sünden den Mönchen und Nonnen durchaus nachgesehen, wie der Übersetzer festhält:

Denn wäre er allgemein gegen den Buddhismus eingestellt gewesen, hätte er die Sammlung durch Hereinnahme von Geschichten über stehlende, mordende, trunksüchtige und lächerlich gemachte Mönche auf ein Vielfaches erweitern können. Nein, es ging ihm vor allem um die Moral, die durch sexhungrige Mönche und Nonnen deutlich gefährdet schien. Die über ein ganzes Jahrtausend verteilten Beispiele belegen dies: Dynastien gingen unter, Ehen wurden zerbrochen, Familien hingemetzelt, unschuldige Mädchen grausam mißbraucht; ein Mann starb, vom Verkehr mit gierigen Nonnen ausgelaugt, an Erschöpfung, ein anderer wurde heimtückisch ermordet, weil seine Gattin das Gefallen eines scheinheiligen Mönches gefunden hatte. Wenn man diese Aufstellung liest, die nur einen Teil der in *Mönche und Nonnen im Sündenmeer* begangenen Freveltaten enthält, zeigt sich in etwa das Bild des buddhistischen Klerus, das der Autor vermitteln wollte.

Zu Beginn des ersten Teils der Sammlung heißt es im Gedicht ziemlich rabiat und exemplarisch über die Mönche:

> Die Augen, wie von Ratten, die nach Fett gelüstet,
> Die Finger, wie blutsaugende Insekten,
> So tasten sie nach einem Spalt bei hübschen Mädchen,
> Um dann den Buddhazahn in seiner
> wahren Form hervorzuholen.

Im Hintergrund solch wütender Attacken mag, wie der

Übersetzer mutmaßt, damit ein erheblicher sexueller Minderwertigkeitskomplex von seiten der Südchinesen gegenüber den Nordgestalten oder den kräftigen geilen Mönchsfiguren gestanden haben, denen man die größeren Wirkungen auf die Frauen nachsagte. Wie so oft in der von und für Männer geschriebenen Welt der erotischen Literatur, muß der Herausgeber die zu erwartenden sexuellen Leistungen allzu simplistisch an der Größe des Penis der auftretenden Protagonisten bemessen haben.

Im übrigen waren und blieben die liederlichen Taten der Mönche und Nonnen natürlich als Thema ein Dauerbrenner; solchen pikanten Geschichten begegnen wir häufig im traditionellen chinesischen Roman, in der traditionellen umgangssprachlichen Novellistik und im Sumpf der weniger bekannten und später fast in Vergessenheit geratenen Erotica und Pornographica, wie Stefan Rummel gezeigt hat. In den fünf wichtigsten chinesischen umgangssprachlichen Novellensammlungen mit der stattlichen Anzahl von 200 Geschichten, die zwei Literaten und Sammler, Ling Mengchu und Feng Menglong zwischen 1620 und 1632 liebevoll zusammengetragen haben (wie später die Brüder Grimm ihre Märchen oder Vuk Karadzic die südslavischen Epen), sind z. B. mehrere ähnliche ausschweifende Geschichten von Mönchen und Nonnen aufgenommen, es sind auch Texte unserer Sammlung, in voller umgangssprachlicher Breite für den Leser umgeschrieben, zu verzeichnen.

2. Die Sammlung und der heutige Leser

Wir müssen uns fragen, was denn eine solche Sammlung, die über weite Passagen eine Art Rohling geblieben ist, für den Leser heute bedeuten kann. Gegenwärtig sehen wir zusehends Elemente des pornographischen Films und der Hardcore-Videos in normale Spielfilme wie etwa *Basic Instinct* in psychologisch raffiniertester Weise integriert. Der sexuelle Akt, die pornographische Variante, überhaupt alle äußeren Formen der Liebe, sind uns wie nie zuvor über die Medien nahegebracht. Literarische Erotik und erotische Unterhaltungsliteratur, dazu psychologische und pseudopsychologische Aufklärungsbücher sind in einer Fülle und Raffinesse zugänglich, daß eigentlich solche chinesischen Oldtimer einen schweren Stand beim anspruchsvolleren modernen Leser im Ausland haben dürften, so scheint es auf den ersten Blick.

Meine Erklärung des dennoch ungebrochenen Interesses lautet, daß gerade die liebevolle Präsentation von Originaltexten, mit einem optischen Einblick auf die damalige Holzschnittkunst und die frühesten erhaltenen Ausgaben eines Werkes uns durchaus vergnügliche und zum Nachdenken anregende »Chinoiserien« beschert. Wir ziehen Freude aus der Form, einer kruden, psychologischen Vorsintflutlichkeit, nehmen gern eine so seltene literarische Antiquität zur Hand. Dazu wirkt, in dieser Sammlung allerdings weniger sichtbar, ein anderes Verhältnis zur Zeit auf uns – ganz gleich, ob man vom Erzähler oder vom traditionellen Leser ausgeht. Der letztere hatte größere Muße, weil nur ein Bruchteil der Bilder und Ablenkungen auf ihn einströmten, die einen Leser und Betrachter unserer Tage erreichen. Eine Novelle über einen Ehebruch mit fatalen Folgen beispielsweise kündigt sich erst mit einer lyrischen Zweizeilen-Überschrift an und stimmt dann weiter ein durch ein anspielungsreiches Gedicht. Der Erzähler gibt darauf in einem mehrmaligen Anlauf vielleicht drei beziehungsreiche Geschichten zur gleichen Thematik zum besten, die sich angeblich in verschiedenen Dynastien ereignet haben, bevor endlich die eigentliche Erzählung anhebt und ihren Lauf nimmt. Den Leser amüsieren sicherlich auch die den Geschichten beigegebenen Holzschnittafeln, welche die handelnden Figuren in der Aktion oder auch porträtartig darstellen; weiter unterhält ihn ein Kommentator der Zeit, der pointierte Bemerkungen vor dem Leser über Autor und Text wagt – übrigens eine unterhaltsame Protoform traditioneller chinesischer Literaturkritik. Am Ende wird dann allerdings oft die konfuzianische Moral, die auf die gerechte Strafe pocht, fast sadistisch-genüßlich dargelegt und vorexerziert.

Moderne chinesische Literaturwissenschaftler haben an den Novellen und an der chinesischen Erzählprosa ganz allgemein die Doppelmoral bemängelt, die klammheimliche Freude und Erregtheit über die unerhörten Geschichten – mit einer strengen Verurteilung (Hinrichtung der schuldig gewordenen Mönche und Nonnen) am Ende in einer schwankenden, nicht überzeugenden Union zusammengeklammert.

Selbst in unseren knappen Geschichten ist diese Spannung, Anleitung zur Doppelmoral oder prinzipienlose Konventionsbeachtung zu spüren, wie z. B. Kaiserin Hus aufregende Liebesabenteuer mit dem trainierten Mönch Tan Xian aus dem Westen und die voyeuristischen Orgien mit Dutzenden von Mönchen und Mägden belegen; die plötzliche Hinrichtung der Mönche, die unrühmlichen späten Vergnügungen der Kaiserin in der Verbannung, ihr Tod durch »Auszehrung des Knochenmarks« und schließlich noch die gruselige Nekrophilie einer frechen Grabschändung und Ausraubung.

Angesichts dieses bunten Wechselspiels der Obszönitäten unserer Sammlung wird der moderne westliche Leser sich schnell bewußt: In einer sich immer mehr repressiv entwickelnden chinesischen Gesellschaft hat es nur kurze Ausschläge sexueller Brutalität, nur bisweilen solche anonymen Anschläge auf die konfuzianische Doppelmoral – wie in unserer Sammlung – gegeben. Texte aus solcher Ausbruchsstimmung sind uns im 20. Jahrhundert zwar historisch zugänglich geworden, sie sind aber, nach der Veröffentlichung im 17. Jahrhundert, keineswegs Bindeglied der chinesischen Erzähltradition über die verbleibenden vier Jahrhunderte bis zur Begegnung mit dem Westen geblieben. Über Jahrzehnte und Jahrhunderte hinweg haben selbst viele chinesische Gebildete der Oberschicht keineswegs Zugang zu dem gehüteten Textkodex der traditionellen Erotik gehabt.

Die chinesische Erotik hat freilich noch andere reiche und spezifische Ausformungen im Volk gehabt. Das weite Feld des Volkstaoismus, als Teil der »kleinen Tradition«, die von der traditionellen Oberschicht nach Kräften unterdrückt wurde, muß hier einstweilen außerhalb der Betrachtung bleiben, da diese Tradition von westlichen wie chinesischen Wissenschaftlern bisher aus solcher Warte nicht adäquat zusammenhängend dargestellt worden ist.

3. Zu den erotischen Texten der chinesischen Literatur

Eine kleine Auswahl von Schriften kann kurz vorgestellt werden. Eine wichtige Gattung der chinesischen erotischen Tradition sind die sexuellen Handbücher gewesen, die es, von den überlieferten Titeln her zu urteilen, wie van Gulik zeigt, bereits seit den zwei letzten Jahrhunderten vorchristlicher Zeit über das Wolken- und Regenspiel des Sexualverkehrs – wie ihn die konventionelle chinesische Metapher bezeichnet – gegeben haben muß. Diese *fangshu* (Künste des Schlafgemachs) waren allerdings meist ziemlich nüchterne Unterweisungen in der *Ars amatoria* ohne große literarische Ansprüche. Noch im chinesischen Roman des 17. Jahrhunderts tauchen solche bebilderten Aufklärungs- und Verführungsbüchlein, in Verbindung mit manch geheimer Liebesmedizin, als »Frühlingsbücher« (*chunhua*) auf.

Am Anfang muß ein Traktat gestanden haben, in dem ein legendäres Dunkles Mädchen (*xuannü*) im Dialog Anweisungen und Belehrungen gibt bzw. weiterreicht. Wir wissen auch von einem *Klassiker der schlichten Frau (sunüjing)* aus dem 7. Jahrhundert, in dem die erotische Ratgeberin des legendären Kaisers Huangdi die Hauptperson ist. Daoistische Praktiken der Männer galten der Gewinnung der »Lebensessenz« der Frau unter der Wahrung der eigenen »Essenz«, was einer Zurückhaltung des Orgasmus von seiten des Mannes gleichkam, und von van Gulik überpointiert als sexueller Vampirismus charakterisiert worden ist. Tatsächlich ordneten sich solche Praktiken den daoistischen alchemistischen Versuchen der Lebenserhaltung und Lebensverlängerung zu.

Eine bilderreiche, verdeckte erotische Sprache finden wir

in der Hauptgattung der klassischen chinesischen Literatur, der Lyrik, mit ihrer unerschöpflichen formalen und inhaltlichen Vielfältigkeit, des weiteren sind erotische Elemente vor allem in der Novellistik und im Roman verborgen. Wir betreten hier das weite Feld der nicht in klassischer, sondern gesprochener Umgangssprache gehaltenen Erzählliteratur, die bis ans Ende des 19. Jahrhunderts eine eigenständige Entwicklung gehabt hat.

Durch einen Zufall erhalten geblieben ist die nur in Japan überlieferte Novelle »Höhle der Feen« von Zhang Wencheng (647-730) (*youxianku*), in der ein junger Gelehrter traumhaft unwirklich aufregende Liebeserlebnisse mit mehreren gebildeten Schönheiten gleichzeitig hat.

Der Roman *Schlehenblüten in goldener Vase (Jin Ping Mei)*, um 1617 veröffentlicht, ist weitgehend realistisches Zeitgemälde, das im gehobenen Bürgertum spielt. Im Mittelpunkt steht Ximen Qing, wir verfolgen seine zunehmenden Ausschweifungen mit einer Reihe von Frauen und Konkubinen, daneben seine vielfältigen anderen flüchtigen Beziehungen und schließlich seinen unausweichlichen Untergang. Franz Kuhn hat auch einen der zahlreichen erotischen Fortsetzungsromane des *Jin Ping Mei*, die *Blumenschatten hinter dem Vorhang (gelian huaying)* ins Deutsche transponiert.

Pornographischer ausgerichtet, witzig die traditionelle Moral, sowie Männer und Frauen in ihren Schwächen karikierend, ist der für damalige Verhältnisse präzis-kurze Roman *Rou putuan* (um 1657), dessen Titel man frei als »Nackte Andachtskissen« übersetzen könnte. Kuhns deutsche Übertragung des Jahres 1957 wurde in viele andere Sprachen, darunter ins Englische, Italienische, Holländische und Finnische weiterübersetzt.

Aus der Vielzahl von weniger bedeutenden späteren erotischen Schriften seien hier nur einige Beispiele vorgestellt. Den Forschungen van Guliks folgend übersetzte F. K. Engler, ein vom Bäckerhandwerk auf chinesische Buchweisheit übergewechselter Privatgelehrter mit einer unglücklichen

Liebe zum *Klassiker der Wandlungen (yijing)* den erotisch-historischen Roman *Wilde Liebesgeschichte vom Baumstumpfwald (zhulin yeshi)* aus der späten Ming-Periode. Engler hat den chinesischen Text für die deutsche Buchausgabe erheblich ergänzen und ausgestalten müssen, was viel über die fragwürdige literarische Qualität der bisher noch im Dunklen verbliebenen erotischen Traktate und Romantexte aussagt. Inhaltlich handelt es sich um die erotischen und politischen Intrigen einer Prinzessin des Altertums. Um diesen Roman mußte der Verleger F. Wiesner zwischen 1971 und 1974 (wie schon vorher um die *Rou putuan*-Übersetzung Franz Kuhns) einen Prozeß führen, den er schließlich vor dem Schweizer Bundesgericht in Lausanne gewann.

Der gleiche Übersetzer Engler versuchte sich noch an einem zweiten Roman, an der *Vergnüglichen Geschichte aus dem Zhaoyang-Palast (zhaoyang qushi)*, die um 1621 zum Druck gelangte und im Deutschen unter dem Titel *Der Goldherr besteigt den weißen Tiger* erschienen ist. Als Autorenpseudonym wissen wir lediglich von einem *yanyansheng*, was frei als »Lüstling« wiederzugeben wäre. Auch dieser Roman spielt am Kaiserhof der Han-Dynastie und berichtet von den Ausschweifungen eines wollüstigen Kaisers mit seinen Haremsdamen, besonders zwei bemerkenswerten, leidenschaftlichen Schwestern.

Unlängst erschienen in italienischer Sprache, übertragen von Giovanni Vitiello, die spät-mingzeitlichen *Aufzeichnungen der abgeschnittenen Ärmel (duanxiu pian)*, ein Bericht über rund 50 Fälle von Homosexualität aus der chinesischen Geschichte mit ausführlichem Kommentar.

In einem kurzen Roman, der *Biographie des Mönchleins Stummeldocht (dengcao hesheng zhuan)* wird, um exemplarisch auf noch Unübersetztes einzugehen, in einfacher Umgangssprache der kleine Mönch, ein chinesischer Däumling, der allerdings von gewöhnlicher Gestalt in Taschenformat überwechseln kann, bei einer ganzen Serie von Liebesabenteuern gezeigt, bei denen die Frauen dankbar den Kleinen zu sich schlüpfen lassen, bevor er sich ihnen in seiner ganzen Größe wieder offenbart. Wie üblich bei diesen Produkten einer erhitzten Männerphantasie, schafft sich das Mönchlein Freude durch besondere Ausstattung und erstaunliches Format seines »kleinen Bruders«. Es wird ziemlich heftig an allen erdenklichen Tabus gerüttelt, dazu gehört der »Nahkampf« mit mehreren Akteurinnen. Voyeuristische Befriedigung ist das Wichtigste an einer ganzen Reihe von Szenen, und die Begierde treibt den Protagonisten die Zurückhaltung selbst vor den heiligen Familienbindungen aus. Leider ist die literarische Bearbeitung dieses dankbaren Stoffes zu rudimentär geblieben.

Eine gewisse Beachtung haben die spät-mingzeitliche *Biographie der törichten Vettel (zhipozi zhuan)* vom Abstieg eines umworbenen Mädchens, sowie die *Wilde Geschichte vom bestickten Lager (xiuta yeshi*, Ende 16. Jhdt.) mit Beschreibungen hetero- und homosexueller Ausschweifungen zu Viert, gefunden.

In einen anderen seltenen Text hat mir der verstorbene Übersetzer F. K. Engler Einsicht gewährt. *Das Bambusäffchen (zhuhouer)* erzählt von einer hochgewachsenen Schönen mit blitzenden braunen Augen, von der man sich zuraunte, sie entstamme einer hochdramatischen fremdländischen Affäre, die direkt ins Grenzgebiet Sinkiang geführt habe. Ein in seinem Herzen leidenschaftlich gebliebener Gelehrter hatte sie in seine Schauspielschule aufgenommen, in der er neben Schreiben und Lesen die dramatische Kunst, überhaupt elegante Lebensart vermittelte. Der Literat erfährt in ihren jugendlich-ungestümen Umarmungen ungeahnte Wonnen und fühlt sich wie ein Taoist auf Wolken dahinschwebend, während Zhuhouer andere tiefe Einsichten gewinnt, die ihr den Eintritt in die Welt der Wenigen ermöglichen. Beider leidenschaftliches Geheimnis bleibt das Zusammentreffen mit einer zweiten zärtlichen hellen Schönheit, die in den Gemächern einer Kurtisane im Verborgenen lebt.

4. Westliche Wissenschaft und chinesische Erotik

Die Erforschung der Sexualität Chinas aus einer kulturellen wie gesellschaftlichen Perspektive hat starke Anstöße von außen erhalten, weil der formale Moralismus, der solche Themen den chinesischen Autoren als unethisch aus der Hand schlug, noch stark aus der späten Mandschu-Periode in die Republikzeit nach 1911 weiterwirkte – und weil er in anderer äußerlich-ideologischer Begründung auch Grundton des offiziellen Puritanismus und der erotischen Repressions-atmosphäre der Volksrepublik China bis ins nachmaoistische Jahrzehnt der Reformen der 80er Jahre geblieben ist.

Pionier auf dem Gebiet der Erforschung der traditionellen Sexualität ist einer der letzten markanten Gestalten der westlichen Sinologie, der holländische Diplomat Robert van Gulik (1910-1967) gewesen. Van Gulik wurde aufgrund seiner der chinesischen Kriminalnovellistik nachempfundenen Romanserie um den Richter Di einem breiten Publikum bekannt; die Romane liegen inzwischen in vielen westlichen Sprachen vor. Van Guliks Kriminalromane wurden unlängst durch eine überlegte und vergnügliche Biographie des großen Sinologen gleichsam kommentiert, die ein Bewunderer, der holländische Kriminalgeschichten-Autor van de Wetering verfaßt hat. Van Gulik also hat in den 50er Jahre eine Sammlung erotischer Drucke der Ming-Zeit in Japan aufgefunden und einen Einleitungsessay geschrieben, der sich zu einer größeren Abhandlung über Chinas sexuelle Sitten ausweitete und direkt in Guliks Hauptwerk *Sexual Life of Ancient China*, 1961 in Leiden erschienen, mündete. In dem idyllisch gebauten Sinologisch Institut in Leiden gibt es einen Erinnerungsraum mit der wertvollen erotischen Sammlung dieses großen holländischen Wissenschaftlers.

Van Guliks Hauptwerk hat weit gewirkt und in der westlichen Wissenschaft erst die chinesische Erotik als ein halbwegs geduldetes Thema hoffähig gemacht. Vorher war teilweise sehr anders geurteilt worden. Von dem bekanntesten deutschen Novellen- und Roman-Übersetzer Franz Kuhn ist überliefert, daß er seine wissenschaftliche Tätigkeit als Sinologe unter Professor de Groot in Berlin aufgeben mußte, weil er es gewagt hatte, sich mit der traditionellen umgangssprachlichen chinesischen Novelle zu beschäftigen – ein Rauswurf aus der hehren Wissenschaft, der zwar fruchtbarste Wirkungen für die Verbreitung der chinesischen umgangssprachlichen Literatur hatte, den aber der Einzelgänger Kuhn andererseits innerlich nie ganz überwunden hat!

Aus Ängstlichkeit versteckten sich viele Autoren und Übersetzer im Westen weiterhin hinter Pseudonymen. Chinas großer humoristischer Erzähler Lao She, der an der bekanntesten englischen Übersetzung des erotischen Romans *Jin Ping Mei* von C. Egerton beteiligt war, ließ sich in dem Werk nur kryptisch als C. C. Shu (mit seinem eigentlichen Namen) erwähnen; der junge Chinawissenschaftler Jaques Pimpaneau legte 1962 die Übersetzung der pornographischen *Nackten Andachtkissen (Rou putuan)* vor, unterschob sein Werk aber dem Schriftsteller Pierre Klossowski, der keinen sinologischen Ruf zu verlieren hatte, sondern im Gegenteil für waghalsige erotische Schriften bekannt war.

Patrick Hanan, Professor für chinesische Literatur an der Harvard University, der sein ganzes Leben der traditionellen chinesischen umgangssprachlichen Literatur gewidmet hat, durchbrach schließlich 1989 diese Kette namentlicher Verdeckungen und Verhinderungsversuche durch die Veröffentlichung einer adäquaten Übersetzung des Romans *Rou putuan*, der vorher nur in einer verkrüppelten Form, einer Weiterübersetzung der freien Kuhn-Fassung im Englischen, zugänglich war. Seine mit vollem Namen gezeichnete Übersetzung hat in hervorragender Weise die oft brutalen skurrilen Späße, das Spiel mit der konventionellen Moral und die Ironie des Autors Li Yü sowohl hinsichtlich der geschilderten körperlichen Exzesse als auch der verlogenen konfuzianischen Sexualmoral gegenüber zum Ausdruck gebracht.

Der Nestor der deutschen Sinologie, Herbert Franke, hat nach van Gulik sein Interesse unserer Thematik ebenfalls zugewendet und darf als ein Kenner der milden wie der deftigeren erotischen Erzählliteratur gelten. Er veröffentlichte die *Sammlung Neue Geschichten beim Trimmen der Lampe (jiandeng xinhua)* aus dem 14. Jahrhundert, gab die vom Nationalsozialismus fast verhinderte und Jahrzehnte zur Seite gedrängte mehrbändige deutsche Übersetzung des Romans *Jin Ping Mei* der Gebrüder Otto und Artur Kibat heraus und schrieb auch den eingangs angesprochenen prägnanten Beitrag für die von Günther Debon besorgte Neuauflage des Chinabandes des *Neuen Handbuches der Literaturwissenschaft* (1984, Bd. 23).

Deutschlands bekanntester Übersetzer chinesischer Erzählliteratur Franz Kuhn (1884-1961) ist weiter zu nennen, weil seine Übersetzungen zusätzlich zu einer tiefen und ungebrochenen Wirkung im deutschen Sprachraum auch in eine ganze Anzahl von westlichen Sprachen in Form von Zweitübersetzungen weitergetragen worden sind. Kuhn krönte sein Übersetzungswerk einer gekürzten Fassung des Romans *Jin Ping Mei* und mehrerer Dutzend Novellen mit oft mild-erotischer Thematik durch die Veröffentlichung des *Rou putuan* 1957, das einen Siegeszug sondergleichen in der Unterhaltungsliteratur angetreten hat und wohl, der Verbreitung im Ausland nach, das *Jin Ping Mei* noch in den Schatten stellt. Es wäre aufschlußreich, einmal die Vielzahl der Auflagen, beteiligten Verlage und Nachwirkungen zu dokumentieren, die dieses Buch gehabt hat, das heute in jeder Bahnhofsbuchhandlung und in jedem modernen Antiquariat seine Leser findet.

Der amerikanische Sinologe Howard Levy, der für den diplomatischen Dienst der USA in der Sprachausbildung tätig war, hat in den Fußstapfen van Guliks und auch direkt dessen Anregungen aufgreifend eine Vielzahl erotischer Texte während seiner Dienstjahre in Ostasien und in Washington in Privatdrucken und Ausgaben kleiner Verlage zugänglich gemacht wie die erwähnte Novelle über die »Höhle der Feen«, erotische Witze des chinesischen Exzentrikers und Eulenspiegels Xu Wenchang aus dem 15. Jhdt., einen Bericht über die Bordelle und Häuser der Kurtisanen am Ende der Ming-Zeit, sowie die erste aufschlußreiche soziologische Befragung in China durch Dr. Zhang Jingsheng, die irgendwie selbst ein Stück Literatur geworden ist aufgrund der ungeschminkten autobiographischen Erzählungen.

Schließlich muß der französische Sinologe Andre Levy genannt werden, der sich nach mehreren bahnbrechenden Studien zur umgangssprachlichen Literatur wie Hanan ganz dem Übersetzen verschrieben hat. Seine Übersetzungen des *Jin Ping Mei* und der *Reise nach dem Westen* hat einem professionellen Sinologen erstmals nach der Veröffentlichung durch den Verlag Gallimard weite gesellschaftliche Anerkennung gebracht – solche Standardübersetzungen sind in der »Regionalsprache Deutsch« bisher nicht vorgelegt worden. Die Übersetzung des Romans *Traum der Roten Kammer* aus der Hand des ostdeutschen Sinologen Rainer Schwarz etwa schlummert seit dem Zusammenbruch der DDR ungedruckt im Manuskript. Levy hat mit anderen Kollegen eine lexikalische Übersicht der gesamten umgangssprachlichen Novellen-literatur in jahrelanger Arbeit zusammengestellt, die die Geschichten von der Übersetzung her, von den Textausgaben, Quellen, Plots und aus anderen Gesichtspunkten systematisch vorstellt.

5. Chinesische Sammlungen erotischer Literatur: Für chinesische Wissenschaftler weiterhin ein Tabu-Thema
Chinesische Wissenschaftler haben, anders als die meisten ihrer westlichen Kollegen, einen großen Bogen um die erotische Literatur des eigenen Landes gemacht. Zu Anfang der 80er Jahre habe ich Kontakt zu einem japanischen Einzelgänger gehabt, der wie die oben angeführten westlichen Forscher ebenfalls »stellvertretend« für die Chinesen ein *congshu*, ein großes Sammelwerk zusammengestellt hat, welches viele der bekanntesten traditionellen chinesischen Erotik-Schriften wieder zugänglich machte. Ich habe mich (mit Erkennungs-

fähnchen) in Nagoya mit diesem japanischen Sammler getroffen, der sich das chinesische Pseudonym »Meister des teuflischen Reibsteins« (*Gui Mozi*) zugelegt hatte. Er ist wohl auch in Japan nur belächelt worden und hat in China überhaupt keine Aufmerksamkeit gefunden.

1985 erschien in Taipei unter dem Titel *Seltene Schriften der traditionellen Erotik Chinas (zhongguo guyan xipin congkan)* eine Sammlung, die ebenfalls photomechanisch die einschlägigen Erotica in der sich liberalisierenden Atmosphäre zum Druck gebracht hat, freilich auch diesmal noch unter großen verlegerischen Bedenken und unter weitgehender Anonymisierung der Herausgeberschaft.

Der in Paris lebende Sinologe Chen Qinghao hat schließlich zusammen mit Professor Wang Qiugui einen neuen Anlauf mit einem Konvolut von Texten gemacht und damit die wohl ehrgeizigste Sammlung für den Nachdruck auf Taiwan vorbereitet; Beschwörungen moralischer Sauberkeit des zum Ministerpräsidenten avancierten Generals Hao Bocun haben ironischerweise dieses Projekt aber anscheinend in der zweiten Hälfte der 80er Jahre *more sinico* zunichte gemacht.

Genauso verschämt sind neben solchen großen Sammlungen chinesischer Erotik auch die Nachdrucke von Einzelwerken in China und auf Taiwan betrieben worden. Zwei Beispiele mögen dies besser verdeutlichen als alle generellen Betrachtungen. Als ich 1967 auf Taiwan die Gesammelten Werke des Unterhaltungsschriftstellers Li Yü (1611-1680) nach zweijährigen vorangegangenen Studien über den Autor zum Nachdruck vorbereitete, befand sich in der 16-bändigen Druckvorlage auch ein Text des erotischen Romans *Rou putuan*, den der chinesische Verleger dann jedoch heimlich im letzten Moment nach starken Schweißausbrüchen und ohne mich weiter zu konsultieren aus dem Werk entfernte. Überhaupt spricht Bände, daß das Werk dieses bedeutenden chinesischen Unterhaltungsschriftstellers und einfallsreichen Lebenskünstlers bis heute nicht in einer angemessenen Fassung von chinesischen Wissenschaftlern herausgegeben wurde, weder in China noch auf Taiwan, so daß eine solche editorische Aufgabe den unbeholfeneren Bemühungen eines Ausländers überlassen geblieben ist.

Bei den Vorstudien über Li Yü frequentierte ich die reichen sinologischen Bibliotheken in Paris. Der damalige chinesische Bibliothekar im Institut des Hautes Etudes Chinoises, der durch besondere Stellkünste als einziger die Übersicht über die wertvolle Gesamtbibliothek zu behalten wußte, rückte die chinesischen Schriften des notorischen Li Yü erst nach wochenlangem Widerstand Stück für Stück zur Lektüre heraus, wahrscheinlich mehr entnervt von meiner Hartnäckigkeit als überzeugt davon, daß solch niedrige Texte, und dazu noch ein offensichtlich pornographisches Machwerk, Gegenstand einer wissenschaftlichen Abhandlung werden dürften.

6. Erotische Literatur und Westöffnung auf Taiwan

Wie hat sich die Einstellung zur Sexualität und damit auch zur erotischen Literatur in den letzten Jahrzehnten in China und auf Taiwan gewandelt? Das Taiwan der 50er und frühen 60er Jahre war von Einschüchterung der Lokalbevölkerung durch das Militärregime der KMT, der vor den Kommunisten auf die Insel geflüchteten Nationalpartei Tschiang Kaisheks, bestimmt; diese Oberschicht des Festlandes zeigte sich von geradezu neurotischen Ängsten getreiben, durch weitere politische Libertinage der Intellektuellen auch den letzten Halt auf der Insel unter den Füßen zu verlieren.

Das bedeutete hartes Durchgreifen und Einschüchterung jeglicher politisch-kultureller Regungen unter der chinesischen Jugend auf Taiwan, es brachte auch eine Atmosphäre der sexuellen Unterdrückung und Überwachung an den Universitäten mit sich, wogegen z. B. die Autorin Li Ang seinerzeit in ihren frühen Novellen aufbegehrt hatte. In den Chinesisch-Abteilungen der Universitäten war die gesamte traditionelle umgangssprachliche Literatur als Gegenstand des

Studiums verpönt, traditionelle erotische Texte blieben natürlich noch zehnmal mehr verboten.

Den Studenten versuchte das Regime etwa Tanzen und Partys als etwas hochgradig Verruchtes (und politisch Verdächtiges) abzugewöhnen. Chinesische Studenten dieser Zeit waren dagegen von den Konfigurationen, die vom Existenzialismus in Übersetzungen durchdrangen, hochbegeistert, fühlten sie sich doch entfremdet der eigenen literarischen und kulturellen Tradition des 20. Jahrhunderts – ob nun wegen des taiwanesischen Regionalismus oder der kulturellen Entwicklung seit den 20er Jahren auf dem Festland.

Ähnliche Spannungen und Widersprüche bestimmten das Privatleben. Etwas eigenwilligere Studenten hatten vielleicht heimlich eine Freundin unter ihren Kommilitoninnen gefunden, der sie auf Spaziergängen im Mondschein ihre Verehrung durch Händchenhalten bekundeten; ganz Rabiate legten ihr Weniges zusammen und krönten solchen postkonfuzianischen Reinheitskult durch einen verlegenen Gruppenbesuch bei einer ältlichen Prostituierten, die sich vielleicht ein Herz für derlei Probleme bewahrt hatte. Es darf nicht wundern, wenn psychische Nöte unter der Studentengeneration der 50er und 60er Jahre in wesentlich höherem Maße auftraten als in weniger gegängelten Gesellschaften im Westen und in den von Taiwan aus als Vorbild angehimmelten USA. Solche Nöte bestimmten auch das persönliche Leben der jungen chinesischen Frauen, weil Verhaltensmuster und ethische Wertvorstellungen aus dem traditionellen China und dem liberaleren Westen in kaum versöhnbarer Weise aufeinanderstießen. Vor allem Schriftstellerinnen – von Li Ang bis zu Liao Huiying und auch Unterhaltungsautorinnen wie Guo Lianghui, San Mao oder Qiong Yao – haben viel dazu beigetragen, die gesellschaftlich-politischen Restriktionen anzuprangern und der KMT-Regierung die Repressionsansprüche allmählich aus den Händen zu winden. Die 70er und 80er Jahre brachten dann eine rapide Lockerung der Sitten nach westlichem Muster. Über die Probleme einer Studentengeneration, die die Pressionen der westlichen Welt auf ihr traditionsbestimmtes Verhalten nur schlecht innerlich zu einer angemessenen Balance verarbeiten konnte, hat es Dutzende von Novellen und Romanen aus der Hand von Autoren wie Yu Lihua, Chen Ruoxi, Bai Xianyong und anderen bekannten Schriftstellern gegeben. In der modernen taiwanesischen Literatur, die sich mit solchen Themen beschäftigt, wird dabei schnell deutlich, daß es sich um Fragen einer neuen Identität handelt, wo letztlich die Suche nach dem persönlichen Freiraum des Einzelnen kaum getrennt werden kann vom sozialen Protest und neuer politischer Erwartungshaltung, die sich für die 90er Jahre ganz an westliche Gesellschaften und im kulturellen Bereich bis zum gewissen Grade auch am modernen Japan orientiert.

Das Jahr 1987, das Taiwan das Mehrparteiensystem bescherte, die weitgehend in der Folge eingeräumte Presse- und Medienfreiheit sowie – von neuem Selbstbewußtsein wirtschaftlicher Prosperität gestützt – das unbefangenere Zugehen auf Festlandchina in politischer wie in kultureller Hinsicht, die freiere Orientierung nach Europa hin und die neuen Kontakte zu Osteuropa und Rußland schlugen sich auf Taiwan in einer vorher undenkbaren Toleranz gegenüber vielseitigerer individueller Entwicklung der Inselbewohner nieder. Autorinnen wie Zhu Tianxin oder Liao Huiying haben die selbständige Geschäftsfrau, auch die sexuell aktiver bestimmende moderne chinesische Frau als neues Ideal ihrer Leserschaft nahegebracht.

7. Repression der Gefühle: Die Volksrepublik

Das sind alles Entwicklungen, die vermehrt über Hongkong auf China selbst ausstrahlen, zumindest sehr stark auf den Süden. Es hat so den Anschein, als ob China am Ende des Jahrhunderts Stufen überwinde, als ob die Jugend ähnliche moralische Zerreißproben auszuhalten habe wie in Japan, Taiwan oder Hongkong in der jüngsten Vergangenheit. Manche Beobachter urteilen, der Umbruch gehe allerdings in noch krasserer Form, auf weniger Jahre zusammengepreßt, vor sich. Die in den 80er Jahren eingekehrte größere erotische Liberalität wurde wiederholt bekämpft von orthodox-maoistischen Kulturkadern, die körperliche »bürgerliche Liberalisierung« anprangerten – vor allem aber wohl zähneknirschend die nahezu perfekte Kontrolle des Maoismus über die Menschen entgleiten sahen.

Nach dem Massaker 1989 hat das Regime erneut große Säuberungsaktionen, Bücher- und Videoverbrennungen im Rahmen des allgemeinen Kampfes gegen Korruption inszeniert und durchgesetzt. Die Bevölkerung hat solche Theatralik aber weitgehend mit verachtungsvoller Gleichgültigkeit quittiert, wußte doch jeder, daß hier »Stellvertreterkriege« zu Wiedergewinnung einer kulturellen und politischen Legitimation geführt wurden, die mit den Schüssen der Armee auf die eigene Bevölkerung endgültig dahingegangen waren.

In den 50er und 60er Jahren hatte vorher ein zunächst beflügelnder und erfrischender Kurs hoher Ideale und eines starken moralischen Puritanismus geherrscht. Diese Leitvorstellungen der Propaganda wurden aber durch die Privilegiensucht, die zunehmende Korruption der Kader und ihre Doppelmoral durchlöchert. Erotische Literatur war natürlich als bürgerlicher Unrat verpönt, Autoren wie Yu Dafu (1896-1945) wurden nicht zuletzt wegen autobiographischer erotischer Schlüpfrigkeit zur Unperson – oder sie mußten ihrer jungen Emanzipationsideologie abschwören wie die auf KP-Kurs eingeschwenkte Ding Ling (1904-1986) und viele andere. Die traditionelle Erotik der umgangssprachlichen Literatur galt ebenfalls als Teufelszeug. Solchen Werken gegenüber stellten die revolutionären Praktiker eine schwer zu widerlegende Gleichung auf: Je höher der Kaderrang, desto höher mußte die moralische Festigkeit sein. Deshalb konnte etwa ein Nachdruck des erotischen Romans *Jin Ping Mei* in einer limitierten Ausgabe allein für höhere Kader seine Rechtfertigung finden.

Die Kulturrevolution machte mit schrillsten Forderungen

selbst die Ausgestaltung des Themas Liebe in der Literatur unmöglich und fegte die letzten literarischen Nischen leer. Gleichzeitig griff auch die an Feudalallüren genährte sexuelle Unterdrückung in unteren Kaderrängen und Armeerängen um sich. So manches bezopfte junge Mädchen in den »Gruppen zur Propagierung des Mao Zedong-Denkens« hatte sich um die persönlichsten Belange ihrer politischen und militärischen Führer zu kümmern. In der Armee wurden vorgebildete Soldatinnen kurzerhand Führungskadern und Gästen »zugeteilt«. Die lässigeren 80er Jahre brachten dann zusätzlich immer neue Skandale hervor, wo Angehörige der mittleren Generation aus hohen Kaderfamilien sich in ganz unerträglicher Weise an Frauen in ihrem Umkreis vergriffen. Bücher über die lockeren Sitten der KP-Führer (»Mao Zedong und seine Frauen«) zirkulierten in der Tradition der Schlammschlachten, die sich die chinesische Nomenklatura seit der Kulturrevolution geliefert hatte. Die Prostitution in der Volksrepublik für Touristen und besonders auslandschinesische Geschäftsleute oder betuchtere Chinesen aus Taiwan war seit den 80er Jahren nicht mehr einzugrenzen, sie wurde von manchen Kadern allerdings auch als ein Symbol des wirtschaftlichen und moralischen Bankrotts der ehemals führenden sinokommunistischen Ideologie gesehen.

Während der 80er Jahre waren die Nachwirkungen der hochgradigen politischen und erotisch-moralischen Repression der maoistischen Periode unter Intellektuellen und Kadern aus der VR China trotz aller Westöffnung immer noch mit Händen zu greifen. Freunde, die bei uns zu Hause zu Gast waren, taten unweigerlich zwei Griffe in das Bücherregal und die Zeitschriftenablage: Einmal waren die Hongkonger politischen Zeitschriften heißbegehrt, die – *Newsweek*, *Times* oder *Spiegel* vergleichbar – kommentierend analysierten und aufdeckten, etwa *Zhengming*, die *Neunziger Jahre* und ein Dutzend andere wie *Baixing*. Der zweite Griff galt unausweichlich der traditionellen erotischen Literatur, den verschiedenen Ausgaben von *Rou putuan* oder *Jin Ping Mei*, die man offensichtlich noch nie vorher zu Gesicht bekommen hatte.

Entsprechend deprimierend und naiv ist die Darstellung von Liebesbegegnungen in der Gegenwartsliteratur ausgefallen; wenn sich etwa VR-Pärchen vornehmlich beim Vokabellernen einer Fremdsprache kennenlernen. Liebesverwicklungen sind meist langgezogene Nichtereignisse wie in Dai Houyings Roman *Die Große Mauer* und in anderen Werken. Nur wenige Romane und Erzählungen haben die Pressionen auf die Frauen, die ungesühnten Übergriffe der Männer angeprangert; so z. B. Zhang Jies *Schwere Flügel* und vor allem der Kurzroman *Die Arche*. Insgesamt findet man einen Trümmerhaufen, eine Wüste verhinderter innerer Beziehungen vor, die eigentlich eher den Soziologen als den Literaturwissenschaftler auf den Plan rufen. Literarisch ist damit über Jahrzehnte auch im 20. Jahrhundert im Feld der erotischen Erzählprosa von China aus kaum Erwähnenswertes geschrieben worden.

Sehen wir zum Schluß noch einmal vom Westen zurück auf China selbst: Wir haben das Vorherrschen moralisierender gesellschaftlicher Grundeinstellung von ältesten Zeiten bis nahezu in die Gegenwart – in der Kunst wie im Alltagsleben – anhand von notgedrungen unvollständigen Beispielen bestätigt gefunden. Auch auf den Beginn des 21. Jahrhunderts werfen Konfuzianismus und Sinokommunismus noch ihre Schatten voraus. Chinesische ideologische und moralische Repression hat Erotik und Sexualität im Alltagsleben wie in der Literatur weitgehend bestimmt. Unter der offiziellen Oberfläche bahnte sich natürlich das Leben weiterhin unbekümmert seinen Weg. Die tiefen Nachwirkungen der Quing-Repression und der Unterdrückung persönlicher Gefühle in den Jahrzehnten der Volksrepublik sind dagegen nicht abzusehen oder auszumessen. Es sind langfristige Schäden psychischer Instabilität und ärgster Verdrängung, die ebensowenig quantifizierbar erscheinen wie die moralischen Spätschäden der Massenkampagnen und der Kulturrevolution überhaupt.

8. Zur Entstehung dieses Buches

Stefan Rummel hat die Übersetzung unserer Sammlung mit bewundernswerter philologischer Akribie vorgenommen, die er in der Schule des Hamburger Sinologen Bernd Eberstein vermittelt bekam. Rummel verfügt sichtlich über das seltene Talent und die Geduld, eliptische, traditionelle Erotik mit schweißtreibendem Arbeitseinsatz in einen für uns nachvollziehbaren sprachlichen Rahmen umzusetzen. Die bisweilen etwas abrupte stilistische Form und überdeutliche Wortwahl, die der Übersetzer gewählt hat, entspricht sehr genau dem Original, das den damaligen Leser durchaus aufforderte, in seiner Phantasie all diese erschröcklichen Ereignisse und Vorfälle noch weiter zu bewegen und auszugestalten.

1991 waren mir zwei wissenschaftliche Untersuchungen des Übersetzers zugänglich geworden, die sich eingehend mit Fragen der traditionellen umgangssprachlichen Kurzgeschichte und eben dem vorliegenden Text auseinandersetzten. Ich habe sie beide in der Folge in die Bochumer Reihe *Chinathemen* als Studientext aufgenommen. Für den Förderkreis Deutsch-Chinesischer Literaturdialog e. V., der das zweite Manuskript zum Abdruck für einen weiteren Leserkreis auswählte, habe ich die Redaktion des Textes und die Herausgabe dieser Ausgabe für den Heyne-Verlag übernommen.

Helmut Martin

Bibliographie zur chinesischen erotischen Literatur

von Helmut Martin

Zu unserem Text

Howard S. Levy, Two Chinese Sex Classics, Taipei 1975. Enthält *The Dwelling of Playful Goddesses (youxianku)* und eine Teilübersetzung des vorliegenden Buches *Monks and Nuns in a Sea of Sins (sengni niehai)*.

Stefan Rummel, Der Mönche und Nonnen Sündenmeer. Der buddhistische Klerus in der chinesischen Roman- und Erzählliteratur des 16. und 17. Jahrhunderts, Bochum 1992, Universitätsverlag Brockmeyer, Serie Chinathemen, Band 68.

Stefan Rummel, Die traditionelle chinesische Novelle, Analyse und Übersetzung der Erzählung von der Kurtisane Du Shiniang aus dem Sanyan-Zyklus, Bochum 1992, Universitätsverlag Brockmeyer, Serie Chinathemen, Band 66.

Zur Geschichte der Sexualität und der erotischen Literatur in China

Wang Shunu, zhongguo changji shi, Shanghai 1946 (Geschichte der Prostitution in China).

Robert H. van Gulik, Erotic Colour Prints of the Ming Period, Tokyo 1951, 3 Bde., mehrfach nachgedruckt.

Robert H. van Gulik, Sexual Life in Ancient China, Leiden 1961, 1974, Verlag E. J. Brill.

Janwillem van de Wetering, Robert van Gulik. Ein Leben mit Richter Di, Zürich 1990, Diogenes Verlag.

Sheng Wu-shan, Die Erotik in China, Basel 1966.

Helmut Martin, Li Liweng und das Theater, Heidelberg/Taipei 1966/67.

Patrick Hanan, The Invention of Li Yu, Cambridge, Mass 1988.

Howard S. Levy, Chinese Footbinding. The History of a Curious Erotic Custom, New York 1967.

Akira Ishihara und Howard S. Levy, The Tao of Sex, Yokohama 1968.

Michel Beurdeley, The Clouds and the Rain: The Art of Love in China, London 1969, H. Hammond.

Andre Levy, Inventaire analytique et critique du conte Chinois en langue vulgaire, Paris 1978 ff.

Chang Jolan, Das Tao der Liebe, Reinbek b. Hamburg 1980. (ursprünglich The Tao of Love and Sex, The Ancient Way of Ecstasy, Foreword and Postscript by Joseph Needham).

Herbert Franke, »Chinesische erotische Literatur«, in Günther Debon hg., Neues Handbuch der Literaturwissenschaft, Ostasiatische Literaturen, Wiesbaden 1984.

Vgl. auch: Ina Simson, Sexualerziehung in der VR China, Berlin 1987, unveröffentlichte Magisterarbeit der Freien Universität Berlin.

Einen Überblick über deutsche Übersetzungen aus der traditionellen Erzählliteratur generell gibt:

Helmut Martin, »Bibliographie zur deutschen Ausgabe«, in C. T. Hsia, Der klassische chinesische Roman. Eine Einführung, Frankfurt 1989, Insel Verlag.

Zur Gegenwartsliteratur generell mit einem Überblick über die meisten Übersetzungen vgl.:

Helmut Martin, Christiane Hammer hg., Die Auflösung der Abteilung für Haarspalterei. Texte moderner chinesischer Autoren von den Reformen bis zum Exil, Reinbek b. Hamburg 1991, Rowohlt Verlag.

Helmut Martin, Jeffrey Kinkley ed., Contemporary Chinese Writers – Self-Portrayals, New York 1992, M. E. Sharpe.

Keith McMahon, Causality and Containment in Seventeenth-century Chinese Fiction, Leiden 1988, Verlag E. J. Brill.

Zur Situation der chinesischen Frau

K. M. Schipper, »Sexualleben«, in Wolfgang Franke hg., China Handbuch, Düsseldorf 1974.

Renate Scheerer, Das System der chinesischen Prostitution dargestellt am Beispiel Shanghai in der Zeit von 1840-1949, Berlin 1983, Dissertation.

Tienchi Martin-Liao, Frauenerziehung im alten China. Eine Analyse der Frauenbücher, Bochum 1984.

Michael Freudenberg, Die Frauenbewegung in China am Ende der Qingdynastie, Bochum 1985.

Siegfried Englert, Materialien zur Stellung der Frau und zur Sexualität im vormodernen und modernen China, Frankfurt 1980 (etwa 1985 erschienen).

Catherine Gipoulon, Qiu Jin, Die Steine des Vogels Jingwei, München 1977.

Zur Homosexualität

Xiaomingxiong Samshasha, History of Homosexuality in China. Chinese Edition, Hongkong 1984 (zhongguo tongxingai shilu).

Giovanni Vitiello hg, Ameng di Wu, La manica tagliata, Palermo 1990, Sellerio editore (Kommentierte Übersetzung der Sammlung duanxiupian).

Chinesische Texte

Eine wenig bekannte japanische Anthologie ist:

Zhongguo fengliu xiaoshuo congshu (yanwenxue congshu), Nagoya, etwa 1981, Verlag guimozi shufang.

Zhongguo guyan xipin congkan, Taipei, 1985.

Beide aufgeführten Sammlungen sind photomechanische Nachdrucke älterer Ausgaben.

Dengcao hesheng zhuan (Die Biographie des Mönchleins Stummeldocht). Mir war eine Kopie der handschriftlichen Ausgabe mit 9 Zeilen a 20 Zeichen über Prof. Chen Xinghao, Paris, zugänglich.

Einzeltexte erotischer chinesischer Literatur

H. S. Levy, China's Novelette The Dwelling of Playful Goddesses, by Chang Wen-ch'eng. Tokyo 1965, nach: chun meng so yan, Trifling Tale of a Spring Dream, a Ming erotic story, published on the basis of a manuscript by R. H. van Gulik.

C. Egerton übers., The Golden Lotus, London 1955 (Jin Ping Mei).

King Ping Meh oder Die abenteuerliche Geschichte von Hsi Men und seinen sechs Frauen, Leipzig 1983, übers. von Franz Kuhn, Gustav Kiepenheuer Verlag.

Djin Ping Meh, Schlehenblüten in goldener Vase. Ein Sittenroman aus der Ming-Zeit, übers. von O. und A. Kibat, hg. von Herbert Franke, Zürich 1967-83, Ullstein, Berlin 1987.

Blumenschatten hinter dem Vorhang, übers. Franz Kuhn, 1956, Recklinghausen 1963, mehrere Ausgaben.

Li Yü, Jou Putuan, Ein erotisch-moralischer Roman aus der Ming-Zeit, Franz Kuhn übers., Zürich 1959, München 1972, viele Ausgaben.

Li Yu, Jeou-P'ou-T'ouan, P. Klossowski übers., Paris 1962.

Li Yu, The Carnal Prayer Mat, Patrick Hanan übers., New York 1990, Ballantine Books.

Dschu-lin yä-schi. Ein historischer-erotischer Roman aus der Ming-Zeit, F. K. Engler übers., Hamburg 1971.

Der Goldherr besteigt den weißen Tiger, Ein historisch-erotischer Roman aus der Ming-Zeit, F. K. Engler übers., Zürich 1980, Verlag Die Waage (es handelt sich um den Roman *zhaoyang jushi*).

Howard S. Levy, China's Dirtiest Trickster, Folklore About Hsü Wen-ch'ang (1521-1593), Arlington, Virginia 1974.

H. S. Levy, The Illusory Flame. Translations from the Chinese, Tokyo 1962.

H. s. Levy, Warm-Soft Village. Chinese Stories, Sketches and Essays, Tokyo 1964, Verlag Dai Nippon.

H. S. Levy transl., A Feast of Mist and Flowers. The Gay

Quarters of Nanking at the End of the Ming, Yokohama 1966.

H. S. Levy, Chinese Sex Jokes in Traditional Times, Taipei 1974.

Shen Fu, Sechs Aufzeichnungen über ein unstetes Leben, Rainer Schwarz übers., Leipzig 1989, Verlag Philipp Reclam.

Liu E, Die Reisen des Lao Can. Roman aus dem alten China. Hans Kühner übers., mit einem Nachwort von Helmut Martin, Frankfurt 1989, Insel Verlag

Chang Ching-Sheng, Sex Histories: China's First Modern Treatise on Sex Education, by Dr. Chang Ching-Sheng, transl. Howard S. Levy, Yokohama 1967.

Bai Xianyong, Crystal Boys, Howard Goldblatt transl., San Francisco 1990.

 **HEYNE BÜCHER**

EROTISCHE LITERATUR

*Der Eros
unserer Zeit.
Sinnliche
Meisterwerke
internationaler
Spitzenautoren.*

50/50

01/8065

01/6469

01/6874

01/7847

01/7814

50/40

Der Meister des Fernost-Thrillers
MARC OLDEN

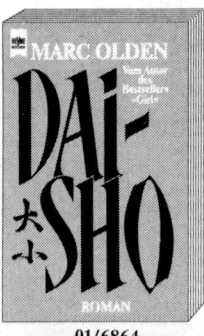

01/6864

01/6806

01/6957

01/7997

01/7776

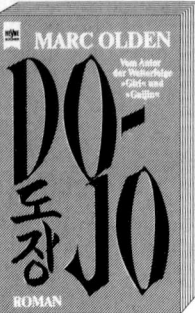

01/8099

Wilhelm Heyne Verlag München

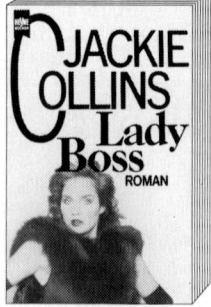

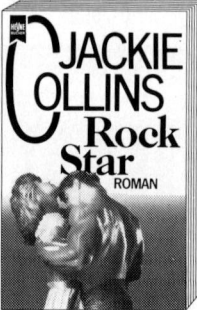